아버지의 책
Das Buch des Vaters

Das Buch des Vaters
Urs Widmer

Copyright ⓒ 2004 by Diogenes Verlag AG Zürich
Korean Translation Copyright ⓒ 2009 by Moonji Publishing Co., Ltd.
All Rights Reserved.

This Korean edition was published by arrangement with Diogenes Verlag AG Zürich
through Shin Won Agency Co.

이 책의 한국어판 저작권은 신원 에이전시를 통해 Diogenes Verlag AG Zürich와
독점 계약한 ㈜**문학과지성사**에 있습니다.
저작권법에 의해 보호받는 저작물이므로 무단 전재 및 복제를 금합니다.

아버지의 책

우르스 비트머 지음
이노은 옮김

문학과지성사
2009

우르스 비트머 Urs Widmer

1938년 스위스 바젤에서 태어났다. 바젤 대학에서 독일 현대문학에 대한 논문으로 박사학위를 취득한 뒤 스위스 발터 출판사와 독일 주어캄프 출판사 등에서 편집자로 일했다. 1968년 소설 『알로이스 Alois』로 데뷔한 이래, 날카로운 사회 비판과 정치성을 담고 있는 작품들을 꾸준히 발표했다. 대표작으로는 『나비목 학회 Der Kongreß der Paläolepidopterologen』(1989), 『푸른 사이펀 Der blaue Siphon』(1992), 『어머니의 연인 Der Geliebte der Mutter』(2000), 『난쟁이로서의 삶 Ein Leben als Zwerg』(2006) 등의 소설과 『정상의 개들 Top Dogs』(1996) 등의 희곡이 있다. 프리드리히 뒤렌마트와 막스 프리쉬의 계보를 잇는 스위스의 대표 작가로서 명성을 얻고 있는 그는 이제까지 베르톨트 브레히트 문학상, 실러 재단 상 등 수많은 문학상을 수상하였으며, 그의 작품들은 30개 이상의 언어로 번역되어 전 세계 많은 독자들의 애정과 관심을 받고 있다.

옮긴이 이노은

서울대학교 독어독문학과와 같은 과 대학원을 졸업하고 독일 킬 대학에서 「테오도르 슈토름의 초기 노벨레에 나타난 기억과 서술과정」에 대한 연구로 박사학위를 받았다. 지은 책으로는 『통일독일을 말한다 1·2』(공저)가, 옮긴 책으로는 헤르만 헤세의 『크눌프』『피해의식의 심리학』『문학과 문화학·문화학적 실천을 위한 입장, 이론, 모델』(공역) 등이 있다. 현재 인천대학교 독어독문학과 교수로 재직 중이다.

아버지의 책

펴낸날 2009년 6월 24일

지은이 우르스 비트머
옮긴이 이노은
펴낸이 홍정선 김수영
펴낸곳 ㈜**문학과지성사**
등록번호 제10-918호(1993. 12. 16)
주소 121-840 서울 마포구 서교동 395-2
전화 02) 338-7224
팩스 02) 323-4180(편집), 02) 338-7221(영업)
전자우편 moonji@moonji.com
홈페이지 www.moonji.com

ISBN 978-89-320-1968-0

차례

아버지의 책 7

옮긴이 주 259

옮긴이의 말 스위스의 호숫가에서 바라본 유럽 현대사 267

나의 아버지는 공산주의자였다. 물론 그가 일관되게 공산주의자였던 것은 아니다. 또한 죽음을 맞이하던 순간의 그는 더 이상 공산주의자가 아니었다. 정확하게 얘기하자면 그는 1944년부터 1950년경까지 몇 년 동안만 공산당 당원으로 활동했다. 그 이후 그는 정당이라면 어떤 정당이든 상관없이 분개했고 정치가라면 거의 모든 이들을 향해 욕을 퍼부었다. "멍청이! 얼간이! 살인자!" 사실 그의 가정환경을 봐서는 그가 나중에 공산주의자가 되리라는 것을 짐작하기 어려웠다. 아버지의 아버지는 평생 단 한 권의 책만을 읽었는데, 그것은 성경이었다. 아버지의 어머니도 성경에 대해 알고는 있었지만 남으로부터 들은 것이 전부였다. 아버지의 아버지는 빌헬름 황제 2세에 대해 혼란스러운 열광을 보냈던 것을 제외하고는 정치에 대해 아무런 관심도 갖지 않았다. 나의 아버지가 열 살이었을 때 실제로 아버지를 따라 병영에 갔던 적이 있었다. 그들은 병영 뒤편의 연병장에 갔었는데, 그것은 전 독일인의 황제 폐하께서 이웃나라의 가장 아름다운 도시를 방문하면서 자국 군대의 열병식을 했기 때문이었다. 하늘은 더할 나위 없이 푸르렀고, 날씨는 화창했다. 군중들은 흥겨운 분위기에 휩싸여 있었다. 나이에 비해 키가 작았던 나의 아버지는 아이들이 서 있는 앞쪽으로 갈 수 있었고, 어린 소년들과 소녀들의 머리 너머로 화려한 제복을 갖춰 입은 기병대가 말을 타고 지나가는 모습을 아주 가까이서 보았다. 그들의 머리 장식은 모두 달랐다. 황금 투구, 빨간 깃털 장식, 꼭지에 뾰족한 쇠붙이를 붙인 가죽 투구, 떡갈나무잎 영관을 가득 단 모자 등 다양했다. 그의 주위에 서 있던 소년 소녀들이 환호성을 지르며 모자를 공중에 던졌다. 나의 아버지도 깊은 감동에 전율했다. 다만 그는 깃털 장식을 단 사람들 중에 도대체 누가 황제인지를 알 수 없었다. 백마를 타고 있는 사람일까, 아니면 콧수염을 꼬아 올린 사람일까? 그는 자신의 옆에 서서 시야를 가리고 있는 뚱뚱한 청년에게 물어볼 용기를 내지 못했다.—집으로 돌아오는 길엔 설탕 뿌린 도넛을 얻어먹었다. 그와 아버지는 황제의 모습이 너무 근사했다며 감탄을 금치 못했다.—1년 후 제1차 세계대전이 발발했을 때만 해도 과묵한 성격인 그의 아버지가 만세! 전진이다! 라고 외쳤다. 도시의 시민들 거의 대부분이 그랬다.

당시는 프랑스어권이 그다지 중요하게 여겨지지 않던 때였다. 나의 아버지는 『좋은 전우들』이라는 독일어 잡지를 읽었는데, 그 잡지들의 표지엔 언제나 모든 포신으로부터 불길이 뿜어나오고 있는 전함이나 입을 크게 벌린 채 참호로부터 돌격 중인 병사들의 모습이 실려 있곤 했다. 그런 것 외에는 나의 아버지가 전쟁을 실감할 일이 없었다. 기껏해야 자신의 아버지가 처음에는 전쟁에 대해 열광하다가 점점 시들해지더니 결국에는 아무런 관심도 갖지 않게 된 과정을 지켜봤을 뿐이었다. 그의 어머니는 전쟁에 대해서는 입도 뻥끗하지 않았다. 그는 대성당 뒤의 김나지움'을 다니면서 고대 희랍어와 라틴어를 배웠고, 목표로 하지도 않았는데 언제나 반에서 수석을 차지했다. 하지만 집에서는 바보 축에 들었다. 왜냐하면 그의 형인 펠릭스가 언제나 그보다 2년을 앞서가고 있었고, 반에서도 타의 추종을 불허하는 일인자의 자리를 지키고 있었기 때문이었다. 나의 아버지가 전부 6점을 받고, 체조에서만 5.5점을 받으면, 펠릭스는 전 과목 최고 점수를 받은 성적표를 받아 왔다. (아버지의 아킬레스건인 성실도와 품행 점수는 말할 것도 없었다.) 반면 나의 아버지는 펠릭스보다 축구를 잘했다. 정확하게 말하자면 펠릭스는 아예 축구를 하지 않았다. 그는 앉아서 책을 읽곤 했는데, 그의 책들은 열 번을 읽고 난 후에도 낙서 하나 없이 깨끗했다. 나의 아버지는 올드 보이스 소속 소년 2팀의 골게터로 자리 잡았다. 그의 포지션은 센터포워드였는데, 사람들은 그를 폭탄숏의 소년이라고 불렀다. 아마 그 스스로도 자신을 항상 그렇게 불렀을 것이다. 그는 중요한 정치적 사건에 대해서는 전혀 관심이 없었다. 위페른[2]과 베르됭 포성[3]은 머나먼 곳의 일이었다. 나중에 혁명가가 된 레닌이 그와 같은 길목을 오가고 있었기 때문에 충분히 마주칠 가능성이 있었는데도 불구하고 그는 단 한 번도 레닌을 보지 못했다. 훗날 그는 자신이 어쩌면 레닌을 보았었는지도 모른다는 생각을 해보곤 했다. 자신은 축구공을 팔 아래 끼고 있었을 것이고, 레닌은 검은색 옷차림을 한 채 스스로에 대한 비난에 골몰하고 있는 모습이었을 것이다. 훗날 자신의 우상이 될 사람을 눈앞에 보고 있으면서도 심장의 박동이 빨라지지 않는 바람에 그는 그 사실을 모르고 지나쳤음이 분명하다.─그래도 총파업이 벌어졌을 때는 그도 눈치를 챘다. 당시 그는 열여섯 살이었는데, 멀리 대성당 앞 광장 쪽에서 나는 총성과 비명 소리를 들을 수 있었다. 집 앞 골목은 완전히 텅 비어 있었기 때문에 감히 집 밖으로 나갈 엄두를 낼 수가 없었다. 그는 러시아 혁명에 대해서도 얼핏 들었다. 훨씬 더 위협적인 것은 당시 시내에 유행하던 독감이었다. 그의 외할아버지가 돌아가셨고, 막스 삼촌도 죽었다. 그가 잘 모르는 먼 촌수의 여자 친척도 한 명 죽었다. 부모님은 슬픔에 젖어 많은 눈물을 흘렸다.─1920년대에 그가 했던 가장 정치적인 행동은 어느 대학생 단체에 가입한 일이었다. 그 단체는 진보적인 편으로 여겨졌는데, 그 이유는 그 단체의 대학생들이 칼로 서로의 머리통을 내리치는 혈투를 벌이지 않았기 때문이다. 아니 오히려 얼굴에 흉터를 지닌 결투자들은 그들의 적이었다. 저녁마다 아지트인 하모니 식당의 단골 좌석에 둘러앉아 커다란 술잔을 서로 요란하게 부딪칠 때면 그들은 정부의 고위직과 대기업의 중역 자리가 예외 없이 배부른 중산계급의 자식들로서 뺨에 딱지 앉은 상처를 갖고 있는 헬베티아 또는 레나니아 출신의 늙은이들에게 돌아가곤 한다는 사실을 놓고 울분을 토했다. 나의 아버지가 속한 단체 '초핑기아'의 회원들은 가구공, 철물공, 철도원의 자식들이었다. (아버지의 아버지는 초등학교 교사였다.) 그들은 자신들이 언젠가 멀지 않은 때에 권력을 쥐게 될 것이라고 확신하고 있었다. 그때가 되면 부잣집 응석받이 아이들의 엉덩이를 걷어차줄 작정이었다.—당시엔 아직 여학생들은 없었다.—나의 아버지가 공산주의자들과 함께하게 된 것은 1930년대가 되고 난 후의 일이다. 그때는 아버지도 서른 살 즈음의 젊은 지식인이 되어 있었다. 그의 외모 또한 젊은 지식인의 그것이었다. 안경을 쓰고 있었고, 머리는 벗겨지기 시작했으며, 입언저리엔 담배가 물려 있었다. 그는 말하거나 책을 읽거나 식사를 할 때도 계속해서 담배를 피웠다. 그의 새로운 친구들인 공산주의자들은 그에게 섹스나 키스를 할 때는 어떻게 하느냐고 물었다. 나의 아버지는 별로 어려울 거 없다고 대답했다. 키스는 거의 하지 않고, 섹스는 더욱 적게 하기 때문이라는 것이었다. 그 친구들 역시 담배를 피웠고, 나의 아버지와는 달리 술을 많이 마셨다. 유일하게 건축가인 사람 한 명을 제외하고 그들은 모두 화가였고, 나의 아버지가 그들에게 합류하기 2년 전에 하나의 그룹을 결성하고 그해의 연도를 자신들의 명칭으로 삼았다. '33.' 나의 아버지는 화가가 아니었기 때문에 그들의 서기 비슷한 역할을 맡게 되었다. 그는 그룹의 재정을 맡았다. 하필 그가 말이다! 또한 그는 화랑 주인들을 설득해서 자기 친구들의 그림을 전시하도록 하려고 애썼다. 저녁이 되면 그들은 화물 열차역 뒤편에 위치한 식당 티치노에 모여 앉았다. 모두들 그 식당을 '도둑 소굴'이라고 불렀다. 지식인 프롤레타리아, 경박스러운 아가씨, 예술가들이 그곳에서 편안함을 느꼈기 때문이다. 식당 주인의 이름은 루이지로 실제로 티치노[4] 지역의 마지아 계곡[5] 출신이었고 열렬한 당원이었다. 가끔 그는 바테이블 뒤에 선 채로 고향 노래나 「인터내셔널가」를 불렀고, 그럴 때면 식당의 손님들 모두 「인터내셔널가」를 함께 따라 불렀다. 화가들과 나의 아버지는 아프리카와 피카소의 예술에 대해, 초현실주의에 대해, 그리고 부르주아가 자행하는 천인공노할 불법행위들을 끝장낼 프롤레타리아 독재에 대해 이야기했다. 그들은 히틀러의 집권에 경악했고, 히틀러에 대해 여러 가지 농담을 해댔다. 히틀러의 만행이 도를 더해갈수록 스탈린은 그들의 빛나는 영웅이 되어갔다. 그들은 스탈린에 대해서는 농담을 하지 않았다. 물론 그들도 공개재판에 대해 들었다. 하지만 자신들이 들은 것은 음해일 뿐이라고 여겼다. (그 후 전쟁을 통해 스탈린은 완전히 굳건한 지위를 차지하게 되었다. 그가 아니었다면 과연 누가 히틀러라는 괴물에게 저항할 수 있었겠는가? 심지어 스탈린그라드의 승리에는 그의 이름이 담겨 있기까지 했고, 이 승리는 나치가 전쟁에서 패배하게 될 거라는 첫번째 징조였다.) 나의 아버지는 이때도 공산당에 가입할 생각은 하지 않고 있었다. 그의 화가 친구들 거의 모두가 당원 수첩을 소지하고 있었는데도 말이다. 스페인 전쟁이 벌어졌다! 두 명의 화가는 프랑코의 반란에 대해 듣자마자 곧바로 자전거를 타고 달려 나가 톨레도에서 전투에 참여했다. 한 사람은 되돌아와서 아무 말 없이 다시 단골 좌석에 앉았다. 그는 예선과 다름없었지만, 다만 한 가지 달라진 점이 있다면 전혀 말을 하지 않는다는 것이었다. 그의 친구에게 무슨 일이 일어났는지에 대해서도 단 한마디 하지 않았다. 사흘째 되는 날 그는 테이블에 앉아 있다가 체포되었고, 군사재판을 받고 5개월의 징역형을 선고받았다. 스위스 군인 신분으로 타국의 군대에 들어가 전쟁을 했기 때문이었다. 민주주의를 지켜내고자 했던 스위스의 영웅들에게 국가가 감사를 표할 것이라고 기대했던 나의 아버지는 매주 수요일마다 군사 감옥이 위치한 렌츠부르크나 아르부르크 같은 곳엘 찾아가서 그 화가에게 담배, 초콜릿, 물감을 건네줬다. 화가는 여전히 말을 하지 않았고 우울한 표정으로 담배를 피웠다. 단 한 번 그가 불평을 한 일이 있는데, 물감을 가져오지 말아달라는 것이었다. 더 이상 그림을 그리지 않겠다고 했다.—이제 아버지는 당에 가입할 마음의 준비가 되었다. 하지만 전쟁 발발 직후에 당이 금지되고 나서야 당원으로서의 소속감을 느꼈고, 종전을 1년쯤 앞둔 1944년 당이 다시 허용되자마자 곧바로 가입을 했다. 다만 이제는 예전처럼 공산당이라는 명칭을 사용할 수 없었기 때문에, 당의 명칭이 노동당으로 바뀌게 되었다. 물론 그의 친구들은 또다시, 그러니까 예전과 다름없이 그 당의 당원이 되었다. 화가 중의 한 명은 에른스트 루트비히 키르히너로부터 많은 것을 배웠으면서도, 소련 사실주의자들의 낙관주의 또한 높이 평가하는 이였다. 그 화가와 건축가가 시의원 선거에 출마했다. 나의 아버지 또한 다른 이들의 설득을 받아들여 입후보 명단의 뒷자리에 이름을 올리기로 했다. "걱정하지 말게. 그 번호로는 절대 당선될 수가 없어!" 심지어 그는 시민회관에서 연설을 하기도 했는데, 그게 전혀 어려운 일이 아니라는 사실을 깨닫고 놀랐다. 사실 그는 "동지들!" 하고 외쳤을 뿐이었다. 그랬더니 우레와 같은 박수가 쏟아졌다. 그래서 한 번 더 "동지들!" 하고 외쳤다. 나중에 시 교육 현실의 비참상에 대한 생각이 꼬리를 물고 이어져 말을 더듬게 되는 순간이 왔을 때에도 너덧 번 더 같은 말을 외쳤다. — 선거를 통해 사회민주당이 최대 다수당이 되었을 뿐만 아니라, 얼마 전까지 커튼 친 골방에 숨어서 주먹질을 하고 있던 공산주의자들도 정치권에 진출하게 되었다. 단번에 18석을 얻게 된 것이다. 19번에 올라 있던 나의 아버지도 하마터면 당선이 될 뻔했다. 이제 그는 예비후보 1번이 되어 의원 한 사람이 사망할 경우 그 후임으로 의회에 입성할 준비를 하고 있어야 했다. 하지만 아무도 사망하지 않았다.―노동당 출신 의원 중의 한 명은 심지어 시정부위원회에까지 진출했다. 그는 가장 작고 인기 없는 부서를 맡았고 전철과 학교 문제를 책임져야 했다. 무슨 이유로 언제부터 그 두 가지 문제를 함께 묶어 다루게 되었는지에 대해서는 제대로 알고 있는 사람이 아무도 없었다. 선거가 끝난 후 나의 아버지가 자신의 사무실로 돌아가 유권자들에게 약속했던 학교 개혁에 착수하려고 하고 있을 때, 시정부위원이 된 그 당원은 텅 빈 책상에 앉아 전철 미니어처를 이리저리 밀어보고 있었다. 그 미니어처는 실제와 똑같은 모델로 공무원 노조가 그에게 선물한 것이었다. 그는 이해할 수 없다는 표징으로 나의 아버지를 바라보았다. 학교 개혁이라, 그래, 학교 개혁은 당연히 해야 해. 그래, 그렇지. 하지만 당선된 사람은 그였고, 무엇보다 중요한 것은 바로 그 사실일 터였다. 그는 미소를 띠고 자신의 전철을 바라보았다. 나의 아버지는 탕 소리를 내며 문을 닫고는 사무실을 나와버렸다. 그는 화가 나면 언제나 그곳의 문을 탕 소리 나게 닫고 나와버리곤 했었다. 그는 식당의 단골 좌석에 나타날 때까지도 여전히 화가 나 있었다. 키르히너의 제자와 건축가, 두 사람 모두 이제는 시의원이었는데, 그들은 아버지의 화를 누그러뜨리느라 진땀을 빼야 했다. 그날 저녁 그는 평소보다 훨씬 더 많은 술을 마셨다. 그리하여 식당이 문을 닫을 때쯤엔 너무 취해버렸기 때문에 건축가가 지하도 입구의 공중전화 부스로 가서 아버지의 아내에게 전화를 걸어 그를 집으로 데려가달라고 부탁을 해야 했다. 그녀는 자전거를 타고 금세 도착했고, 아버지의 겨드랑이 아래쪽을 부축하여 끌고 집으로 갔다. 자전거는 왼쪽으로, 아버지는 오른쪽으로 끌었다. 아버지는 커다란 장미꽃 다발을 두 손으로 꼭 붙들어 안고 있었다. 그녀는 이 꽃이 누구를 위한 것인지 물었지만, 아버지는 그저 킥킥대며 그녀가 너무나 아름답다고, 그녀를 너무나 사랑한다고 외칠 뿐이었다. 그러고는 자신이 그녀를 처음으로 보았을 때의 느낌이 어땠었는지를 말해주겠다고 했다. 물론 그녀는 그 내용을 알고 있었다. "어땠었는데요?"—"꿈을 꾸는 것 같았지!" 아버지는 여름 카지노 앞에서 어머니가 자동차에서 내리는 모습을 봤었다. 어머니는 하얀색 이브닝드레스를 입고 있었고, 거의 양산만 한 크기의 모자를 쓰고 있었다. 입술은 빨갰고 등 위로 흘러내린 머리카락은 검었다. 아버지는 벼락을 맞은 듯한 느낌이었고, 자신은 이 여자 아니면 안 된다는 것을 즉시 깨달았다. "당신 아니면 안 된다는 것," 이 말을 하며 그는 딸꾹질을 했고, 갑자기 옆으로 휘청거리는 바람에 자전거가 넘어져버렸다. "난 그 사실을 곧바로 깨달았어."—몇 년 후 그는 여름 카지노 앞에서 또다시 그녀와 재회했다. 하지만 이때 그녀는 차를 타고 오지 않았고 모자도 쓰고 있지 않았다. 그녀가 미처 입구에 도착하기도 전에 그는 그녀에게 자신과 함께 레모

네이드나 샴페인 한잔 마시지 않겠느냐고 물었다. 그리고 그녀가 진지한 표정으로 그의 두 눈을 바라보며 미소 짓자 자신과 결혼하지 않겠느냐고 물었다. 그녀는 또다시 진지한 표정이 되었고, 커다랗고 검은 눈으로 그를 다시 한 번 바라보더니 승낙했다. 그는 "카를!"이라고 자신을 소개한 후 그녀의 이름을 물었다. 그녀는 클라라였다, 클라라 몰리나리. 그 사이에 샴페인이 날라져 왔고, 두 사람은 아무 말 없이 잔을 비웠다. 그러고 나서 클라라는 자신이 카를을 이미 예전부터 알고 있었노라고 말했다. 지금과는 다른 삶을 살고 있었을 때, 음악회에서 그를 몇 번 본 적이 있었다고 했다. 그는 항상 젊고 아리따운 여인들과 동행했는데, 매번 여인들이 바뀌었다. 그리고 한번은 그녀가 제일 친한 친구인 첼로 연주자와 바이에른 맥주홀에서 와인을 마시고 있을 때 그를 보았다고 했다. 그때 그는 자신의 여자 친구들 세 명 모두를 데리고 왔고, 계속해서 농담을 해대고 있었다. 사람들은 크게 웃음을 터뜨렸다. 그녀도 웃었고, 그녀의 친구는 훨씬 더 크게 웃었다고 했다. "바이에른 맥주홀에서 맥주를 안 마셨단 말인가요?" 하고 아버지가 물었다. "남자랑 같이 안 갔다고요?" "남자와 함께 가지도 않았고, 맥주도 안 마셨어요." 그들은 결혼했다. 아마 바로 그날 저녁은 아니었겠지만, 굉장히 급한 결혼이었던 것은 사실이다. 그들이 시청의 결혼식장에 갔을 때 첼로 연주자와 형 펠릭스만이 동행했다. 아버지는 행복에 겨워했고, 자신의 신부를 안고 총각 시절부터 살던 집의 문턱을 넘었다. 결혼식 날 밤에, 아니 그 밤이 깊기 전에 두 사람은 아버지의 침대용 소파에 나란히 앉아 함께 사진을 보았다. 클라라는 아버지가 잘 알아볼 수 있도록 자신의 사진들을 파란색 상자에 넣어 가져왔다. 그리하여 그는 검은 수염에 엄격한 표정을 한 클라라의 아버지와 온화한 분위기의 어머니를 보았다. "2주 후에 어머니는 돌아가셨죠." 사진으로 본 얼룩 반점의 고양이 역시 이미 죽었고, 저택도 더 이상 그녀의 소유가 아니었다. 클라라가 꽃무늬 가득한 여름 드레스를 입고 그녀의 자동차, 그러니까 그녀 아버지의 피아트 자동차에 기대선 사진도 보았다. (피아트 자동차 역시 이제는 없었다.) 사슴 같은 소녀인 그녀의 동생, 난쟁이와 바윗덩어리 같은 삼촌들이 포도나무 사이에 서 있는 모습, 상복을 입은 숙모들, 등반용 자일을 어깨에 두르고 아이스피켈을 손에 든 사촌. 상자의 맨 밑바닥에는 커다란 사진 한 장이 놓여 있었다. "황제의 방문 사진이에요." "황제? 누가 황제죠?" "여기 있잖아요." 나의 아버지는 사진 속의 황제를 보았다. "아하, 여기 있군!" 황제는 머리에 깃털 장식을 단 채 말을 타고 있었고, 주위에는 역시 말을 탄 부관들과 스위스 군대의 고위 장교들이 둘러서 있었다. 그 뒤에는 군중의 무리가 얌전하고 뻣뻣한 모습으로 서 있었다. 클라라는 맨 앞줄에 서서 진지한 눈길로 카메라를 바라보고 있는 작은 소녀를 가리켰다. "이게 나예요!" 나의 아버지는 사진 위로 몸을 굽혔다. 그는 사진을 보느라 안경까지 벗었다. 그러고는 차양 달린 모자를 쓴 어느 건장한 청년의 어깨 뒤로 반쯤 머리를 내밀고 있는 한 소년을 가리키며 발갛게 상기된 얼굴로 말했다. "이건 나요!"

  나의 아버지가 돌아가시기 전날 밤 나는 절친한 부부인 막스와 에바, 그리고 어머니와 함께 서커스를 보러 갔다. 어머니가 준비하느라 부산하게 계단을 오르락내리락한 후 우리가 출발하려고 할 때, 아버지가 평소보다 더 노랗고 창백해진 얼굴로 방에서 나오더니 커다란 눈으로 나를 바라보며 입술을 달싹였다. "뭐라구요?" 하고 나는 물었다. 그는 다시 한 번 같은 내용을 반복해 말했다. 이번에는 내가 아버지를 향해 몸을 구부리고 그의 입술을 쳐다보았기 때문에 그의 말을 이해할 수 있었다. 그는 "집에 있어라. 내 몸이 안 좋구나"라고 말하고 있었다. 여름인데도 아버지는 니트 카디건을 입고 있었고 손에는 담배를 쥐고 있었다. 안경알 너머의 두 눈은 젖어 있었다. 사실 아버지의 몸은 몇 년 전부터 계속해서 좋지 않았다. 나는 아버지를 포옹하며 말했다. "하지만 아버지, 아시잖아요. 서커스 표를 예매했단 말예요. 에바와 막스가 우리를 기다리고 있구요." 그는 고개를 끄덕였다. "늦어도 11시까지는 돌아올 거예요." 공연은 훌륭했다. 멋진 공중그네 묘기와 캐러멜색깔의 말들이 뒷발로 서서 왈츠를 추는 묘기가 펼쳐졌고, 광대들은 정말 웃겼다. 우리는 11시 10분 전에 집에 돌아왔다. 아버지는 이미 잠자리에 든 후였다. 내가 그의 방문에 귀를 갖다 댔을 땐 숨소리나 기침 소리가 전혀 들리지 않았다. 평소 아버지는 기침 때문에 자주 잠에서 깼고 가끔은 우리도 잠자는 데 방해를 받았다. 내 방은 아버지의 방 바로 위에 있었다. 그 방은 오래전부터 지금까지 나의 방이었다. 나는 스물일곱 살이 되었음에도 집을 떠나지 않았는데, 그것은 내가 집을 떠날 경우 아버지가 죽을 수도 있다는 생각 때문이었다. 그만큼 아버지는 쇠약하고 상처받은 상태였다. 아버지를 보면 책으로 만든 우리 속에 갇혀 있는 껍질 벗겨진 쥐가 생각났다. 그는 살짝 만지기만 해도 고통스러워했다. 키스하거나 포옹하는 것도 마찬가지였다. 그는 거의 움직이지도 않았다. 겨우 욕실로 가서 진통제를 삼키고 용변을 보는 일 정도를 할 뿐이었다. 나는 가끔씩 그의 방으로 가서 그가 글을 쓰는 것을 지켜보는 것 말고는 달리 도울 방법을 찾지 못했다. 그렇게 지켜보는 것은 아버지를 아프게 하지 않았다. 아버지는 타자기를 한 대 가지고 있었는데, 오른손 검지 단 하나만을 이용하여 굉장히 빠른 속도로 타자를 쳤다. 그는 매일 저녁 잠자리에 들기 전엔 반드시 펜대와 수정액을 손에 들고 검은 가죽 책에 무언가를 썼다. 여행 중이든 새벽까지 계속된 파티가 끝나고 난 후이든 마찬가지였다. 그 책은 2절판 크기로 원래는 빈 노트였는데 그동안 그의 글로 거의 다 채워졌다. 그는 50년 전부터 이 책에 글을 써왔다. 그 일은 일종의 사명과도 같았다. 어쨌든 그는 그것을 쓰지 않고는 견디지 못했다. 그의 글씨는 너무나 작아서 한 페이지를 채우는 데 며칠이 걸릴 정도였다. 그는 돋보기를 사용하지 않고, 종이 위로 몸을 깊숙이 숙인 채 글을 썼다. 하지만 그 자신도 아마 그 내용을 제대로 읽을 수는 없었을 것이다. 40~50년 전에 쓴 오래된 페이지의 글은 그도 해석을 해야만 했다. 그의 글씨체는 명확했고 모든 줄이 반듯반듯했다. 제일 큰 철자의 크기도 1밀리미터 정도였다. 내가 딱 한 번 그에게 무슨 내용을 적고 있는지를 물었던 적이 있다. "내 인생의 책이란다"라는 대답이 돌아왔다. 내가 방에 들어가면 아버지는 "사탕 하나 먹어라"라고 말하곤 했다. 단것을 한참 좋아할 나이가 지난 지 오래인데도 그는 항상 그렇게 말했다. 그러면 나는 책상의 맨 아래 서랍을 열고 커다란 유리그릇에서 딸기사탕이나 레몬사탕을 꺼냈다. 아버지는 계속 무언가를 쓰면서 나를 바라봤다. 내가 가끔 다른 서랍을 열어보거나 아버지가 서랍을 열 때 몰래 들여다보면 그곳엔 펜, 수정액 병, 종이, 클립, 편지봉투, 우표, 지우개 등이 가득했다. 하지만 맨 위의 서랍은 언제나 잠겨 있었다. 그 안에는 비밀스러운 물건들이 들어 있었다.—그날 밤 나는 잠들기 위해 애를 써야 했고, 잠이 든 다음엔 악몽에 시달렸다. 깊이 잠이 든 순간에 아랫방에서 나뭇가지가 부러지는 듯한 소리를 들은 나는 잠에 취한 상태로 침대에서 뛰쳐나왔고, 미처 정신이 들기도 전에 쏜살같이 계단을 달려 내려갔다. 나는 아버지의 방문을 열어젖혔다. 아버지는 화장실 욕조에 비스듬히 기댄 채 쓰러져 있었고 머리는 세면대 아래에 처박고 있었다. 그는 그르렁거리는 소리와 함께 가쁜 호흡을 내뱉고 있었다. 나는 죽음이 오고 있음을 알아챘다. 그의 오른손 손가락 사이엔 담배가 끼워져 있었다. 나는 담배를 빼내어 욕조로 집어던졌다. 나는 그의 몸 위로 무릎을 굽혀 두 팔을 잡고 세면대 아래에서 그를 힘껏 들어 올렸다. 하지만 수도꼭지에서 물이 솟구치는 바람에 그것을 잠그느라 그를 다시 내려놓았다. 그의 몸이 세면대와 욕조와 벽 사이에 꽉 끼어 움직이지 않아서 억지로 잡아 빼야만 했다. 머리가 빠져나오자 그의 두 다리가 빨래걸이의 받침대 사이에 끼었다. 나는 마치 자루를 옮기듯 그를 질질 끌어 겨우 방 안으로 옮길 수 있었고, 힘겹게 침대 위에 눕혔다. 그는 너무나 왜소했지만, 그럼에도 굉장히 무거웠다! 그의 안경은 두 동강이 난 채 양탄자 위에 놓여 있었다. 아마 내가 밟았던 모양이다. "아버지" 하고 내가 불렀다. 그는 더 이상 숨을 쉬지 않았고 입을 벌리고 있었다. 그는 죽었다. 그의 한쪽 관자놀이엔 피가 흘러 있었다. 욕조에 부딪힌 상처였다. 나는 목욕 수건을 가져와 상처 위에 올려놨다. 창밖에서는 여명이 밝아오고 있었다. 나는 전화기로 가서 그린 박사에게 전화했다. 그는 아버지의 주치의였고 수십 년 된 친구이기도 했다. 하지만 무슨 이유에서인지 얼마 전부터는 사이가 나빠진 상태였다. 아마도 그린 박사가 과도한 흡연, 그것도 제일 센 골루아즈 블루를 하루에 네 갑씩이나 피우는 것은 정말 위험한 일이니, 한 갑 정도로 줄이거나 아예 금연을 하는 것은 어떻겠느냐고 또다시 운을 떼었을 것이다. 물론 나의 아버지는 문이란 문은 다 쾅쾅 소리 내어 닫아버리고는, 예전에도 했던 얘기를 훨씬 더 단호한 어조로 으르렁댔을 것이다. 한번 크게 혼을 내주고 아예 끝장을 내버릴 수도 있으니, 그 의사 자격증은 어디 다른 데 가서나 써먹으라고. "난 이제 더 이상 자네 아버지의 주치의가 아닐세"라고 그린 박사가 말했다. 이제 겨우 깊이 잠들었다가 억지로 잠에서 깨어난 사람의 목소리였다. "자네도 알고 있지 않나. 어쨌든 자네 아버지는 확실하게 알고 있을걸세."—"마지막 진료를 부탁드립니다"라고 내가 말했다. 그린 박사는 10분 후에 도착했는데, 그 역시 잠옷 위에 우비를 입고 있었고, 맨발에 슬리퍼를 신고 있었다. 그는 작은 손전등으로 아버지의 눈을 비춰보고 그의 맥을 짚어보더니 한숨을 내쉬었다. "이것 참, 유감이네"라고 그가 말했다. 그는 자신의 낡은 가죽 가방을 집어 들고 돌아갔다. 그사이에 어머니도 그 자리에 와 있었다. 회색 잠옷을 입은 그녀는 석회와도 같은 창백한 낯빛으로 침대 발치에 서 있었다. 나는 아버지의 책상 앞 의자에 앉았다. 그때까지 한번도 해보지 않았던 행동이었다. 그러고는 그가 조금 전까지도 기록하고 있었던 그의 책 마지막 페이지를 들여다보았다. 그는 아마도 마지막 문장을 완성하지 못했던 듯하다. 마침표가 찍혀 있지 않았던 것이다. 나는 그 책을 뒤적여보았다. 모든 페이지마다 글씨가 가득 쓰여 있어서 그곳엔 조금의 빈틈도 보이지 않았다. 10~15장

정도엔 아무것도 씌어 있지 않았다. 그 부분은 하얀색으로 텅 비어 있었다. 그는 자신의 때가 오기 전에 죽은 것이다. ─그 책은 마치 성경책과 같이 묵직했고 검정색이었다. 비록 가죽 장정에 십자가가 새겨져 있지는 않았지만, 위쪽엔 금박이 칠해져 있었고, 가장자리에 술이 달린 빛바랜 책갈피도 끼워져 있었다. 나는 그 책갈피를 마지막 페이지에 끼운 후 어머니 곁을 지나 밖으로 나갔다. 문을 닫을 때 보니 어머니는 자기 남편 위로 몸을 굽힌 채 두 손가락을 뻗어 눈을 감겨주고 있었다. 그녀의 다른 쪽 손에는 그의 안경다리 하나가 들려 있었는데, 안경알에 번개 모양의 금이 가 있었다.

나의 아버지가 시내에 있던 집을 출발하여 부모님의 고향 마을을 향하여 처음으로 혼자 길을 나선 것은 그가 제법 소년으로 자랐을 때의 일이었다. 물론 다른 사람과 함께 가본 적이 있는 길이긴 했다. 그가 본래 목표로 삼았던 것은 마을 교회였다. 그 교회는 적어도 밖에서 봤을 때는 하얀색에 가까웠고, 거대한 탑, 본당, 그리고 굉장히 작은 익랑을 갖추고 있었는데도 그냥 검은 예배당이라고 불렸다. 그 마을과 조상들의 교회는 걸어서 하룻길 정도 떨어진 곳에 위치한 구릉 산간 지역에 있었다. 시내의 집은 오목하게 들어간 바닷가의 작고 좁은 지역에 위치했는데, 연립주택이 가득 들어선 그곳은 주변에 늪지가 전혀 없는데도 늪지라는 이름으로 불렸다. 나의 아버지가 어린 시절에 살았던 집 역시 비좁았다.

하지만 그 집에는 녹색 창틀과 빛나는 창문이 있었고, 좌우에는 유쾌한 집들이 둘러서 있었다. 나의 아버지는 이른 아침에 태양을 등에 지고 출발했다. 그는 태양과 같은 길을 가야 하며 태양과 같은 속도로 가야 한다는 것을 알고 있었다. 그날은 그의 열두번째 생일이었다. 벌써 오래전부터 그가 길 떠날 때 입을 예복이 준비되어 있었다. 바닥에 징을 박은 튼튼한 신발, 검은 바지, 조끼, 하얀 셔츠였다. 수공업 직인이 쓰는 것처럼 생긴 모자는 그를 실제보다 더 나이 들어 보이게 했다. 가죽 배낭 속에 들어 있는 빵 한 개, 치즈 한 조각 그리고 한 병의 과일즙 역시 예전부터 여행용 식량으로 정해진 것들이었다. 그 배낭은 그의 아버지가 예배당을 찾아갈 때도 멨던 가방이었다. 하지만 그때 아버지의 아버지는 교회 광장까지만 가로질렀었다. 아마 그 아버지의 아버지 역시도 그 배낭을 멨을 것이다. 하늘은 파랗게 빛을 발하고 있었고, 태양은 빛바랜 담장 위에서 노란색, 적갈색, 황록색 등 온갖 형형한 색깔을 만들어내고 있었다. 나무 그늘이 춤추고 있었다. 공기는 부드러웠다. 카를은 현관 앞에 선 채 손을 흔들고 있는 부모님을 향해 마주 손을 들어 보이고는, 푸르스름한 빛을 발하는 얼음 덩어리를 싣고 말 한 마리가 끌고 가는 마차 뒤에서 폴짝폴짝 뛰었다. 얼음 녹은 물이 그의 신발 위로 튀었지만 얼음이 작아지지는 않았다. 야채 상인이 토마토와 양상추를 긴 탁자 위에 가지런히 놓았다. 그는 카를에게 큰 소리로 인사를 건넸다. 그는 웃으면서 계속해서 깡충깡충 뛰어갔다. 그는 양조장을 지났고, 기계공장을 지났다. 그 공장 건물은 모두 똑같은 벽돌로 지어져 있었고, 본부 건물은 마치 성처럼 보였다. 얼마 지나지 않아 그는 성곽을 둘러싼 외호와 보루를 지났다. 그곳에서는 한 쌍의 연인이 손을 잡고 걷고 있었고 정원사들이 장미에 물을 주고 있었다. '옛 세관 뒤에서'라는 이름을 가진 여관의 꽃 만발한 밤나무 아래에선 두 남자가 아침 술을 마시고 있었다. 그 여관의 뒤쪽으로부터 숲이 시작되었다. 아버지는 곧 너도밤나무와 참나무 사이를 빠르게 걸어갔다. 나뭇잎은 녹색 광채를 발하며 그의 검은 조끼 위에서 아른거렸다. 새들이 지저귀고 있었고, 아침 일찍 깨어난 뻐꾸기 소리도 들려왔다. 카를은 뻐꾸기 소리를 내고 다른 새들의 소리도 흉내 냈다. 그때마다 새들도 그의 소리에 화답했다. 그는 환호성을 올렸다. 그는 개암나무를 반듯하게 잘라 지팡이를 만들어 금작화와 딱총나무 덤불을 두드렸다. 그러자 몸집이 통통한 새 한 마리가 무겁게 푸드득거리며 날아올랐다. 길은 가볍게 경사를 이루며 완만한 곡선을 그리기 시작했고 멀리 언덕으로 이어졌다. 곧 다른 곳보다 더 어두운 빛깔의 전나무들이 모여 선 곳이 나타났다. 그곳엔 햇빛도 바닥까지 뚫고 들어오지 못했다. 그 나무들 아래엔 갈색 전나무잎들이 양탄자처럼 깔려 있었다. 송진 냄새가 났다. 카를은 솔방울 하나를 발로 차면서 걸었는데, 얼마 후 솔방울은 쐐기풀 사이로 굴러 들어가버렸다. 멀리 저 앞쪽에서 노루 한 마리가 뛰어올랐다. 카를은 이제 땀을 흘렸다. 그 사이 길이 가팔라졌던 것이다. 태양은 그의 머리 바로 위쪽에서 빛나고 있었다. 너도밤나무들은 더 이상 보이지 않았다. 참나무도 마찬가지였다. 이제는 전나무들만이 점점 더 무성해져서 하늘을 거의 다 가리고 있었다. 길은 좁은 오솔길로 바뀌었고 좌우엔 수풀이 높이 자라 있었다. 나무딸기 넝쿨이 그의 조끼와 바지에 자꾸 걸렸다. 가시에 손을 긁혀 피가 조금 났지만 카를은 전혀 신경 쓰지 않고 휘파람으로 노래를 불렀다. 1년 전에 자신의 아버지와 함께 걸었던 그 오솔길이라는 확신이 들었기 때문이었다. "저기 저 굽은 나무를 잘 기억해둬라, 저기 이끼 낀 바위도. 내년엔 너 혼자서 이 길을 가야 한다." 바위 아래쪽엔 작은 채석장 비슷한 곳이 있었고, 그곳엔 빛나는 조약돌이 잔뜩 있었다. 카를은 조약돌 몇 줌을 집어 주머니에 넣었다. 계속 가다 보니 처음으로 눈의 흔적이 나타났다. 그곳에선 창백한 암석경이 자라고 있었고, 눈이 녹아 흘러내리고 있었다. 아직 녹지 않은 눈 속을 걷자 뽀드득 소리가 나며 지저분한 발자국이 생겨났다. 사방의 돌들엔 이끼가 잔뜩 끼어 있고, 크로커스가 여기저기 피어 있었다. 나비들이 어지러이 날아다녔다. 나비라기보다는 나방 같았다. 태양은 아버지보다 앞서 가서 이제는 아버지의 얼굴을 향해 빛나고 있었다. 날씨가 선선해졌다. 아버지는 높다란 나무들로 둘러싸인 그루터기에 걸터앉아 가죽 배낭을 열고 빵과 치즈와 과일즙을 꺼내 먹었다. 방울새처럼 보이는 새들이 빵 부스러기를 주워 먹었다. 카를은 새들에게 남은 치즈를 던져주고는 벌떡 일어섰다. 그를 앞질러 나간 태양은 이제 하늘에 비스듬히 걸려 있었다. 그는 있는 힘을 다해 그 뒤를 쫓았다. 엄청나게 오래된 고산소나무들의 모습이 점점 많아졌다. 그 나무 위엔 새들이 미동도 하지 않은 채 앉아 있었다. 아마 독수리 같은 맹금류일 것이었다. 주변이 어슴푸레해졌다. 그래도 길은 보였다. 이 길은 카를과 같은 이들만이 걷게 되는 길이었다. 길을 알아볼 수 있었던 것은 예전에 그와 마찬가지로 열두번째 생일을 맞아 도시로부터 출발하여 고향을 찾아갔던 사람들이 여기저기 반짝이는 돌들을 뿌려둔 덕분이었다. 카를도 자신이 가는 길 앞에 돌멩이를 던졌다. 돌들은 희미한 햇빛을 반사시켜 길을 보여주었다. 그런데 이제 구름이 태양을 가로막아버렸다. 갑자기 바람이 일더니 나뭇가지들이 요동을 쳤다. 그러자 곧 빗방울이 떨어지기 시작하는 것을 느낄 수 있었다. 빗방울은 금세 거센 물줄기가 되어 잡아먹을 듯이 그를 덮쳤다. 주위가 캄캄해졌다. 왼쪽, 오른쪽에서 번개가 쳐댔고, 이정표 역할을 하던 돌멩이들이 그 빛을 받아 몇 초간 번쩍였다. 우르릉 쿵쾅 천둥소리가 울렸다. 그러더니 곧 우박 알갱이들이 쏟아지며 카를 주위에서 춤을 춰댔다. 다행히도 그는 아버지가 누누이 강조하며 당부했던 말을 기억하고 있었다. "우박, 우박이 반드시 내릴 거다. 그러면 말이다. 조끼를 벗어서 쿠션처럼 모자 아래 넣어라. 굉장히 추울 거다. 몸이 꽁꽁 얼게 될 거야. 하지만 그렇게 하면 하늘에서 떨어지는 얼음 덩어리들은 막아낼 수 있단다." 그리하여 나의 아버지는 조끼를 벗어서 터번처럼 머리에 두르고 그 위에 모자를 썼다. 그러자 정말로 온몸이 꽁꽁 얼었다. 그의 이가 덜덜거리며 위아래로 부딪쳤다. 셔츠는 순식간에 흠뻑 젖어 살갗에 달라붙었다. 그러더니 얼어붙어 딱딱해졌다. 우박 알갱이들은 그의 머리에 부딪혀 튀어 올랐고 맹렬한 속도로 땅바닥으로 떨어져 내렸다. 그는 두 팔로 어깨를 감싼 채 이쪽저쪽으로 뛰며 번개를 피했다. 이제 그는 마구 달리기 시작했다. 그가 길을 제대로 가고 있었을까? 그는 해가 없는 상황에서도 길을 잃지 않게 해달라고 모든 신령들에게 빌었다. 햇빛이 없으면 돌멩이들이 반짝이지 않기 때문이었다. 번개는 그를 더 헷갈리게만 할 뿐 전혀 도움이 되지 않았다. 그래서 그가 달려가는 방향은 골짜기일 수도 있었고 절벽의 틈새일 수도 있었다. 어느 순간 한쪽 발은 질퍽한 웅덩이에 빠지고 다른 한쪽 발은 덩굴식물에 얽혀버린 그가 아주 작은 목소리로 "도와줘요!" 하고 외쳤다. 주변의 굉음이 너무나 요란했기 때문에 그가 더 큰 목소리로 소리를 질렀더라도 아무도 들을 수 없었을 것이다. 그런데 1분도 지나지 않아 비가 가늘어지기 시작하더니 멈춰버렸다. 번개가 멀리서 두세 번 더 번쩍였고, 들려오는 천둥소리는 점점 멀어지며 잦아들었다. 하늘이 다시 한 번 펼쳐졌다. 희미한 빛이 비쳤다. 카를은 이제 마을 쪽으로부터 흘러오는 개울을 따라 걸었다. 그가 걷는 오솔길에는 개울 쪽으로 난간이 나 있었다. 개울물은 거칠게 요동치며 흐르고 있었다. 하지만 이제 그는 다시 길을 찾았다. 아주 우중충한 빛깔의 목초지로부터 솟아나 마치 네 개의 손가락이 달린 거인의 손 모양을 하고 있는 하얀색 석회암 옆을 돌아서자 마을이 나타났다. 왕그물버섯을 보관하는 곡물 창고, 마치 포문처럼 작은 창문들이 달린 고색창연한 목재 가옥들의 모습이 보였다. 태양은 그 그림자 뒤쪽으로 깊이 가라앉아 있었다. 카를은 심호흡을 했다. 그는 해낸 것이다! 그는 그래도 태양보다 늦지는 않았다. 적어도 많이 늦은 것은 아니었다. 그는 태양을 향해 손짓했다. 태양은 누군가를 심연으로 끌고 들어가기라도 하는 듯 굉장히 빠른 속도로 지붕들 뒤쪽으로 가라앉고 있었다. 저 아래쪽으로부터 올라온 마지막 햇살이 교회탑 위의 수탉 모양 풍향계를 아주 잠시 동안 비췄다. 수탉은 가까이에 있는 어느 집의 합각머리 지붕 너머를 건너다보고 있는 듯한 모습이었다. 그 수탉이 있는 곳에 교회 역시 있을 것이었다. 카를은 방향을 잡은 후 좁은 골목을 통해 그쪽으로 갔다. 골목길은 둥근 돌이 꼼꼼하게 깔려 있긴 했지만, 경사지고 울퉁불퉁했다. 마치 물결이 그대로 굳어져버린 듯한 모양이었다. 집들 사이에서는 쐐기풀이 자라고 있었고, 길 한가운데 있는 웅덩이에서는 지독한 냄새가 풍겨났다. 노새 오줌 냄새였다. 카를은 땅이 마른 부분만을 골라 이리저리 뛰었지만 결국은 냄새나는 구정물을 밟고 말았다. 그는 신발이 더러워진 채로 마침내 교회 마당에 도착했다. 해는 졌지만, 하늘엔 마지막 태양빛이 남아 성채와도 같이 반원을 그리고 서서 저 아래쪽을 내려다보고 있는 집들을 비춰주었다. 카를 역시 둥근 돌로 포장된 가파른 길 너머로 저 멀리 아래쪽에 자리 잡은 식당과 교회를 내려다보았다. 마치 무대 위의 한 장면 같았는데 교회는 무대의 오른쪽, 식당은 왼쪽 가장자리에 자리 잡고 있었다. 그곳엔 노새들도 말뚝과 나무 기둥에 묶인 채 사료 자루에 고개를 처박고 있었다. 카를의 눈에 즉시 관들도 보였다. 그는 노새에 대해서도 알고 있었듯이, 관들에 대해서도 알고 있었기 때문에 첫번째 집 앞에 놓여 있는 관들을 보고도 거의 놀라지 않았다. 그곳엔 사람 크기의 상자 세 개가 나란히 놓여 있었다. 그는 한 집 한 집 건너다보았다. 모든 집(!) 앞에 그런 관들이 놓여 있었는데, 대부분 오래되고 비바람에 낡은 나무관들이었지만, 그중 몇 개는 밝은 나무에 새로 대패질을 한 흔적이 보였다. 다섯 개 혹은 열 개의 관이 놓여 있는 집들이 있는가 하면 겨우 두 개만 놓여 있는 집도 있었는데, 관들은 열과 줄을 맞춰 조심스럽게 쌓여 있었다. 하지만 몇몇 집 앞의 관들은 무성의하게 던져진 채 쌓여 있었다. 지금 카를 앞에 있는 집이 그런 경우였는데, 이 집의 문은 비스듬하게 기울어져 있었고 유리도 없이 널빤지로 창문을 막아두고 있었다. "관들은 에멘탈 지방의 퇴비 더미와 같은 것이다"라고 카를의 아버지는 말했었다. "관이 쌓여 있는 모습을 보면, 그 집에 살고 있는 사람들의 정신 상태를 알 수 있는 법이지." 예컨대 아버지라면 관들이 아무렇게나 쌓여 있는 집 여자와는 절대 결혼하지 않았을 것이라고 했다.— 마을 사람 누구나 출생과 동시에 관을 얻었다. 훗날 그의 수명이 다하고 나면 그는 그 관 속에 눕혀졌다. 그 시간이 올 때까지 관은 집 앞에서 기다렸다. 남자든 여자든 누구나 자신의 관을 가지고 있었다. 마을 사람 중에 관을 소유하지 않은 사람은 없었다. 물론 카를도 자신의 관을 받았다. 여관 앞에 반듯하게 쌓여 있는 관 더미 한가운데 끼어 있는 그의 관이 보였다. 붉은빛이 도는 나무를 대패질해서 만든 나무 상자 모양의 그 관은 그사이에 다른 관들과 마찬가지로 거의 탈색이 되어 있었다. 주류 판매대 한쪽 구석에서 마을의 우편 업무도 관장하고 있던 여관 주인은 그의 삼촌, 그러니까 그의 아버지의 형제였다. 그와 이 집에 관련된 사람들이 너무 많아서 관들은 마치 벽처럼 집을 둘러싸고 있었다. 삼촌 집에는 여러 명의 친척 할머니, 먼 촌수의 남녀 친척들이 함께 살고 있었다. 그들만으로도 열두 개 이상의 관이 필요했다. 거기에 카를의 부모처럼 도시로 나갔거나 미국으로 이민 가서 오래전에 자녀와 손자들을 얻은 사람들이 많이 있었다. 또 자기 집을 소유한 친척은 더 이상 마을에 살고 있지 않지만, 먼 곳에 살면서 마을과의 관계를 긴밀히 유지하고 있는 몇몇 사람들도 삼촌을 일종의 해결사로 여기고 그의 여관을 고향 집처럼 생각했다. 당연히 삼촌은 그들의 관들도 보관해줬다. 그는 어떤 관이 존의 것인지, 또 어떤 관이 자신이 한번도 본 적 없는 엘리아노르의 것인지 알고 있었다.

(심지어 마을 주민이 아닌 단골손님 중에도 그의 온정을 입어 관을 얻어낸 사람이 있을 가능성도 있었다.)―지금 여관은 닫혀 있는 것 같았다. 주변을 아무리 둘러봐도 단 한 사람도 보이지 않았다. 모두들 어디에 있는 걸까? 게다가 하늘로부터 마지막 빛마저 사라져버리자 카를은 자기 자신의 발도, 눈앞의 손도 볼 수 없게 되었다. 아주 깜깜한 밤이었다. 유일하게 교회 입구에서만 등불이 비치고 있었다. 마치 명령에 따르듯이 나의 아버지는 그곳을 향해 갔다.

그는 손으로 더듬으며 문 쪽으로 다가갔다― 등불이 불안하게 깜박였다― 그런데 그가 손잡이를 만지기도 전에 문이 열렸다. 그는 안으로 들어섰다. 교회의 내부가 지나치게 밝아서 그는 눈부심 때문에 눈을 감았다. 두세 걸음을 더 비틀거린 그는 아무것도 안 보이는 상태에서 얼굴 위로 두 손을 갖다 댄 채 그 자리에 멈춰 섰다. 어떤 온기가 느껴졌다. 그가 조심스럽게 눈을 뜨고 손가락 사이로 두 눈을 깜빡여보니 교회 안 곳곳에 켜져 있는 1천 개도 넘을 것 같은 촛불들로부터 열기가 전해져왔다. 그의 앞쪽 바닥에, 벽을 따라서, 높이 걸려 있는 바퀴 크기의 촛대 위에, 설교단의 난간 위에, 그리고 저 멀리 높이 있는 오르간 앞에, 곳곳에 촛불이 놓여 있었다. 촛불의 바다였다. 신도석에는 검은 양복을 입은 남자들이 촛불 불빛에 비춰져 하얗게 보이는 얼굴로 앉아 있었다. 백발의 노인들이 맨 앞쪽에, 그들 뒤에는 중년층이 앉았고, 그들로부터 한참 떨어진 뒤쪽에는 청년들과 어린 청소년들이 앉아 있었다. 그들 중 몇몇은 그와 거의 동년배처럼 보였다. 그의 바로 앞, 제일 첫번째 줄에 헝클어진 머리와 건장한 체격의 사나이인 그의 삼촌이 앉아 있었고, 그 옆에는 훨씬 곱상한 모습인 그의 아버지가 앉아 있었다. 인간이 할 수 있는 한 최대한의 속력으로 그가 걸어왔는데 아버지는 어떻게 눈에 띄지도 않고 저렇게 멀쩡한 모습으로 그를 따라잡을 수 있었던 것일까?─교회 뒤편에는 여인들이 쓴 하얀 두건이 보였다. 그러니까 사람들은 모두 여기에 모여 있었던 것이다! 그들은 그를 기다리고 있었다! 그들은 알고 있었다. 그들은 그가 오늘 올 것이라는 사실을 12년 전부터 알고들 있었던 것이다! 모두가 미동도 하지 않고 눈을 크게 뜬 채 침묵하며 그를 바라보았다. 저기 뒤편 기둥 옆에 그의 어머니도 있었다! 카를은 옆문으로 들어섰는데 문에서부터 안으로 향하는 그의 발걸음을 따라 신발 밑으로 물구덩이가 고였다. 그는 이제 제단 바로 앞의, 꽃병이 가득 놓인 단상 위에 서 있었다. 연초라 아직 진짜 꽃이 피지 않았기 때문에 꽃병에는 인피나 짚으로 만든 엉겅퀴꽃과 알프스 들장미가 꽂혀 있었다. 그는 눈앞이 빙빙 도는 것만 같아서 도망칠 수 있을 만한 기회를 엿봤다. 기둥 뒤로 숨거나 다시 문밖으로 나갈 수 있지 않을까 하는 생각을 했다. 하지만 그 순간 문이 저절로 움직이는 듯이 닫히더니 찰각 소리를 내며 잠겨버렸다. 마치 누군가가 열쇠를 넣어 돌린 것 같았다. 제단에도 숨을 만한 곳은 찾을 수 없었다. 검은 대리석으로 만들어진 제단의 모습은 마치 성채 같았다. 교회는 완전히 검은색이었다. 정말이지 온 예배당이 검었다. 검정색 회반죽을 바른 벽이 빛을 발하고 있었다. 초도 검은색이었다. 하지만 불꽃은 환했다. 성화 휘장, 순교자의 유골도 검었고, 실제 인간 크기의 입상으로 만들어져 벽을 따라 선 채 손에는 곤봉, 곡괭이, 중세의 무기인 극, 낫을 들고 있는 기이한 성인들도 모두 검었다. 제단 앞, 교회 단상의 한가운데엔 흑단으로 만든 책상과 의자가 하나씩 놓여 있었다.— 카를은 엄청난 추위를 느끼며 사시나무 떨듯 몸을 떨었다. 그의 이가 덜덜거리며 맞부딪치는 소리는 맨 뒷줄까지 들릴 정도로 크게 울렸다. 그는 금방이라도 울음을 터뜨릴 것만 같았다. 하지만 교회 안의 남녀 모두 미소를 짓고 있었다. 심지어 저 뒤쪽에 앉아 있는 몇몇 소녀는 소리 내어 웃기까지 했다. 도대체 그에게서 웃기는 게 뭐가 있단 말인가? 그는 덜덜 떨고 있고, 온몸이 완전히 젖어 있을 뿐인데!— 삼촌이 일어서더니 교회 단상 위로 올라왔다. 그도 미소를 짓고 있었다. 그가 한 손을 들어 올리자 카를은 자신을 때리려는 줄 알고 겁을 먹었다. 하지만 그는 그의 모자를 벗기고 머리에 두른 조끼를 벗겨내어 그것들을 흑단 책상 아래 준비되어 있던 버들가지로 엮은 바구니에 넣었다. 그러자 모두가 웃었다. 카를의 얼굴은 홍당무처럼 새빨개졌다. 교회에서 모자를 쓰고 있다니! 게다가 물이 뚝뚝 떨어지는 조끼까지 두르고!— 그러나 삼촌은 곧장 그의 두 손을 잡아 위로 들어 올렸고, 그 순간 삼촌보다 더 나이 들어 보이는 두 남자가 어디로부터인가 재빠르게 등장하여 그의 셔츠를 벗겼다. 신발도 벗겼다. 이어서 바지, 그리고 속옷 차례였다. 양말도 벗겼다. 그다음엔 강력한 네 개의 손이 그를 들어 올리더니 개구리처럼 버둥거리는 그를 뜨거운 물이 가득 채워져 있는 양철 목욕통 안에 집어넣었다. 그 목욕통 역시 어떻게 해서인지 갑자기 제단 앞에 놓여 있었다. 삼촌이 목욕용 솔과 비누 조각을 건네주자 두 남자는 그의 온몸을 머리부터 발끝까지 샅샅이 닦았다. 아야! 그는 있는 힘껏 눈을 감았지만 곧 눈 속으로 비눗물이 들어가고야 말았다. 그들은 솔로 그의 살갗을 벗겨내기라도 하려는 것 같았다. 한 남자가 그의 머리통을 씻어내는 바람에 머릿속이 윙윙거렸고, 다른 남자는 그의 성기를 쥐고 포피를 뒤로 젖히고는 솔로 귀두 부분을 마구 문질러댔다. 하지만 그 순간 역시 금세 지나갔고, 다음으로는 두 다리와 발, 배, 등, 엉덩이, 팔과 손을 씻었다. 그러고는 곧바로 카를을 통에서 끌어 올리더니 뜨거운 수건에 감아 온몸의 물기를 닦아주었다. 한 노인은 그의 머리카락의 물기를 털어주었고, 다른 노인은 아래쪽에서 배와 다리를 닦아주었다. 그들은 킥킥거리며 웃음을 참느라 꺽꺽댔다. "됐다!" 그들은 수건을 치웠다. 깨끗하게 물기를 닦아낸 카를의 몸은 열기로 달아오른 채였고, 그는 그렇게 사람들 앞에 서 있었다. 알몸인 채였다. 남녀 모두 그를 쳐다보았다. 제일 뒤쪽에서는 몇 명의 소녀들이 일어나 목을 늘여 뺐다. 하지만 그들 역시 장난기 없는 표정으로 그를 바라보았다.—그들은 모두 입을 벌리고 있었다. 남자들도 입을 벌리고 있었고, 여자들 또한 마찬가지였다. 그때서야 카를은 그들이 노래 부르는 소리를 들었다. 모두가 노래를 부르고 있었다. 그가 목욕통 안에 앉아 귓속에 비눗물이 차 있을 때부터 그들은 이미 노래를 부르고 있었던 것이다! 그는 멀리서 들려오는 그 소리가 자신의 머릿속에서 터져 나오는 환호성이라고 생각했었다! 그들은 마치 다른 세계에서 들려오는 것처럼 조용하고도 맑은 목소리로 노래하고 있었다. 멜로디는 마치 돌림노래처럼 계속해서 반복되고 있어서, 교회 내의 한쪽에서 노래가 끝났다고 생각이 드는 순간 다른 쪽에서 새롭게 시작이 되곤 했다. 노랫소리는 점점 커져갔는데 노래의 가사 또한 끝없이 반복되는 것이었다. 속닥거리는 듯한 그 노랫소리는 카를이 알아듣지 못하는 언어였다. 그의 옆에는 그를 씻겨줬던 두 노인과 그의 삼촌이 서 있었다. 삼촌은 두 눈을 위로 향한 채 진리를 깨우친 사람 같은 모습으로 노래하고 있었다. 곧 카를은 자신이 그 노래를 알고 있으며 노래의 가사까지도 알고 있음을 깨달았다. 목욕을 하는 동안 배웠음이 분명했다. 그래서 그는 함께 노래를 했다. 처음에는 나지막하게, 조심스럽게 불렀지만 점점 더 뚜렷한 자신감이 들었다. 그 노래는 아마도 조상 중의 누군가가 만든 것 같았다. 기이한 성인 조각상들이 기념하고 있는 인물들 중의 하나일 듯했다.—목욕을 도와준 두 노인은 제단의 단상에서 내려갔다. 그들 대신 두 여성이 등장했다. 두 노인은 그들을 지나쳐 가면서 찰싹 소리가 나도록 등짝을 때리고는 계속해서 노래를 부르며 킥킥거렸다. 두 여성은 매우 젊었는데 그들 역시 노래를 부르고 있었고 팔에는 옷을 들고 있었다. 그들은 카를에게 마른 옷을 입혔다. 카를은 얼굴이 붉어졌다. 자신은 알몸인 상태인데 그들이 그토록 가까이에 있었기 때문이다.—그들은 이런 일은 셀 수도 없이 많이 해봤다는 듯이 굉장히 솜씨 있고 재빠르게 옷을 입혔다. 겨우 그 나이에! 한 명은 열네 살도 채 안 된 듯 했고, 다른 한 명 역시 기껏해야 열여섯 살 정도 되어 보였다! 그들은 맑은 목소리로 굉장히 크게 노래를 불렀기 때문에 카를도 있는 힘껏 소리를 질러 노래했다. (그에게서 새로운 목소리가 나왔다! 베이스 소리였다!) 속옷, 바지, 양말, 셔츠, 조끼, 신발을 다 입히는데 채 1분도 걸리지 않았다. 두 사람 중 더 나이 어린 소녀, 금발 머리에 뺨에는 주근깨가 나 있는 소녀가 카를의 손에 모자를 쥐여주었다. 물론 그는 모자를 쓰지는 않았다. 그가 소녀에게 미소를 지어 보이자 그녀도 마주 웃어주었다. 또 다른 소녀, 열여섯 살의 소녀가 그의 손을 잡더니 거울 앞으로 데리고 갔다. 거울은 제단에 박혀 있었는데 상자에 가려 보이지 않았었다. 카를, 그가 거울 속에 서 있었다! 새 옷은 원래 입었던 옷과 거의 비슷했지만, 검은색이 아니었다. 옷 색깔이 아주 현란했다. 예를 들자면 모자는 와인을 물들인 듯한 빨간색이었고, 바지는 블루베리의 짙은 하늘색, 그리고 가죽으로 만든 신발은 움직일 때마다 색깔이 바뀌었다. 카멜레온 가죽인가? 양말은 노란색이었다. 그는 앵무새같이 보였다. 교회 안에서 색깔이 있는 옷을 입은 사람은 그 한 사람뿐이었다. 그는 자신의 모습이 맘에 들었다!—노래는 절정에 이르렀다. 모두들 목청껏 열을 내어 노래를 부르는 가운데 전원이 똑같이 높은 음에 도달했고 그 음을 길게 유지했다. 곧 온 교회 안에 오직 이 한 음만이 울려 퍼졌다. 우렁찬 소리였다. 마을 사람들은 악기의 송풍기 같은 폐를 갖고 있었던 것이다. 몇 분이 흐르고 나서야 어쩔 수 없이 포기하는 사람들이 나타났다. 노인들이 먼저 포기할 수밖에 없었는데, 그들의 얼굴은 새빨개졌고 두 눈은 머리에서 튀어나올 것만 같았다. 그다음엔 삼촌과 아버지의 아버지가 동시에 입을 다물었다. 둘 다 똑같이 땀에 푹 젖어 있었다. 다른 노인들도 멈추었다. 그다음엔 나이가 찬 젊은이들이, 그리고 마지막엔 더 젊은 아이들까지도 그만두었다. 카를도 멈추었다. 결국 마지막까지 그 환희의 외침을 지속할 수 있었던 것은 단 두 사람뿐이었는데, 놀랍게도 그들은 두번째 줄에 앉아 있다가 지금은 일어서 있는 어느 이 빠진 노인과 주근깨가 나 있는 그 어린 소녀였다. 그녀는 이제 신도석의 뒤쪽에 있는 자신의 자리로 돌아가 있었다. 두 사람은 서로 경쟁을 하고 있었다. 그들은 다른 사람들의 머리 너머로 서로의 눈을 바라보며 한 옥타브의 차이가 나는 각자의 음을 유지했다. 주위의 모든 사람들이 응원을 보내는 가운데 마침내 노인이 더 이상 숨을 참지 못하고 멈췄다. 소녀는 혼자서 환희의 외침을 몇 박자 더 흘려 내보냈다. 이제 그 외침은 온전히 그녀만의 것이 되어 맑고 청명하게 온 교회를 가득 채웠다. 그사이에 그녀의 얼굴은 너무나 상기된 나머지 뺨의 주근깨들이 전혀 보이지 않게 되었다. 결국 그녀마저도 입을 다물었다. 그녀에게 패배했던 노인이 헐떡거리는 소리로 브라보를 외쳤다. 모두가 박수갈채를 보냈다. 카를 역시 두 손을 맞부딪쳐 박수를 보냈다.

당연히 그는 이것이 예식의 끝이라고 생각했다. 하지만 삼촌이 한 손을 들자, 박수 소리가 멈췄다. 다시 깊은 침묵이 찾아들었다. 삼촌은 제단 위에 놓여 있던 검은 수건을 들어올리고 그 아래서 역시 검은색의 큰 책을 끄집어냈다. 2절판의 아주 큰 책으로 절단면에는 금박이 칠해져 있었고, 뒷면에 카를의 이름이 쓰여 있는 책갈피가 끼워져 있었다. 'Karl'이라는 글씨가 보였다. 삼촌은 그곳에 모인 사람들 모두에게 말한다는 듯이 커다란 목소리로 말했다. "이것은 백서다. 백서라고 하는 이유는 이 책이 백지로만 이루어져 있기 때문이다. 너는 죽음을 맞이하게 되는 날까지 너의 하루하루를 이 책에 기록하게 될 것이다. 길든, 짧든 그것은 너의 방식대로 하면 된다. 이곳에 있는 우리들 모두 그렇게 하고 있다. 짧든, 길든 우리의 방식대로 하고 있다. 글씨 쓰는 법을 배운 적이 없는 사람일지라도 매일 저녁 세 개의 십자 표를 그려 넣는다." 그는 책을 책상 위에 내려놓더니 카를에게 의자에 앉으라는 손짓을 했다. 그리고 첫번째 페이지를 펼쳤는데 종이의 흰색이 너무도 밝게 빛나는 바람에 카를은 두 눈을 찡그렸다. 삼촌이 말했다. "누구도 네가 죽기 전에는 네가 무엇을 썼는지 읽지 않을 것이다. 우리들 중 누구도 다른 사람의 백서를 읽는 짓을 하지 않을 것이다. 그건 재앙을 불러오는 짓이다. 네가 죽고 난 다음에야 그 책을 읽게 될 거다. 죽고 난 다음에는 당연히 읽어야 한다. 그때는 누구나 다, 심지어는 읽을 줄 모르는 사람이라고 할지라도 나름의 방식으로 너의 삶이 어떠했는지를 읽게 된다. 그들은 기뻐하기도 하고, 눈물짓기도 할 것이다. 놀라워하기도 하고, 무언가를 배우기도 할 것이다. 카를, 하지만 그 순간이 오기 전까지 이 책은 모든 책들 중에 가장 비밀스러운 책이다." 그는 자신의 조카 쪽으로 몸을 돌리더니 그를 향해 몸을 숙이기까지 했다. 하지만 목소리는 여전히 우렁찼다. "너의 첫번째 날, 바로 오늘에 대해 우리 모두의 눈앞에서 기록을 해라. 자, 시작해라." 그는 카를에게 끝을 뾰족하게 깎은 거위깃펜을 주고는 잉크병을 가리켰다. 그래서 카를은 그 펜을 받아 잉크에 적셨다. 그는 자신의 삼촌을 바라보았다. "왜 그러고 있는 거냐?" 삼촌은 이제 굉장히 조용한 목소리로 말했다. "어떤 일이 있었는지 적으려무나. 더도 덜도 말고 그대로 적어라." 카를은 고개를 끄덕이고 적기 시작했다.

"나는 이제 남자이다. 오늘 나는 완전히 처음은 아니지만, 혼자서는 처음으로 시내의 집에서 출발하여 아버지와 어머니의 고향 마을에 도착했다." 그는 삼촌을 올려다보았다. 그는 꼼짝도 하지 않았다. 그래서 카를은 쓰기를 계속했다. "내가 원래 목표로 삼았던 곳은 마을의 교회였다. 그 교회는 검은 예배당이라고 불린다. 하지만……"—"아주 좋아." 삼촌이 이렇게 말하며 그의 손에서 거위깃펜을 빼앗았다. "하지만 계속해서 그런 식으로 많은 내용을 큰 글씨로 쓰다보면, 너의 책은 곧 다 채워지고 말 거다. 너의 인생을 위한 더 이상의 페이지는 없단다." 그는 잉크 위에 교정용 고운 모래를 뿌린 후, 그것을 입으로 불어내고 책을 덮었다. 곧바로 모든 사람들이 자리에서 일어나 출구 쪽으로 몰려갔다. 그들은 소란스럽게 수다를 떨며 크게 웃어댔다. 검은 예배당이 성스러운 장소라는 사실에 대해서는 어느 누구도 신경을 쓰지 않는 것 같았다. 카를은 마지막 무리에 섞여 좁은 문을 통과해서 밖으로 나갔다. 온화한 바람이 불어왔다. 모두들 긴 개암나무 가지 끝에 종이 초롱을 매달아 들고 있었다. 몇몇 사람은 비뚤어진 눈, 일그러진 입, 비웃는 듯한 치아 형태를 가진 기이한 얼굴을 사탕무에 가득 새겨 넣어 만든 등을 들고 있기도 했다. 한 여인은 빛을 발하는 심장 모양의 등을 들고 있었다. 그 뒷면에는 늑대가 그려져 있었다. 카를도 나뭇가지에 달린 종이 초롱을 하나 받았다. 빨간색 종이로 만든 둥근 초롱 안에서 촛불이 활활 타고 있었다. 네 개의 하얀 십자가는 네 방향을 의미하는 것이었다. 그는 또한 돌만큼이나 무거운 책을 들고 있었다. 행렬의 선두는 이미 오래전에 여관에 도착했다. 여관과 교회 사이에 수백 개의 불빛이 일렁거렸다. 사람들의 재잘거림과 웃음소리가 밤하늘을 타고 올라 마치 구름처럼 마을 위를 떠돌고 있었다. 별들이 반짝였다. 카를은 여태껏 그토록 깊은 우주에 그토록 많은 별들이 빛나고 있는 모습을 본 적이 없었다. 그는 주위의 청년들과 장난을 치며 시시한 농담을 주고받았다. 그의 아버지와 어머니가 저만큼 앞에서 손을 맞잡고 걸어가고 있었다. 그 모습이 그에게는 이상하게 보였다. 창피한 생각이 들었다. 행렬의 길음걸이가 점점 더 느려졌다. 여관으로 들어가기 위해서는 모두가 관들 사이의 비좁은 틈을 통과해야 했는데 거기서 정체가 되었기 때문이었다. 모두들 웃고 비명을 지르며 서로 몸을 밀착한 채 앞으로 밀어댔다. 이제는 카를도 거기 합세했다. 그가 어느 건장한 사내의 등에 달라붙어 있는 동안 뒤에서는 새된 비명을 질러대는 한 떼의 소녀들이 그를 거의 압사시킬 듯 밀어대고 있었다. 그는 거의 숨을 쉬지 못할 지경이 되었다가 곧 강한 힘에 의해 관들이 있는 쪽으로 내동댕이쳐졌다. 관들이 그의 위로 쏟아져 내릴 것처럼 요동쳤다. 그의 눈앞에 자기 자신의 관이 보였다. 모두들 종이 초롱을 머리 위로 들어 올리고 있었기 때문에, 그 불빛 속에서 거친 나무관은 평상시보다 훨씬 더 우람하게 보였다. 그런데도 그는 자신의 관을 즉시 알아보았다. "내 관은 대장간 앞에 있어." 그의 뒤에서 주근깨 소녀가 말했다. 그녀가 그와 단 한마디의 말을 나눈 적이 없었음에도 불구하고, 그는 그녀의 음성을 수천 명의 사람들 사이에서도 알아챌 수 있을 것 같았다. 그녀의 노래 때문이었다! 그녀의 몸, 그러니까 그녀의 가슴, 배, 다리는 그에게 밀착되어 있었고 그녀의 입은 그의 귀 바로 옆에 와 있어서 그는 그녀의 숨결을 느낄 수 있을 정도였다. "우리 집엔 이제 관이 세 개밖에 없어. 엄마 것, 오빠 것, 그리고 내 것. 아버지 관은 지난주에 썼거든." 그녀는 카를의 귀에 뜨거운 숨결을 내뿜었다. "하지만 우리 집 관들은 지금도 마을에서 제일 반듯하게 정돈이 되어 있어. 아버지가 수준기를 가지고 맞추셨거든. 왼쪽 수직에 맞추고, 오른쪽 수직에 맞추고. 나도 그걸 할 수 있어."—카를의 얼굴 왼쪽은 마치 사포로 갈 듯이 관의 널빤지에 의해 갈렸다. (한번은 그의 귀가 관 모퉁이에 걸리는 바람에 그가 비명을 질렀지만 아무도 듣지 못했다. 다른 쪽 귀에는 여전히 소녀의 숨결이 느껴졌다.)—아버지와 어머니의 관들은 어디에 있지?—마침내 그들은 좁은 관들 사이를 뚫고 여관 안으로 들어섰다.

 그곳은 번듯한 홀이었는데, 카를이 기억하고 있는 것보다 훨씬 컸다. 내부는 밝았고, 기다란 테이블에는 잔치 손님들이 앉아 있었다. 사람들 머리 위로 사방이 꽃으로 장식되어 있었다. 그 꽃들 역시 검은색이거나 하얀색이었다. 남자들은 재킷을 벗고 셔츠 차림이었다. 팔을 높이 걷어붙인 사람들이 여기저기 눈에 띄었다. 여자들은 두건을 벗고 조끼의 여밈을 느슨하게 하고 있었다. 틀어 올렸던 머리를 풀어 흘러내리게 하고 있는 사람들도 많았다. 색깔이 있는 옷을 입은 사람은 여전히 카를 한 사람뿐이었지만, 이제는 다른 사람들의 얼굴에 생기가 넘치고 밝게 빛이 났다. 코는 빨갰고, 뺨은 열기로 달아올라 있었다. 철사와 유리를 가지고 자신이 직접 만든 것 같은 안경을 쓴 한 여인이 카를의 손을 잡더니 안쪽 벽과 같은 길이를 차지하고 있는 테이블 쪽으로 이끌었다. 벽은 소방대 깃발, 우승컵, 액자에 넣은 가축 품평회 상장으로 장식되어 있었다. 이곳의 자리도 모두 차 있었다. 단 두 자리만 남아 있었는데, 그 안경 쓴 여인과 카를의 자리였다. 카를의 자리는 로벨리아 화환으로 장식되어 있는 주빈석으로서 테이블 한가운데에 있어서 카를은 홀 전체를 바라볼 수 있었고, 모든 사람들 또한 그를 볼 수 있었다. 꽃향기가 풍겼는데, 이제까지 카를이 전혀 맡아보지 못했던 향기였다. 그는 책을 어떻게 해야 할지 알 수 없었지만, 아무도 그를 도와주지 않았고 모두들 그가 이 문제를 어떻게 해결할지 궁금해하는 듯했다. 그래서 그는 결국 책 위에 앉았다. 그는 모든 사람들 위에 군림하는 왕처럼, 또는 나무 위에서 망을 보는 사냥꾼처럼 우뚝 솟아 있었다. 모두가 박수를 쳤다. 그가 제대로 된 해결책을 찾아낸 것이었다. 안경을 쓴 여자가 그의 옆에 앉았다. 그 테이블에 앉은 다른 사람들과 마찬가지로 그녀 역시 그와 비슷한 나이였다. 그녀가 말했다. "나는 너의 시녀야. 내 이름은 힐다라고 해. 저기 쟤는 엘제야." 엘제는 그의 또 다른 옆자리에 앉아 있었다. 통통한 몸집에 벌써 풍만한 가슴을 갖고 있었다. 그녀가 그를 향해 미소를 지어 보였다. 주근깨 소녀는 저 멀리 테이블 한쪽 구석에 앉아 있었다. 어쨌든 같은 테이블이긴 했다. 여인들이 부엌에서 나왔는데, 그의 이모, 고모, 사촌들이었다. 그들 중 한 사람의 이름은 그도 알고 있었다. 첼다라고 했다. 그들은 김이 모락모락 나는 그릇을 사람들 앞에 내려놨다. 그릇 안엔 베이컨, 콩, 감자가 가득 들어 있었다. 주인집 가족들 중 남자들은 카를의 모자와 같은 빛깔의 와인을 잔에 따라줬다. 그들 역시 그의 사촌이거나 삼촌들이었다. 카를은 게 눈 감추듯 빠른 속도로 음식을 먹어치웠다. 첼다는 계속 그의 옆에 서 있다가 그의 접시를 두번째로 채워주면서 이렇게 말했다. "시내에서 온 사람들은 항상 2인분이 필요하다니까." 카를은 고마워하며 그녀를 올려다봤다. 갈증도 느껴져서 그는 자신의 잔을 단숨에 비워버렸다. 그는 난생처음으로 와인을 마셔봤는데, 그 맛이 맘에 들었다. 그는 사촌을 향해 잔을 내밀었다. 어쩌면 삼촌일 수도 있었다. 그는 그 잔을 새로 채워줬고, 카를은 이번에도 빠른 속도로 잔을 비웠다. 당연히 그의 잔은 다시 채워졌다. 힐다와 엘제가 그를 위해 건배했다. 물론 그는 자리에서 일어서야 했다. 책 위에서 바닥으로 쿵 소리와 함께 내려선 그는 홀 안의 모든 사람들을 향해 건배했다. 수백 개의 잔이 그를 향해 내밀어졌고, 마찬가지로 수백 개의 목청에서 건배의 외침이 흘러나왔다. 그 소리는 방금 태어난 용의 울부짖음과 비슷했다. 그도 그와 비슷한 소리를 내고는 자신의 잔을 들어 마시고 다시 왕좌 위로 기어 올라갔다. 곧 그는 다른 사람들과 마찬가지로 아주 기분이 유쾌해졌다. 모든 사람이 동시에 최대한 큰 소리로 말하고 있었다. 그러니까 그들은 상대방에게 자신의 이야기를 전달하고 싶어 하면서, 다른 사람들의 이야기는 굳이 알아들으려고 하지 않았다. 카를도 수많은 목소리들의 굉음에 자신의 고함 소리를 보탰다. 새로 얻은 베이스 음성이 울려 나왔다. 그는 자신을 건너 힐디와 이야기하고 있는 엘제에게 자신이 형보다 축구를 훨씬 더 잘하며, 말이 끄는 시가 전차가 역과 호수 사이를 다닌다고 말했다. 다른 사람들은 독일 상갑 순양함의 이름을 외쳐 부르고 있었다. "비스마르크 제후," "샤른호르스트," "빅토리아 루이제." 여자들은 킥킥대며 파리에서 유행하는 가슴이 깊이 파인 옷에 대해 이야기를 나눴는데, 자신들은 그런 옷을 절대 입지는 않겠지만, 사실은 한번쯤 입어보고 싶다고 했다.— 잠시 후 사람들은 테이블을 모두 한쪽으로 밀어놓았다. 아코디언, 콘트라베이스, 만돌린으로 이루어진 악단이 홀 구석의 높은 연단 위로 기어 올라갔다. 무도장은 즉시 춤추는 사람들로 가득 찼다. 카를도 힐디와 함께 춤추기 시작했다. 그는 껑충껑충 뛰고 빙빙 돌았으며, 힐디는 마치 망아지처럼 그와 함께 뛰어다녔다. 하지만 곧 엘제가 나타나 힐디와 교대했다. 힐디는 웃으며 자신의 테이블로 돌아갔다. 이제 그곳에 앉아 있는 여자는 단 한 사람도 없었다. 여자들은 무도장을 둘러싸고 서 있었다. 한 사람도 빠짐없이 카를을 예의 주시하고 있었다. 누구나 카를과 함께 춤을 추고 싶어 했다. 중년 여성과 노인들까지 정말 모두가 원했기 때문에 그는 이가 다 빠지고 그를 의지해야 걸을 수 있을 정도인 여인들과 왈츠를 추었다. 심지어는 1백 세의 노인과도 춤을 추었는데, 그녀에게는 발걸음을 아주 약간만 떼는 것도 뜀뛰기나 마찬가지로 힘든 일이었다. 그녀는 행복한 미소를 지었고, 카를도 기분이 매우 좋아졌다. 갑자기 그의 어머니가 그의 팔에 안겼다. "오늘 너는 모든 여자들에게 행운을 가져다주는 존재란다." 그녀는 나는 듯이 홀을 돌면서 이렇게 말했다. "그러니 모두가 너와 함께 춤추고 싶어 하는 게 당연하지. 나도 마찬가지야." 그녀는 그에게 키스했는데, 카를이 고개를 숙여 피할 짬도 없었다. 그녀는 머리가 덥수룩하고 키가 큰 여자에게 그를 넘겼다. 그 키 큰 여인이 사랑스럽다는 듯이 힘을 주어 그를 감싸 안았기 때문에 그는 숨이 막혀 죽을 것만 같았다. 마침내 그녀가 힘겹게 숨을 몰아쉬는 그를 어느 여인에게 넘겨줬다. 그녀의 눈빛은 공포에 사로잡혀 있었고 몸은 딱딱하게 경직되어 있었다. 하지만 그녀는 그의 품 안에서 부드럽게 녹아버리더니 더 이상 그를 내놓으려고 하지 않았다. 그럼에도 불구하고 마침내 어느 건장한 여자가 카를을 빼앗아 가버리자 벨벳처럼 부드러워진 그녀의 두 눈에서 행복의 눈물인지 불행의 눈물인지 알 수 없는 눈물이 흘러내렸다. 야생의 사냥과도 같은 과정이 다시 시작되었다. 차례를 기다리는 여자들의 원이 점점 작아졌다. 춤을 추고난 사람들은 다시 자기 자리로 돌아가 앉았기 때문이었다. 춤을 추기 위해 마지막 순간까지 남은 여자들은 모두 아가씨들이었다. 귀여운 아가씨, 키가 큰 아가씨, 큰 소리로 웃음을 터뜨린 아가씨, 내성적인 아가씨, 투덜거린 아가씨, 뻣뻣한 몸짓으로 환호성을 지른 아가씨. 결국엔 모두와 춤을 추었다, 아니 거의 모두와 춤을 추었다. 왜냐하면 주근깨 아가씨는 그에게 춤을 청하지 않았기 때문이다. 그녀는 조용히 자리에 앉아 있었다. 완전히 혼자인 채로 앉아 그에게서 눈을 떼지 않았지만 그에게 오지는 않았다. 그도 그녀에게 춤을 청할 용기를 내지 못해 그 대신 엘제와 두 번 춤을 추고 힐디와는 세 번이나 춤을 추었다. 그리하여 그녀는 행운의 춤을 추지 않은 유일한 사람이 되었다. 연주자들이 영국 왈츠를 연주한 후 악기를 챙기기 시작하자 그녀는 얼굴이 새빨갛게 된 채 마지막 춤을 청하기라도 할 것처럼 자리에서 몸을 약간 일으켰으나 다시 앉고 말았다. 이제는 카를도 자리에 앉았고 곧 청년들과 어울려 다시 허풍을 떨기 시작했다. 그들은 마치 자신들이 직접 파나마 운하 개통식에 참가하기라도 한 것처럼 운하에 대해 이야기를 나눴고, 마른에서의 전투[7]에 대해 이야기했다. 카를은 비행사 윌러리히 이야기를 들려주었다. 당연히 그는 독일인이었고, 최근에 비행고도 신기록을 세우고

8만 미터 이상의 높이에서 비행했던 사람이었다. 그는 오직 주근깨 아가씨만을 위해 이야기했고 실제로 그녀는 멀리서 집중해서 그의 이야기를 듣고 있었다. 그는 굉장히 기분이 좋아졌다. 모든 것이 맘에 들었다. 지금은 그가 세상의 중심이 되어 있었다. 그는 지금 자신이 이야기를 하고 있는 것인지, 아니면 테이블에 앉은 다른 사람이 이야기하고 있는 것인지도 더 이상 알 수 없었다. 모두가 각자 이야기를 하고 있었다.―어느 순간 그가 눈을 치켜떴는데, 아마 수많은 목소리들이 어울려 만들어내던 굉음이 잦아들었기 때문이었을 것이다. 홀은 비어 있었다. 한 삼촌과 두 명의 여자 사촌이 접시, 컵, 유리병을 치우고 있었다. 몇 개의 램프만이 불을 밝히고 있었고, 그들은 벽 위에 거대한 그림자를 드리운 채 종이 테이블보를 거친 손길로 구겨댔다. 그 소리는 마치 대포 소리 같았다. 쓰러진 병들, 유리잔의 잔해, 축 늘어져 있는 화환 장식 등으로 인해 홀은 황량해 보였다. 카를은 테이블 아래로 기어 들어간 사촌의 엉덩이를 마치 우유 잔을 들여다보듯이 뚫어지게 바라보았다. 하지만 그다음엔 그가 앉아 있던 테이블을 치울 차례가 되었기 때문에 그는 일어서려고 애를 쓰며 비틀거렸다. 유리잔과 유리병이 치워지고, 종이 테이블보가 버들가지 바구니 속으로 버려지는 와중에, 그래도 그는 아까보다도 더 강한 향기를 내뿜고 있는 로벨리아를 구해내는 데 성공했다. 그는 그 냄새를 맡고 또 맡은 후에 자신의 바지 주머니에 꽂았다. 그의 테이블엔 더 이상 아무도 남아 있지 않았다. 몇 시간 전에 그와 포드 T 모델의 장점과 단점에 대해 얘기를 나눴던 젊은 남자 한 사람만이 그의 맞은편 의자 팔걸이 위로 몸을 늘어뜨린 채 입을 벌리고 코를 골아대고 있었다. 여관 주인장이 그를 바닥 위로 떨어뜨렸지만 그는 깨어나지 않았다. 카를이 그를 흔들어대자 그때서야 한쪽 눈을 뜬 그는 입을 다물고 벌떡 일어섰다. 카를과 그는 서로를 꼭 붙들고 있었고, 그 남자가 카를을 인도하여 여관의 별채로 데리고 갔다. 그곳은 아마도 헛간인 듯했다. 어쨌든 넓은 공간이었다. 굉장히 어두웠고 건초 냄새가 났다. 거기서 두 사람은 몇 마디 더 농담을 주고받았다. 그러자 어둠 속에서 몇 사람의 목소리가 동시에 욕설을 내뱉었다. 심지어는 신발 한 짝이 날아온 것 같기도 했다. 카를은 자신의 뒤로 뭔가가 휙 지나가는 것을 느꼈고 그것이 툭 하고 떨어지는 소리를 들었다. 그는 건초 속으로 아무렇게나 몸을 던졌다. 좌우에서 잠든 사람들의 코 고는 소리가 들렸다. 헛간에서 자고 있는 사람들 중에 여자도 있는지는 알 수 없었다. 그는 여태껏 여자가 잠자면서 내는 소리를 들어본 적이 없었던 것이다. 하지만 여자들이 이렇게 시끄럽고 상스러운 소리를 낼 수도 있다고는 생각되지 않았다.— 곧 그는 깨어 있지도 않고 아직 잠들지도 않은 어중간한 상태에 빠져들었다. 어른거리는 이미지, 먼 곳으로부터의 울림, 뒤섞인 목소리들을 느끼고 있었다. 그때 그의 뺨에 누군가의 숨결이 느껴지면서 그의 곁에 다른 사람의 몸이 다가왔다. 여자였다. "쉿!" 하고 그녀가 그의 귀에 대고 잘 들리지도 않을 정도로 작게 소리를 냈다. 그녀의 입술이 그의 입술에 키스했다. 처음엔 너무 놀라 입술이 굳어버렸던 그는 곧 그녀의 입술에 마주 키스했다. 그는 왠지 익숙한 느낌이 드는 그 여자의 향기를 맡았다. 그가 뭐라고 웅얼거리자 그녀의 손이 그의 입을 막았다. 그래서 그는 다시 입을 다물었다. 그 방문객의 다른 한 손이 카를의 몸을 여기저기 더듬더니 잠시 후엔 나머지 한 손도 거기 동참했다. 카를은 계속해서 키스를 퍼부으면서 두 손으로는 그녀를 애무했다. 그녀의 몸이 그의 두 손을 따뜻하게 맞이해줬다. 이제 그 여자는 자신의 입술을 카를의 입술에 계속 밀착시킨 채 한숨을 내쉬었다. 한번은 카를이 몸을 격렬하게 움직이는 바람에 옆에서 자고 있던 사람이 잠에서 깬 것처럼 큰 소리로 그르렁거리고는 몸을 이리저리 뒤척였다. 그러자 카를의 몸 위에 절반쯤 올라가 있던 그 방문객의 몸이 굳어졌다. 카를 역시 널빤지라도 된 것처럼 굳은 채로 누워 있었다. 그러다가 다시 코 고는 소리가 들려오자 그녀의 입술이 다시 부드러워졌다. 그것은 카를도 마찬가지였다.— 작별에 대한 어떤 신호도 미리 주지 않은 채 그녀는 갑자기 떠나버렸다. 카를은 일어나 앉아 어둠 속을 뚫어지게 바라보며 팔을 휘저어보았다. 아무것도 없었다. 아무도 없었다. 누군가가 건초 사이로 도망치는 듯한 숨결 같은 것조차도 들리지 않았다. 이 사랑스러운 손님은 누구였을까? 그가 여기 누워 있다는 것을 그녀는 어떻게 알았던 것일까?―카를은 금세 잠이 들었다. 그는 그 방문객이 떠나지 않았다는 듯이 계속 그에 대한 꿈을 꾸었다. 어쩌면 그것은 처음부터 꿈이었는지도 모른다.―그가 잠에서 깨었을 땐 벽의 나무판자 틈 사이로 밝은 빛이 비치고 있었다. 그의 위쪽 저 멀리 높은 곳엔 짚으로 엮은 지붕이 보였다. 그는 고개를 들었다. 실제로 모든 벽이 건초로 채워져 있었다. 그는 혼자였다. 그곳엔 아무도 없었고, 건초 더미엔 누군가가 자고 간 흔적조차 남아 있지 않았다. 그 대신 밖으로부터 사람들의 목소리가 들려왔다. 시끄럽고 소란스러웠다. 그는 자리에서 일어섰다. 머릿속이 윙윙거리고 목은 텁텁했다. 그는 재킷에서 지푸라기를 털어내고, 모자를 쓰고, 가죽 배낭을 둘러메고 책을 든 후 밖으로 나갔다. 아침 햇살이 비스듬하게 비추고 있었다. 그는 눈을 깜박였다. 한때 속이 팬 나무 등걸이었던 우물 가장자리에 그의 아버지와 어머니가 앉아 있었다. 그들은 그를 보자 환하게 미소 지었다. 그는 통 안에 머리를 담갔다. 그러고는 마치 우물을 말려버리기라도 할 것처럼 맹렬한 기세로 물을 마셨다.―저 멀리 위쪽의 저택들로 이어지는 광장은 사람들로 가득 차 있었다. 그들은 모두 똑같은 천으로 만든 투박한 재킷과 튼튼한 치마를 입고 가판대 주위에 모여 서 있었다. 가판대 위엔 우엉이 피라미드처럼 쌓여 있었고, 아직까지 흙이 묻어 있는 감자도 있었다. 거무죽죽한 빛깔의 빨강무가 있는가 하면, 가죽 가방과 주철 프라이팬 같은 것도 있었다. 카를이 교회에서 봤던 초들도 있었고, 검은색과 하얀색의 구스베리도 있었다. 부모님이 뒤에서 따라오고 있는 동안 그는 가판대 사이를 걸으면서 장보러 온 사람들 중에서 낯익은 얼굴들을 많이 발견했다. 사실 거의 모든 사람의 얼굴이 낯익었다. 그들은 어제 그의 잔치에 왔었던 사람들이었다. 하지만 그들은 이제 그에게 별로 관심을 보이지 않았다. 한 숙모는 마지막까지 오랫동안 소리를 내질렀던 노인을 설득 중이었는데, 그 두 사람은 카를이 인사하는 소리도 듣지 못했다. 어느 삼촌과 사촌은 하던 대화를 멈추지 않고 그의 옆을 스쳐 지나갔다. 심지어 그의 몸을 씻겨줬던 노인은 그의 품으로 뛰어들기까지 했지만, 그를 알아보지는 못하는 듯했다. 이리저리 펄떡이며 뛰어오르는 뱀장어들로 가득한 테이블 곁에 엘제가 서 있었다. 그녀 또한 아무런 반응도 보이지 않았다. 몇 테이블 건너에서는 힐디가 잿빛 구근을 팔고 있었는데, 아마도 용담 뿌리인 듯했다. 카를은 그녀에게 손을 흔들었지만 그녀가 그를 향해 눈짓을 한 것인지 햇빛이 그녀의 안경알에 반사된 것인지 알 수가 없었다. 그의 사촌인 첼다 역시 무표정하게 그의 곁을 스쳐 지나갔다.—카를은 다리를 넓게 벌린 채 둥근 돌로 포장된 물결 모양의 좁은 골목길을 걸어갔지만 속에서는 멀미가 나는 것만 같았다. 이번에는 노새 오줌 구덩이를 잘 피해 갔다. 골목 끄트머리의 대장간은 그을음으로 뒤덮인 구덩이였다. 그 집의 세 개의 관은 정말로 특별히 질서정연하게 배열되어 있었다. 어떤 것이 주근깨 소녀의 관일까? 카를은 그 관들 중의 하나를 부모님이 눈치 채지 못하도록 슬쩍 어루만졌다. 자신이 관을 제대로 찾아냈는지는 확신할 수 없었다. 하지만 거의 흰빛을 띤 이 목재 관이 그가 보기엔 다른 두 개의 관보다 귀엽게 여겨졌다.— 길은 마을 입구로부터 마치 손가락처럼 하늘을 향해 솟아난 네 개의 석회암이 있는 곳으로 이어졌다. 그곳에서 길이 구부러졌다. 카를은 마지막으로 뒤를 돌아보았다. 그때 대장간 앞에 누군가가 서 있는 것이 보였다. 그가 손을 흔들자 그 형체 또한 손을 들어 보이더니 집 안으로 들어가버렸다. 마을의 곡물창고와 집들은 검은빛을 발하고 있었다. 수탉 모양 풍향계가 반짝였다. 아버지와 어머니가 그를 앞세우는 걸 보니 돌아가는 길도 카를 혼자서 찾아가야 하는 것이 분명했다. 그래서 그는 해가 있는 쪽을 향해 똑바로 걸었다.— 해가 그에게 길을 가르쳐줄 것이었다.— 그는 자신이 천둥 번개에 맞서 싸웠던 좁은 골짜기도 금세 찾았다. 아침 햇살에 비친 이끼와 돌들은 이제는 환하고 친절해 보였다. 그는 빛나는 조약돌들이 있는 길을 걸었고 오래된 고산소나무 옆을 지나갔다. 이제 나무 위엔 더 이상 새들이 앉아 있지 않았다. 그는 거의 뛰는 듯이 걸었지만 부모님은 그의 뒤를 바짝 따라왔다. 곧 태양이 그의 머리 바로 위에서 빛났다. 휴식 장소였던 나무 그루터기에 도착했을 땐 이미 그의 그림자가 앞쪽으로 향해 길을 가리키고 있었다. 그는 또다시 배고픔을 느꼈고 다시 그곳에 앉았다. 가죽 배낭엔 또다시 빵과 치즈와 과일즙이

들어 있었다. 누군가가 그것들을 채워 넣었던 것이다. "아버지가 넣었어요? 어머니예요?" 두 사람 모두 고개를 가로저었다.—그는 눈밭을 지나고 채석장을 지나 나무딸기 넝쿨이 있는 오솔길을 걸어갔다. 전나무 사이를 지나고 너도밤나무와 참나무 사이를 지났다. 이제 카를은 부모님이 따라오지 못할 정도로 빠르게 걸었다. 그럼에도 불구하고 숲 가장자리의 넓은 찻길은 이미 어둠 속에 잠겨 있었다. 세관 옆 여관과 성곽에도 불빛이 보이지 않았다. 하지만 카를이 집 근처 골목에 들어서자 황금빛 저녁노을 속에 잠긴 집이 보였다. 조상들의 검은색을 실컷 보고 난 지금, 이제는 주변의 모든 것이 다시 익숙한 빛깔이었다. 어제는 새의 깃털 같았던 그의 옷들도 다시 평소와 같아졌다. 카멜레온 색이었던 신발조차도 도로 포석과 구분이 되지 않았다. 카를은 부모님이 땀에 젖은 채 숨을 몰아쉬며 나타날 때까지 문 앞에서 기다렸다. "너는 이제 강한 남자다." 그의 아버지가 헐떡이며 말했다. 어머니는 무언가를 말하기 위해 거친 숨을 고르며 카를의 머리를 쓰다듬으려고 했다. 그는 그 손길을 피해 계단을 뛰어올라 집 안으로 들어갔다. 펠릭스가 식탁에 앉아 빈정대는 미소를 짓고 있었다. "나의 시녀들은 베르타와 올가였지"라고 그가 말했다. "멋진 여자들이었어." 카를은 그를 향해 혀를 내밀고는 그와 함께 쓰는 방 안으로 뛰어들어가 방문을 잠가버렸다. 그리고 자신의 책을 옷장 위에 힘겹게 올려놓으며, 그곳에 비슷한 책이 놓여 있다는 것을 처음으로 알아차렸다. 그것은 펠릭스의 백서였다. 그는 창문을 열고 밖을 향해 몸을 내밀었다. 부드러운 바람이 불며 여기저기서 먼지가 회오리쳐 올랐다. 플라타너스 옆에서 한 남자가 길게 그림자를 드리운 채 누군가를 기다리고 있었다. 개 한 마리가 골목 끝까지 닿아 있는 플라타너스의 그림자를 킁킁대며 냄새 맡고 있었고, 그 남자의 그림자도 그 곁에서 함께 일렁였다. 카를은 밤중에 그를 방문했던 여자에 대해 생각했다. 이제 그는 그 여자가 주근깨 소녀였다고 확신하고 있었다. 다른 누구도 그 사람일 리는 없다는 생각이 들었기 때문이었다. 그녀의 키스가 기억났다! 그는 바지 주머니에서 로벨리아를 끄집어내어 처참한 모습으로 쭈글쭈글해져 있는 그 꽃의 향기를 맡았다. 그가 너무 격렬하게 향기를 들이마시는 바람에 꽃송이 부분이 그의 콧구멍에 박혀버렸고 그는 아주 크게 재채기를 했다. 그러자 갑자기 예전에는 느끼지 못했던 요의가 느껴졌다. 그는 문 쪽으로 달려가 문고리를 잡고 흔들어댔다. 결국 펠릭스가 "열쇠로 열어, 멍청아" 하고 소리를 질렀다. 그는 나는 듯이 빠르게 복도를 지나 집 밖으로 달려 나가서는 단번에 모든 계단을 뛰어내렸다. 뛰어가는 도중에 마지막으로 재채기를 하면서 그는 바지를 풀어 내렸다. 하지만 오줌을 누지는 않았다. 뭔가 하얀 것이 그에게서 뿜어져 나왔다. 한 번, 두 번. 그것은 온 화장실을 이리저리 가로지르고 창문에까지 닿았다. 그는 숨도 쉬지 못하고 눈앞이 캄캄해진 채 서 있었다. 머릿속이 욱신거렸다. 어디가 아픈 것일까? 죽게 되는 것일까? 호흡이 다시 정상을 되찾고 눈앞에 무언가가 보이게 되자 그는 손수건을 끄집어내어 벽과 창문을 닦았다. 그가 자기 몸 위쪽의 천장까지 뿜어대지 않은 것은 기적이었다. 그는 바지 단추를 잠그고 변기의 물을 내린 후 집 안으로 다시 들어왔다. 펠릭스는 여전히 부엌에 앉아 히죽거리며 웃고 있었다. 그는 이번에는 방문을 잠그지 않았다. 창문을 열자 선선한 공기가 느껴졌다. 저 아래 골목에 서 있던 남자가 힘을 주어 줄을 잡아당기자 개는 포기하고 그의 뒤를 터벅터벅 따라갔다. 나의 아버지 카를은 그들의 뒷모습을 바라보았다. 그가 주근깨 소녀의 이름을 속삭이려고 했을 때 그는 자신이 그녀의 이름을 알지 못한다는 사실을 깨달았다.

모든 아들들은 자신의 아버지가 여자와 잠을 자지 않았을 것이라는 확신을 갖고 있다. 자신의 어머니가 된 여자와도 거의 잠을 자지 않았거나 기껏해야 단 한 번 잤을 것이라고 생각하고, 그 외의 다른 여자와는 아예 자지 않았을 것이라고 생각한다. 물론 그것은 언제나 착각에 지나지 않는다. 하지만 나의 아버지의 경우에는 실제로 그랬다. 정확하게 그대로였다. 주근깨 소녀는 그가 사랑했던 첫번째 여자였지만 함께 잠을 자지는 않았던 여자이다. 그는 진심으로 그녀를 다시 보고 싶어 했지만, 그의 정열은 머릿속에만 머물러 있었다. (실제로 그는 그녀를 다시 보았다. 단 한 번, 그것도 50년 후에.) 물론 이 첫번째 이별의 고통은 희미해졌다. 그는 젊었고 세상에는 다른 여자들이 존재했으니까. 레굴라는 그가 멀리서 뜨거운 눈길로 바라보았던 여자였다. 마리-조는 그가 열심히 수다를 떨어가며 하굣길에 집에까지 데려다주고, 심지어 한번은 야시장에 동행하기까지도 했던 여자였다. 그들은 그곳에서 생과자를 먹고 러시아 혁명에 대해 이야기를 나눴다. 마리-조는 그에 반대하는 입장이었고, 나의 아버지는 입장을 정하기가 어려웠다. (마리-조는 훗날 의사가 되어 의사와 결혼했다. 그리고 자신의 남편이 죽던 날 저녁 모르핀 주사로 자살했다.) 슈테파니는 그에게 성좌에 대해 설명해줬다—큰곰자리, 작은곰자리, 비너스 자리. 그는 우선 우주를 올려다보고는 그녀를 꼭 껴안았다. 그러자 그녀는 1~2분 정도 마주 안고 있다가, 쉰 목소리로 그들 둘이 이런 식으로 계속 나가다보면 짐승이 되고 말 것이라고 말했다. 그러고는 뛰어가버렸다. (그 후 두 달도 채 되지 않아 그녀는 그의 가장 친한 친구와 사랑에 빠져 아무 거리낌 없이 짐승이 되었다.) 모니카와 그는 숲으로 산책을 나갔고, 한번은 모니카가 용변이 급하게 되어 덤불 뒤로 쭈그리고 앉자 그는 자신이 성숙하고 어른이 된 것 같은 느낌이 들었다. 그는 그녀의 상황을 이해했다. 그는 남자들뿐만 아니라 여자들도 장의 압박을 받는다는 사실을 알고 있었던 것이다. (모니카는 다른 남자와 커플을 이루어 뛰어난 스포츠 댄서가 되었고 '몬테카를로 무도경연대회'에서 4등의 성적을 냈다.) 수잔네와는 옷을 다 벗은 채 테디베어로 가득한 침대 위에 함께 눕기까지 했었다. 그때 그들은 수잔네의 부모와 형제들이 젠티스 산에 올라가 있다고 잘못 알고 있었다. 수잔네 역시 알몸이었다. 그들은 숨도 못 쉴 정도로 감동하여 서로를 바라보았다. 두 사람이 상대의 몸을 막 만지려고 했을 때였다. 그녀의 입은 이미 그의 입 위에서 떨고 있었다. 하지만 그 순간 아래층에서 덜커덩거리는 소리가 들리더니 하이킹을 떠났던 식구들이 예정보다 몇 시간이나 빨리 돌아왔다. 젠티스 산에는 가장자리에서부터 이미 비가 내리고 있었고, 산꼭대기는 두터운 구름에 가려 있었다고 했다. 나의 아버지는 그때까지 그토록 빠른 속도로 옷을 입어본 적이 없었다. 그런데 수잔네는 그보다 더 빠른 속도로 옷을 갖춰 입었다. (훗날 그녀는 셀레베스인가 수마트라인가 하는 이국적인 나라 출신의 남자와 결혼해서 이마에는 붉은 점을 찍은 채 맨발로 그 남자의 고향에서 살았다. 그가 죽고 나자 그곳은 그녀의 고향이 되었다.) 그사이 나의 아버지는 대학생이 되어 로만어와 로만어 문학을 전공했고, 중세 시대의 해학에 큰 흥미를 보였다. 그런 이야기 속에서는 뚱뚱한 수도승이 유쾌한 기분의 수녀와 동침하기도 했고, 수녀원장들이 산티아고 데 콤포스텔라로 가는 순례 여행 중에 잠시 들러 유숙하는 주교들 위에 올라타기도 했다. 그랬다. 야곱의 길을 따라가는 동안 경건한 순례자들은 7인용 침대 안에서 함께 뒹굴었고, 여성 순례자들 중의 어떤 이들은 이미 스페인 땅을 6백 마일이나 도보로 걸었고 또 그만큼의 길을 더 가야 함에도 불구하고 왼쪽 동숙자와 일을 마친 후에 또다시 오른쪽 동숙자에게 몸을 돌렸다. 그 오른쪽 동숙자는 방금 수련 수녀 한 명의 심장을 녹여 그녀의 주 예수와 하나로 만들어준 참이었다. 그녀가 너무나 큰 소리로 기쁨의 환성을 내지르는 바람에 각자 자신의 구원을 찾고 있던 다른 순례자들이 모두 행동을 멈출 정도였다. 나의 아버지가 가장 맘에 들어 했던 인물은 영리한 아벨라르두스였다. 그의 뻣뻣한 성격이 자신과 매우 닮았다고 생각했고, 아벨라르두스가 하필 자신의 수도원 중앙 제단 뒤에서 엘로이즈와 처음으로 동침했다는 사실에도 당연히 매료되었다. 그곳은 물론 보통 사람이라면 여자를 찾지 않을 장소였겠지만, 나의 아버지의 취향에 맞는, 그리고 어쩌면 아벨라르두스의 취향에도 맞을지 모르는 신성모독이기도 했다. 엘로이즈의 삼촌이 보낸 추적자들이 아벨라르두스를 거세시켰다는 사실과 그 거세 방법은 나의 아버지의 마음에 그다지 들지 않았다. 그들이 미친 듯이 웃어대며 피가 철철 흐르는 성기를 아벨라르두스의 눈앞에서 이리저리 흔들어대는 모습을 지나치게 집중해서 상상하면서 그는 거의 고통에 신음하는 아벨라르두스라도 된 듯이 몸부림쳤다. 그는 책을 덮었다. 책 속에서 펼쳐지는 인생이 감당하기 어려운 정도가 될 때 그것을 덮어버릴 수 있다는 것은 책의 장점이었다. 그러고는 다른 책, 예를 들면 아주 금욕적인 수녀에 대한 책을 꺼내어 읽었다. 그 수녀는 단 한 번 화장실에 간 적도 없이 신에게 구원을 간구하며 그 앞에 무릎을 꿇고 있었다. 그녀는 결국 굉장히 많은 단단한 돌들을 똥으로 쌌고 그 돌로 예배당을 지을 수 있었다.— 나의 아버지는 이 모든 기이한 이야기들을 정식으로 수집할 계획을 갖고 있어서 시내의 몇몇 고서점에서 먼지 쌓인 인쇄물들을 샅샅이 뒤졌고, 이후 1920년대에 1년 동안 파리에 살게 되었을 때엔 진정한 천국에 와 있다고 느꼈다. 두 집 건너 한 가게마다 고서적들을 내놓고 있었다. 적어도 '리브 고슈' 지역에서는 그랬기 때문에 그 지역은 그의 주요 활동 구역이 되기도 했다. 그가 파리로 갔던 이유는 누구나 한번은 파리에서 살아봐야만 하기 때문이기도 했고, 또 다른 이유는 그가 한 여성을, 살과 피로 이루어진 진짜 여성을 뒤쫓아 갔기 때문이었다. 그녀의 이름은 엘렌이었고 그보다 몇 살 연상, 그러니까 스물일곱 혹은 여덟쯤의 여자였다. 그녀는 그가 다니던 대학에서 프랑스 실용 회화를 맡은 강사였다. 그녀는 그의 선생님이었다. 하지만 그는 중세 초기와 중기의 관용어들에만 관심을 가지고 있었기에 실용 회화에는 별로 관심이 없었다. 관심이 있다면 그것은 그녀와 대화를 나눌 수 있게 되는 경우뿐이었다. 실제로 그는 그녀와 한마디 말을 주고받은 후 그녀와 대화를 나누는 사이가 되었다. 그가 그녀와 대화를 나눈 것이 아니라 그녀가 그와 대화를 나눈 것이라고도 할 수 있는데, 왜냐하면 우연이었는지 어땠는지 그들이 나란히 강의실에서 복도로 나오고 있는 중에 그녀가 그에게 불을 좀 빌려달라고 말했기 때문이었다.

(그것은 학기 말 무렵의 일이었다. 그였다면 그녀에게 성냥 있냐고 물어볼 용기를 절대 내지 못했을 것이다.) 그녀는 지독한 골초였다. 그녀가 피우는 담배는 노란색 두툼한 종이에 싸인 검은빛 연초였는데 누군가가 파리에서 보내주었고 그녀는 그것을 줄담배로 피워 없앴다. 그는 그것을 보내주는 사람이 그녀를 기다리고 있는 약혼자일지도 모른다고 생각했다. 그녀의 손가락은 노란빛이었고, 나의 아버지는 손에 니코틴을 묻히고 있는 여자를 좋아하는 사람이었다. 주근깨 소녀 이후 그는 두번째로 깊고 격정적인 사랑에 빠졌다. 곧 그와 엘렌은 매일 휴식 시간에 대학 근처의 스탠드 카페에서 만났다. 왜냐하면 엘렌이 강의 외에도 나의 아버지가 중세의 수도승과 수녀 들의 뒤를 추적하는 것과 같은 열정을 가지고 독일 낭만주의 문학을 전공하고 있기 때문이었다. 그녀는 독일어를 아주 잘했다. 그녀의 독일어에서는 약간의 이국적 억양이 느껴질 뿐이었다. 또한 그녀는 에두아르트 뫼리케[8]의 『화가 놀텐』을 속속들이 알고 있었다. 그녀의 담당교수가 에두아르트 뫼리케는 비더마이어 시대의 작가이지 낭만주의 시대의 작가가 아니며 따라서 낭만주의와는 아무런 관계도 없는 작가라고 누누이 얘기를 해주는데도 불구하고 그 책은 그녀가 가장 좋아하는 작품이었다. 그녀는 그런 사실에 대해 별로 개의치 않았다. 그녀가 별로 개의치 않는 일들은 많았다. 예컨대 그녀의 수업을 수강하는 사람들의 수가 많은가 아니면 적은가 하는 문제 같은 것들이 그랬다. 그것은 그녀와 나

의 아버지가 가진 또 하나의 공통점이기도 했다. 나의 아버지는 선생님들의 견해에 자주 격렬하게 반박했고 선생님들이 그 점을 높이 평가해주지 않는 이유를 이해하지 못했다. 헛소리는 헛소리일 뿐이고, 그런 것은 지적을 해도 된다는 게 그의 생각이었다. 엘렌과 그는 시립 공원에서 산책을 하고, 본래는 동성애자들의 구역인 나이팅게일 숲 속에 가기도 했다. 그들은 손을 잡고 걸었고, 때로는 그가 그녀를 나무 등걸에 밀어붙이고는 키스를 하기도 했다. 그러고 나면 그녀 쪽에서 꼭 그에게 다시 키스를 해주곤 했다. 하지만 그녀는 그에게 자신의 남자 고민에 대해서도 털어놓았는데, 그녀가 이야기하는 남자는 시간이 흐를수록 점점 더 훌륭해지고 강력해졌다. 그녀가 정신을 못 차릴 정도로 푹 빠져 있었던 그 관능적인 멋쟁이는 미리 예고하거나 그 이유를 설명하지도 않은 채 그녀를 떠나버렸다. 다른 여자 때문도 아니라고 했다. 그의 말을 옮기자면 그는 그냥 그녀가 지겨워졌다는 것이었다. 그는 새벽녘에 함께 자던 침대에서 일어나 아무 말 없이 바지를 챙겨 입고 가버렸다. 문은 그대로 열어둔 채였다. 담배를 보내주던 사람은 그가 아니었다. 지금은 프랑스 학술원 고위 간부의 비서로 일하는 옛 대학친구가 담배를 보내줬다. 엘렌은 언제나 자기 나라의 최근 가십거리들을 다 알고 있었다. 존경 속에서 늙어가는 페탱[9]이 얼마 전에 갓 스무 살도 안 된 애인에게 원수의 지휘봉을 넘겨줬고, 아나톨 프랑스[10]는 그사이 노회하여 언제나 거창한 주제에 대해서만 발언한다고 했다. 폴 클로델은 앙드레 지드를 올바른 종교로 개종시키고 싶어 한다고 했다. 반면에 그녀는 20세기에 그려진 단 한 점의 의미 있는 그림을 인정하지 않으면서, 칸딘스키가 자신의 얼룩과 곡선들을 예술이라고 여긴다고 비웃었다. 그녀는 와토[11]와 프라고나르[12]를 더 좋아했고, 기껏해야 코로[13]와 르누아르[14] 정도까지만 인정했다. 아버지의 생각은 달랐지만 그래도 그는 고개를 끄덕였다.— 한번은 그는 바지를 무릎까지 내리고 그녀는 치마를 배꼽까지 올린 채 그들 두 사람이 그녀 방의 카우치 위에 누워 뒹굴었던 적이 있었다. 그들은 키스하고 서로를 물어뜯고 상대의 속옷을 잡아챘다. 하지만 어떻게 된 일인지 아무 일도 일어나지 않았고, 결국 두 사람은 땀에 젖어 나란히 누운 채 차마 상대의 얼굴을 똑바로 바라보지 못했다.— 엘렌은 자신이 파리에서 사랑했던 괴물이 자신에게 했던 것과 똑같은 행동을 나의 아버지에게 했다. 어느 날 갑작스럽게 사라져버렸던 것이다. 그의 책상 위엔 간결한 인사가 적힌 쪽지가 놓여 있었다. 그는 머릿속이 텅 비도록 당황해서 벽을 발로 차고 책들을 방 안 이리저리 던지고는 새로운 열정으로 수녀와 수도승들의 이야기에 덤벼들었다. 몇 주 후 그는 가진 돈도 거의 없는 채로 그녀의 뒤를 따라 파리로 갔다. 그는 그녀가 살고 있는 곳을 알지 못했기 때문에, 모든 도서관의 열람실마다 쉴 새 없이 헤집고 다녔고 '라탱 지구'의 모든 카페를 뒤졌다. 그 나머지 시간은 센 강가의 고서점가에서 보내며 없는 돈으로 계속해서 책을 사들였다. 그렇게 할 수 있었던 것은 그가 계속해서 부모님께 경제적 지원을 간청했기 때문이었다. 염려하는 어조로 가득 찬 다정한 편지와 함께 그에게 돈을 보내주고 난 그의 부모는 치커리 커피와 이틀 묵은 빵, 기름을 넣지 않은 감자볶음으로 버티는 경우가 더 많아졌다. 그렇다고 해서 나의 아버지가 흥청망청 살았던 것은 아니다. 그는 뤼 뒤 바크에서 지붕 밑 골방 하나를 얻었다. 유일하게 빛이 들어오는 곳은 기와지붕에 뚫어 만든 경사진 유리창뿐이었다. 그는 바닥 위 매트리스에서 잤고, 물은 아래층에 가서 함석 주전자에 담아 가지고 왔다. 방엔 책상 하나와 의자 하나가 있을 뿐이었다. 옷은 옷걸이에 걸어 방 안을 가로지르는 끈에 걸어두었다. 화장실이 없었기 때문에 그는 맞은편에 있는 카페에 가야 했다. 그 외에는 책뿐이었다. 책은 곳곳에 쌓여 있었고, 하루하루 몇 권씩 늘어갔다. 뤼 드 뷔시의 한 고서점에서 너무나 훌륭한 책들을 어느 정도 지불 가능한 가격으로 판매하는 것을 그가 알게 되었기 때문이었다. 다만 그 모든 할인 서적들은 어딘가에 약간의 결함을 가지고 있었다. 그 부분을 찾아내기만 하면 됐다. 예컨대 28권짜리 볼테르 전집의 경우 23권이 빠져 있었다. 나의 아버지를 전율하게 한 기적과도 같은 책, 디드로의 『백과사전』에는 화보집이 없었다. 루소의 『누벨 엘로이즈』 역시 초판본이었는데 심하게 곰팡이가 슬어서 표지는 읽을 수가 없었고, 다음 부분의 텍스트도 내용을 이해하려면 값싼 제판본과 비교를 해가며 읽어야 했다. 방빌의 아름다운 시집에는 화보 부분이 잘려나가 있었다.—하지만 나의 아버지에게 무엇보다도 도움이 되었던 것은 프랑스 프랑의 위기로 그 가치가 극적인 속도로 시간마다 내려가고 있었다는 사실과 그 고서점의 유일한 점원이 그의 공범이 되었다는 것이었다. 그 점원, 그러니까 르페부르 씨는 가게 주인인 에슈빌레르 씨와 은근한 갈등 관계에 있었다. 에슈빌레르 씨는 파리 토박이로 그의 조상은 알자스 지방 출신이었다. 나의 아버지는 르페부르 씨와 에슈빌레르 씨 사이가 왜 그렇게 안 좋은지는 정확히 알 수 없었다. 르페부르 씨는 그냥 어렴풋하게 암시만 하고 그만이었고, 가게에 거의 나오지 않는 에슈빌레르 씨는 어쩌면 이러한 갈등의 심각성을 전혀 의식하지 못하고 있는 것인지도 몰랐다. 문제의 원인은 그의 비하적인 말들과—"르페부르 씨, 당신 정말 어리석소!"—에슈빌레르 씨의 딸이었다. 르페부르 씨는 그 딸과 무슨 수가 있더라도 결혼을 하려고 하거나 그게 아니라면 절대 결혼하지 않으려는 것 같았다. 둘 중에 어느 것이 맞는지 말하기 어려운 일이었다. 하지만 르페부르 씨는 감각적인 성향이 그다지 강해 보이는 인상은 아니었다. 그보다는 오히려 딱딱한 깃에 넥타이를 매야 하는 집토끼 같은 느낌을 주었다. 에슈빌레르 씨에 대한 그의 복수는 사장이 표지 뒷장에 적어둔 가격 그대로 나의 아버지에게 책들을 판매하는 것이었다. 그런데 엄청난 속도의 인플레이션 때문에 그 가격은 하루하루 점점 더 어이없는 가격이 되어가고 있었다. 그리하여 나의 아버지는 마르게리트 앙굴렘의 『헤프타메론』 1712년 판본을 지폐 몇 장에 구입했고—그는 30년이 지난 후 바로 이 판본으로 이 책을 번역했다—, 보들레르가 번역한 에드거 앨런 포의 작품들을 거의 공짜나 다름없는 가격에 구입할 수 있었다. 르페부르 씨도 나의 아버지도 자신들이 저지르고 있는 부정을 의식하고 있는 듯한 표시는 서로에게 전혀 드러내지 않았다. "감사합니다, 손님. 또 찾아주십시오."―"안녕히 계세요, 르페부르 씨. 저녁 시간 잘 보내십시오."―나의 아버지가 자신의 아버지와 어머니에게 번갈아가면서 돈을 꾸는 일이 점점 더 잦아지게 된 것은 당연한 일이었다. 왜냐하면 정말 얼마 안 되는 송금액을 생 제르맹 거리의 '파리은행' 창구에서 환전한 후 급한 걸음으로 뤼 드 뷔시의 고서점으로 달려가면 그 돈은 작은 재산으로 바뀌었기 때문이었다. 어쨌든 그 해가 다 지날 무렵 그는 비록 원본의 표지가 없는 책이거나 한두 권이 빠져 있는 전집이긴 했지만 값진 도서관 하나만큼의 책을 사 모았다. 그동안 책들은 그의 매트리스 주위에 벽을 이루어 쌓여 있었고 비스듬한 기와지붕까지 닿아 있었으며 복도 쪽으로까지 넘쳐흘렀다.― 역시 그해 말의 일이었는데, 성탄절 직전 나의 아버지는 표지에 직접 손으로 쓴 '나의 사랑하는 에밀에게, 삼촌 쥘'이라는 헌사가 적혀 있는 쥘 베른의 『황제의 밀사』 초판본을 5프랑에 구입하여 팔 아래 낀 채 생 제르맹 거리를 걸어내려 가다가 갑작스럽게 엘렌과 마주쳤다. 그녀는 코감기에 걸린 듯 빨간 코를 하고 있었고 적어도 그 못지않게 당황스러워했다. 아니 거의 경악했다. 그녀는 그에게 자신의 집 주소를 털어놨다. 그녀는 그의 집에서 멀지 않은 뤼 보나파르트에 살았다. 계속해서 그곳에 살고 있었다고 했다. 그녀는 나의 아버지와 같은 채소 가게에서 장을 봤고 심지어 르페부르 씨도 알았다. (하지만 그는 그녀에게는 인플레이션 가격을 적용해주지 않았다.) 나의 아버지는 그녀에게 커피 한 잔 같이할 것을 권했지만 그녀는 거절했다. 그녀는 성탄 연휴 중에 그와 한번 식사하는 것도 싫다고 했다. 그녀는 그와 함께 식사하고 싶은 마음 자체가 없었다. 절대로 싫다고 했다. "잘 가요!" 그녀는 가던 길을 계속해서 갔다. 그녀는 기다란 회색 외투를 입고 털실 모자를 쓰고 있었는데 모자 아래로 검은 머리가 어깨까지 내려와 있었다.— 나의 아버지는 봄이 될 때까지 그녀의 집 앞에 진을 치고 있었다. 하루에도 몇 번씩 그녀의 집 문으로 향하는 가파른 계단을 올라가 기다리다가, 다시 한 번 문을 두드려보고는 목재 문에 자신의 귀를 갖다댔다. 그러면 한두 번은 뭔가 바스락거리거나 숨 쉬는 소리가 들리는 것도 같았다. 그는 길모퉁이의 카페에 몇 시간씩 앉아 있다가 아침, 점심, 저녁 시간이면 그녀와 그가 함께 아는 채소 가게에 가보곤 했고 그녀에게 뜨거운 편지를 썼다. 한번은 그녀의 집 문 앞에 장미꽃 한 다발을 가져다 놓기도 했고, 또 한번은 디드로의 『입 싼 보석들』 희귀본을 가져다 두기도 했다. 하지만 그는 그녀를 단 한 번도 만나지 못했다. 마침내 그는 그녀가 자신을 만났던 날 곧장 이사를 가버렸거나 아예 틀린 주소를 알려주었을지도 모른다는 의심을 품게 되었다.— 햇빛이 조금은 따뜻해지고 제비들이 돌아온 어느 봄날 나의 아버지는 뤽상부르 공원을 걷고 있었다. 엘렌은 벤치 위에 앉아 눈을 감은 채 햇빛을 즐기고 있다가, 그가 자기 앞에 서서 "엘렌!" 하고 부르자 복수의 여신 같은 모습으로 벌떡 일어섰다. 그녀는 이제 두 눈을 뜨고 있었고 그 눈 속에서는 지옥의 불길이 타오르고 있었다. 그녀는 이 모든 짓거리에 진절머리가 나니 이제 제발 꺼져버리라고, 지금 당장 꺼지지 않으면 불행한 일이 일어날 거라고 소리를 질러댔다. 그녀, 엘렌은 분노로 온몸을 떨었다. 산책하던 사람들이 그녀와 나의 아버지 주위에 몰려들었다. 그리하여 "하지만, 난, 엘렌" 하며 더듬거리던 나의 아버지는 자신이 할 수 있는 한 차분하게 몸을 돌려 공원의 출구를 향해 걸어갔다. 이미 한 10여 미터쯤 걸어왔을 때에야 그는 자신이 정중한 인사도 건네지 않고 왔다는 사실을 깨달았다. 그래서 그는 모자를 들어 올렸다. 이마의 땀을 닦기 위한 이유도 있었다. 구경꾼 무리는 그의 모습을 뚫어지게 바라보고 있었고, 이미 꽤 먼 거리에 있던 엘렌은 치마를 펄럭이며 황급히 그 자리를 빠져나가 회양목 울타리 뒤편으로 사라져버렸다. 나의 아버지는 모자를 다시 얹은 후 뤼 뒤 바크의 골방으로 돌아와 자신의 책들을 모두 상자에 포장하여 단자스 운송 회사의 파리 지부에 그 상자들을 자신의 고향으로 보내달라고 맡겼다. 물론 언제나 소중하게 가지고 다니던 백서는 빼놓았다. 운송 요금을 지불할 방법에 대해서는 알지 못했다. (그는 거의 반 년 동안 그 비용을 지불하지 못하다가, 단자스 사에서 지불을 재촉하자 펠릭스에게서 그 돈을 빌렸다. 펠릭스는 부모님께는 아무 말도 하지 않겠다고 약속했고, 아버지는 펠릭스가 죽을 때까지 그 돈을 갚지 못했다.) 어차피 그는 항상 비가 내리고, 골목 사이로 끔찍한 바람이 불어대는 파리에 대해 싫증을 느끼고 있었다. 또한 그는 파리에서 언제나 같은 카페를 드나들고 조제프 베디에의 강의에 꾸준히 참석을 했음에도 불구하고 여자 친구는 고사하고 단 한 사람의 친구도 사귀지 못했었다. 모두들 그와 몇 마디 따뜻한 말을 나눈 뒤에는 땅으로 꺼지기라도 한 듯이 다 사라져버리곤 했다. 그래서 실상은 르페부르 씨가 그와 우정 비슷한 것으로 연결된 유일한 인물이었다. 그러한 이유로 나의 아버지는 5월의 어느 온화한 아침에 작별 인사를 하기 위해 마지막으로 뤼 드 뷔시의 고서점을 찾았다. 하지만 르페부르 씨 대신 에슈빌레르 씨가 계산대 뒤에 서 있었다. 나의 아버지가 르페부르 씨에게 진심으로 인사를 전해달라고 부탁하자 에슈빌레르 씨는 오늘 그를 해고했다고 퉁명스럽게 말했다. 그의 딸이 어제 그와 결혼했다는 말인 것도 같았다. 뭐 그런 종류의 이야기였다. 나의 아버지는 "아, 르페부르 씨 말이죠, 아, 아, 그 사람!"이라는 말 외에는 한마디도 이해하지 못했다. 그는 그냥 고개를 끄덕이고 가게를 나왔다.─고향에서 그는 시내의 대학으로 돌아가 할 수 있는 한 빨리 인문학 박사가 되었다. 대학은 마치 「잠자는 숲 속의 공주」에 나오는 성이기라도 한 듯, 모든 사람이 옛날 그 자리에 그대로 앉아 있었다. 그의 박사학위 논문『'수탉처럼 새빨간 *rouge comme le coq*' 유형에 따른 민속학적 비교』는 마그나 쿰 라우데[15] 평점을 받았지만 마침 새로운 조교를 찾고 있던 지도교수의 관심을 끌었다. 전임자는 아직 젊은 나이인데도 완전히 무기력해져 근무 불가능 판정을 받았다. 사실 그는 제대로 근무를 한 적도 없었다. 그리하여 나의 아버지는 로만어 문학과 도서실 앞방의 자기 책상에 앉아 전임자가 그랬던 것처럼 신입생들의 질문에 대답해주고 도서실을 나가는 사람들의 가방, 주머니, 서류 가방 등을 그냥 **형식적으로** 살펴봤다. 이 일이 마음에 들지는 않았지만, 대신 그는 월급을 받았고 이제는 방이 세 개 딸린 집에서 살고 있었다. 그와 그의 책들이 겨우 들어갈 만한 공간이었다. 그의 집은 부모님의 집 바로 아래 있어서 때때로 부모님이 이리저리 걷는 소리가 들리기도 했다. (펠릭스는 더 이상 그 집에서 살지 않았다. 그는 바젤-란트 칸톤[16]에 위치한 작은 마을의 목사가 되어 있었고, 좀더 중요한 직책을 맡게 될 것을 기다리고 있는 중이었다.) 그는 교수 자격 취득 논문에 착수했고 그 주제로 자신이 좋아하는 수녀와 수도승 들을 선택했다. 아마도 그는 자신의 지도교수인 타폴레 씨의 직책을 물려받기에 아주 적절한 시점에 논문을 끝내게 될 것이었다. 그의 책상 위엔 그가 뒤적거린 해학집들이 높이 쌓여 있었고, 몇몇 신입생들은 그가 자신들의 서류 가방을 조사하는 체하는 동안 그 남녀 주인공들이 그날 어떤 짓을 벌였는지에 대해 생생하게 요약된 이야기를 들을 수 있었다. 10여 명의 남녀 학생들이 그를 둘러싼 채 킥킥거리고 있을 때도 많았다.— 하지만 그가 아는 실제의 여인은 레나테, 조피 그리고 파울라 이렇게 몇 명에 지나지 않았다. 그는 그녀들과 함께 음악회에 갔다. 주로 필하모니 연주회에 갔고 몇 번은 청년 관현악단의 연주회에 갔다. 청년 관현악단의 연주자들은 연미복과 야회복을 차려입은 아이들 같은 모습이었고, 그들은 아르망 히브너,[17] 콘라트 베크,[18] 벨러 버르토크[19] 같은 아무도 들어본 적 없는 작곡가들의 작품을 연주했다. 스트라빈스키는 나의 아버지도 알았다. 레나테도 알고 조피도 알았지만, 파울라는 몰랐다. 하지만 그가 제일 좋아했던 것은 그 여자들과 함께 영화를 보러 가는 일이었다. 그곳엔 밝은 스크린이 있고, 어두운 극장 홀이 있고, 구석엔 피아니스트가 앉아 있다가 영화가 끝날 때 절을 했다. 찰리 채플린이 금발의 건장한 여자 경찰의 머리를 가스등 안에 처박을 때면 그와 파울라와 조피와 레나테는 큰 소리로 웃어댔고 눈에는 눈물을 담은 채 서로에게 매달렸다. 그는 「전함 포템킨」을 여덟 번 봤다. 세 번은 레나테와, 두 번은 조피와, 한 번은 파울라와 봤다. 파울라는 영화가 지루하다고 했다. 그리고 두 번은 혼자서 봤다. 선원들이 분노에 몸을 떨며 후퇴할 때 그는 숨을 쉬지 못했다.— 한번은 조피가 그의 집에 왔었던 적이 있다. 그녀는 면 요리를 했고 그는 보졸레 와인 두 병을 땄다. 그들은 밤이 깊을 때까지 꽤 많은 술을 마셨다. 실제로 몹시 늦은 시간이었기 때문에 조피는 이 유쾌하게 떠들어대고 있는 카를에게 몸을 허락해야 하지 않을까 하는 고민을 하기 시작했다. (그녀는 좋은 가정 교육을 받고 자랐고 이런 일에 경솔하게 행동하지는 않았다.) 방향을 달리 해서 그녀와 같은 고민을 하고 있던 나의 아버지는 회의적인 생각이 강하게 들었기 때문에 니체는 왜 투린에서 말에게 키스를 했으며, 그런 행동이 어떻게 초인 구상과 조화를 이룰 수 있는가 하는 주제를 놓고 벌이던 토론 도중에 모피 외투를 그녀의 어깨에 둘러주고 집까지 데려다주겠다고 제안했다. 시간은 새벽 3시였다. 물론 그녀는 즉시 자리에서 일어섰지만 놀라움 때문에 굳어 있었다. 그녀가 그에게 열정적으로 키스한 후 단호하게 문 쪽으로 갔기 때문에 다시 뒤돌아선다는 것은 불가능해졌다. 이 시간에는 가로등도 꺼져 있었기 때문에 주위는 아주 깜깜했는데, 나의 아버지의 어머니가 집 앞의 보도 위에 서서 떨어지는 플라타나스 잎들을 쓸어 모아 한쪽에 쌓아두고 있었다. 그녀는 이 한 쌍의 연인을 못 본 체했고, 조피와 카를 또한 아무런 반응을 보이지 않았다.— 나의 아버지는 서른 살에 가까운 나이였지만, 그 후 더 이상 어떤 여자도 집으로 데리고 오지 않았다. 그리하여 그가 자신의 집 문지방을 넘어 안고 들어온 클라라 몰리나리, 이제는 그의 성을 갖게 된 그녀는 실제로 그가 사랑하게 되었을 뿐만 아니라 함께 잠을 자기도 한 첫번째 여자였다.

  그 밤은 황홀했다. 나의 아버지와 클라라는 마치 더 이상 시간이 없다는 듯이 서로에게 키스를 퍼부었다. 나의 아버지가 담배를 피우기 위해 침대에서 일어나 창가로 갔을 땐 이미 태양이 플라타너스 나무줄기 위로 비치고 있었다. 거리의 먼지는 황금빛으로 빛났다. 새 한 마리가 창문턱에 앉아 고개를 갸웃하며 아버지를 보더니 지저귀며 날아가버렸다. 신선한 공기가 느껴졌다. 1분도 눈을 붙이지 않았지만 아주 맑은 정신이었던 아버지는 바지를 입었다. "커피 마시겠어, 클라라?" 클라라는 행복하다는 듯 뭐라고 중얼거리더니 이불 속에서 몸을 잔뜩 웅크리고는 바로 잠이 들었다.— 그녀와 아버지는 다음 날도 밤을 새워가며 사랑을 나눴다. 그리고 그다음 날 밤과 다음다음 날 밤도 마찬가지였다. 나이팅게일이 지저귈 때 클라라와 아버지는 키스를 하고 있었고, 종달새가 나이팅게일과 교대를 할 때쯤에도 두 사람은 여전히 뒤엉켜 있었다. 낮에도 크게 다르지 않았다. 아버지는 클라라와 마주칠 때마다 그녀를 포옹했고, 그녀는 그가 편지를 읽는 동안 그의 목덜미를 쓰다듬었다. 그는 눈썹을 뽑으러 가는 그녀를 화장실 입구 아래서 잡아채기도 했고, 다락방의 긴 줄에 널어놓은 젖은 침대 시트 사이에서 마치 성에 숨어 사는 귀신처럼 뛰쳐나오기도 했다. 그럴 때면 클라라는 깜짝 놀라기도 하고 즐거워하기도 하면서 빨래 바구니를 떨어뜨렸다. 그런가 하면 그는 그녀가 화덕 앞에 서서 스파게티 소스를 만들고 있을 때 부엌으로 들어가 그녀 쪽으로 몰래 다가가곤 했다. 그녀는 토마토, 천연 향신료, 마늘을 넣는 요리법을 이탈리아의 숙모에게서 배웠다. 그가 그녀의 뒤에 서서 그녀를 감싸 안으면 그녀는 숟가락을 들어 올리며 위협하듯 말했다. "난 요리 중이예요, 카를!" 하지만 그런 말도 소용이 없었다. 아버지가 그녀의 귀에 "나도 요리 중이야!"라고 속삭였던 것이다. 곧 두 사람은 침대 위에 누워 손에 닿는 대로 상대의 몸을 핥고 탐했다. 그사이 화덕의 프라이팬 속에서는 소스가 까맣게 타버렸다. 그들은 자신들이 1층에 살고 있으며 창문이 열려 있다는 것도 개의치 않았다. 그리하여 그 집 앞을 지나가는 사람은 누구나 그들이 내는 환성을 듣게 되었다. (한번은 아버지의 어머니가 장을 보고 돌아오는 길이었는데, 그녀가 막 창문 아래를 지나가는 찰나 그녀의 아들이 마치 지옥의 불길을 뿜어내기라도 하듯이 비명을 질러댔다. 그녀가 너무나 놀라서 장바구니를 떨어뜨리는 바람에 감자, 사과, 그리고 무 몇 개가 먼지 속으로 굴러가버렸다. 치즈 한 조각도 떨어졌다. 그녀가 이 모든 것을 다시 집어 모으는 동안 그녀의 위쪽에서 들려오던 괴성이 잦아들더니 마침내는 완전히 잠잠해졌다.) 또 한번은 아버지가 조급해진 나머지 서재의 유리창을 청소하고 있던 클라라를 갈대의 밑동 같은 것으로 만든 거친 돗자리형 양탄자 위로 곧장 끌어내렸다. 그것은 어쩌면 자신의 수녀와 수도승 들에게 이 모습을 한번 보여주고 싶다는 욕망 때문이었을지도 모른다. 그곳은 높게 쌓아 올린 책들 사이의 자리였다. 그녀는 등을 바닥으로 한 채 누웠고, 아버지는 그녀의 위에 올랐다. 그러자 그녀가 쾌락 때문이었는지 아픔 때문이었는지 두 다리를 너무 격렬하게 옆으로 뻗는 바람에 책들이 무너져 내렸고, 그녀와 아버지는 그 아래 파묻혔다. 그동안 그들은 벌써 최고의 황홀경에 빠진 채 미친 듯이 울부짖고 있었다. 그 뜨거웠던 시기에는 절정에 도달하는 시간이 때로는 몇 초밖에 안 걸릴 때도 있었던 것이다. 그렇기 때문에 그 순간 집 전체가 무너져버린다고 해도 그들은 그다지 놀라지도 않았을 것이다. 그럼에도 불구하고 그들은 볼테르 전집과 프랑스 농부 해학서 아래 파묻힌 채 발작적인 웃음을 터뜨렸으며, 다시 밖으로 빠져나오게 되었을 때도 여전히 웃고 있었다. 클라라는 일어섰다. 그녀의 엉덩이는 생채기투성이였다. 아버지는 그녀를 향해 무릎을 꿇고 앉아 그녀의 상처에 키스했다. 결국 클라라가 그의 머리를 가볍게 쓰다듬으며 "이제 그만해요!"라고 말해야 했다. 그는 그녀를 올려다보며 환하게 미소 지었다. 그는 그 어느 때보다도 행복했다.—몇 주 후 그들은 다른 집으로 이사했다. 왜냐하면 아버지의 아버지가 매일 저녁 성경 구절을 쪽지에 적어서 가져다주기 시작했고, 아버지의 어머니는 하루 중 아무 때고 창문을 들여다보면서 시장에서 뭐 사다줄 것이 없는지를 물었기 때문이었다. 하지만 무엇보다도 클라라의 여동생 니나 역시 결혼을 해서, 이름이 뤼디거이고 청소년 법정의 젊은 검사로 일하는 남편과 함께 새 집을 지었던 것이 이유가 되었다. 그 집에는 동거인이 필요했고, 당연히 클라라와 아버지만이 그 동거인이 될 수 있었다. 그들이 이사했을 땐 철골 구조물도 아직 철거되지 않은 상태였다. 그 집은 멀리 시의 외곽에 자리 잡고 있었다. 좀더 정확히 묘사하자면 집은 도시의 발전 속도를 훨씬 더 앞질러나가 논과 밭 사이, 양귀비꽃과 벚나무가 가득 자란 초원 가운데 마치 전초기지처럼 우뚝 솟아 있는 형상이었다. 좁은 차도가 정원 울타리의 뒤쪽 구석까지 연결되어 있었다. 집 주변에서 소의 방울 소리가 울려대긴 했지만 그렇다고 해서 그 집이 시골스러운 것은 절대 아니었다. 뤼디거는 '신 즉물주의(新卽物主義)'의 애호가였다. 그래서 이 집의 건축설계사는 그로피우스[20]의 제자였고, 그는 이 프로젝트를 통해 자신의 스승에게 능력을 보이고 싶어 했다. 이것은 그의 첫번째 계약이었다. 그리하여 그는 문손잡이와 편지함에 이르기까지 예외 없이 콘크리트와 유리를 사용한 정육면체를 만들어 넣었다. 실제로 유리를 너무 많이 사용한 나머지 그 집은 거대한 수족관처럼 보였다. 특히 밤에 멀리서 보면 그 집안사람들이 여기저기 헤엄치고 다니는 것처럼 보일 정도였다. (커튼은 금지되었다. 그럼에도 불구하고 몇 달 후 클라라는 커튼 걸이를 달게 했다. 그리고 거의 날마다 그 집을 점검하곤 하던 건축설계사가 온 집 안을 미친 듯이 뛰어다니며 그녀가 속물이며 반동적인 인물이라고 비난하는 것을 견뎌냈다.) 그녀와 아버지는 이곳에서도 1층에 거주했다. 니나와 뤼디거는 2층에 살았다. (3층엔 옥상 테라스와 2개의 작은 방이 있었는데, 그 방들은 우선은 비어 있었다. 평지붕 위엔 라디오 안테나가 설치되어 있었는데 배의 돛대만큼이나 높아서 그 덕분에 아버지는 BBC 런던이나 라디오 호놀룰루와 같은 은밀한 방송도 들을 수 있었다.)—니나는 클라라가 그 집의 건축 비용을 함께 부담하기를 바랐다. (두 자매는 모두 재산이 없는 남자와 결혼했다.) 왜냐하면 그녀와 클라라는 그들의 아버지가 1929년 10월 26일 사망했을 때 재산을 상속받았기 때문이다. 어머니는 아버지보다도 4년 전에 사망했었다. 그것은 토요일 아침의 일로, 그날 그는 '검은 금요일'에 대한 기사를 읽었다. 그는 숨이 멎은 채 의자에서 미끄러졌다. 전날 저녁까지만 해도 그를 부자로 만들어주었던 증권이 모두 휴지 조각이 되어버렸다. 그래도 유산은 있었다. 철도 채권이나 시바 사(社) 주식은 어쨌든 약간의 돈을 마련해주었고, 보호림 뒤쪽으로 멀리 떨어진 곳에 약간의 건축 부지도 있었다. 바로 그 부지에 지금 새집이 지어진 것이었다. 또한 츠바이짐멘의 시골 별장과 거의 최근에 그려진 상급의 카날레토[21] 그림 복제본이 한 장 있었다. 벨기에의 수집가가 그 그림을 구입했다. 그는 모든 주가가 곤두박질치기 이틀 전에 어떤 혜안에 사로잡혀 자신의 주식을 모두 처분해버렸고, 이제 엄청난 현금을 손에 쥔 채 주식시장 붕괴의 희생자들이 소유한 그림을 찾아 헤맸다.

그는 카날레토 복제본을 본래 값어치의 절반 가격에 매입했다. 하지만 그 절반도 어쨌든 상당한 금액이었다. 그리하여 두 자매 각자에게 약 1만5천 프랑 정도의 돈이 주어졌다. 언니보다 여섯 살 어린 니나는 그 돈을 꽤 큰 재산으로 여겼던 데 반해, 클라라는 자신이 예상하지 못했던 유산을 손에 쥐었음에도 불구하고 여전히 주식시장 붕괴로 몰락한 사람으로 남아 있었다. 그것이 그녀의 아버지의 유산이었다. 한 손에는 충격적인 기사가 실린 신문을 구겨 쥐고, 굳어진 두 눈을 크게 뜬 채 바닥에 누워 있는 그를 발견했던 것은 그녀였다. 그녀는 며칠 밤을 새워가며 책상에 앉아 모든 주식들의 손실을 덧셈해보고, 저당금을 갚을 수 없게 된 집을 거저 넘겼고, 자동차를 처분했다. (당시 니나는 집을 떠나 로잔에 있었다. 그때 막 호텔경영전문대학에서 학업을 시작했던 참이었다.) 그리하여 클라라는 그 돈을 세 곳의 은행에 개설한 세 개의 저축 통장에 넣어두고는 그 돈을 건드리지 않으려고 했다. 반면에 연애 중이었던 니나는 유산 전부를 애인인 뤼디거에게 줘버렸고, 그는 부족한 자금을 여기저기서 빌려 모아 집을 건축하고는, 절차가 간편하다는 이유로 토지등기부에 그 집을 자신의 이름으로 등록했다. 그는 클라라가 현기증을 일으킬 만큼 높은 액수의 집세를 클라라와 아버지에게 요구했다. 하지만 그녀도 뤼디거의 뜻을 거스를 수는 없었다. 그리고 그녀는 니나를 사랑했다. 반면 스위스 라펜으로 정확히 그 집세 정도의 돈을 벌고 있던 아버지는 아주 흔쾌히 동의

했다. 그는 이렇게 멋진 집에서 살아본 적이 없었던 것이다! 그는 잔뜩 흥분한 채 불빛의 바다가 넘실대는 이 방 저 방을 돌아다니며 자신의 책상을 놓기에 제일 좋은 자리를 찾았다. 반면에 클라라는 아주 오랜 시간 동안 침실의 창가에 서서 그 뒤에 호수를 감추고 있는 숲 쪽을 건너다보고 있었다. "정말 멋있지 않아?" 하고 아버지가 말하자 클라라는 고개를 끄덕였다.— 본베다르프 가구 회사의 사장인 엘레 씨가 자주 집에 드나들더니 곧 친구 같은 사이가 되었다. 그가 파는 가구들은 모두 미스 반 데어 로에[22]나 르 코르뷔지에[23]가 디자인한 것이었고, 그의 카탈로그는 예술서적처럼 보였다. 거기에는 가격이 적혀 있지 않았다. 곧 규격을 정확하게 맞춘 책꽂이가 모든 벽을 가득 채웠고, 검은 상판이 달려 있고 바퀴 달린 서랍장이 딸린 새 책상은 거실의 벽감 속에 자리를 잡았다. 유리창 밖에는 녹색으로 넘쳐나는 초원 혹은 황금빛의 논밭이 펼쳐져 있었고, 멀리, 더 멀리는 시내와 강이 보였다. 안개가 피어오르면 강의 모습은 사라졌다. 거실에서 가장 환한 쪽 자리엔 크롬강의 가늘고 긴 다리가 달린 커피 테이블이 놓였다. 그 테이블은 아버지가 커피를 젓기만 해도 이리저리 흔들렸다. 테이블 주변에는 강관 의자들이 자리 잡았다. 덮개의 문양과 색채가 러시아풍 같기도 하고 어쩌면 아라비아풍 같기도 한 카우치가 하나 있었는데, 쿠션의 색깔은 다채로웠다. 스탠드를 갖다놓고, 에나멜 칠을 한 작은 책상도 들여놓았다. 푸른색 유리의 여닫이문이 달린 진열장 안에는 접시, 잔, 사이펀 병이 놓여 있었다. 페르시아 아니면 아프가니스탄에서 만들어진 양탄자를 깔았는데 그것은 엘레 씨의 상품이 아니었다. 그는 포르투갈산 대리석으로 제작한 마루나 바닥재만을 허용했다. 테라스와 정원으로 나가는 입구 쪽에는 그라모폰 축음기가 하나 있었는데, 호두나무로 만들어진 찬장 크기의 이 제품은 라디오와 그라모폰이 합쳐진 마르코니 사의 걸작으로 하루 종일 틀어져 있었다. 아버지가 음악 애호가였고, 클라라는 아니었다. (하지만 클라라는 청년 관현악단의 연주회에는 빠짐없이 갔다.) 언제나, 정말로 언제나 온 집 안이 모차르트, 베토벤, 브람스의 음악으로 진동했고, 때로는 랄로[24]의 「스페인 교향곡」이나 「불새」가 울려 퍼졌다. 전축엔 레코드판을 쌓아둘 수 있었고, 그것들은 한 장씩 한 장씩 덜그럭거리며 전축 위로 내려왔다. 톤암이 자동으로 동작을 했기 때문에, 아버지는 자신의 책상에서 일어설 필요조차 없었다. 「오페라 합창곡 모음」! 유시 비엘링![25] 레오 슬레자크![26] 그리고 당시 이미 오래된 것에 속했던 엔리코 카루소의 레코드판들! 「내가 닭이었으면」, 「난 상냥한 로라랍니다」 또는 「그것이 선원들의 사랑이라네」 등의 제목을 가진 유행가들도 들었다. 재즈를 들을 때도 있었는데, 아버지는 베니 굿맨을 좋아했고, 특히 테디 윌슨을 좋아했다. 또한 필 헤이먼스가 엘리트 스페셜 음반에서 녹음한 것을 들은 후에는 그도 좋아하게 됐다.— 집을 꾸미는 일이 다 끝났을 때 자신이 빈털터리라고 생각해왔던 클라라는 실제로 그 상태에 한층 더 가까워졌다. 아버지는 이 새로운 사치를 완벽하게 즐겼다. 건축가와 옐레 씨가 『베르크』지와 『그라피스』지의 기자와 사진가들 서너 명을 데리고 와서 온 집 안을 둘러보게 한 후에야 비로소 일상이 시작될 수 있었다.— 아버지와 클라라는 거의 매일 니나와 뤼디거와 함께 시간을 보냈다. 그사이 계절은 겨울이 되었고, 그들은 정원에서 장난을 치고 눈싸움을 벌였다. 저녁에는 위층인 2층에 앉아 체리주나 마티니를 마셨다. 밝은색 양복을 입고 화사한 매력을 발산하는 뤼디거가 계속해서 클라라의 미모를 칭찬하고 클라라가 얼굴이 빨개지는 것을 보면서 니나는 박수를 치며 재밌어 했다. 아버지도 웃었다. 뤼디거는 여자들을 좋아했다. 그리고 개들을 좋아했다. 그는 결혼식이 끝나자마자 두 마리의 불도그 아스토르와 카리노를 구입하여 니나를 놀라게 했다. 이 개들은 거울처럼 반들거리는 마루 위를 질주하다가 모퉁이를 돌면서 미끄러져서 중국 화병들을 박살냈다. 아버지는 그 개들을 두려워했고, 특히 그의 앞에 서서 이를 드러내고 으르렁거리는 카리노를 무서워했다. "말도 안 돼"라고 말하며 뤼디거는 그 괴수의 주둥이를 쓰다듬었다. "나의 카리노는 형님에게 아무 짓도 안 한다구요." (그는 또한 "나의 집," "나의 직책," "나의 아내"라고 말했다.) — 봄이 오자 클라라는 정원으로 나갔다. 정원은 엄청나게 컸고 야생의 나무딸기, 개암나무 덤불과 쐐기풀이 무성했다. 그녀는 한뼘 한뼘 정원을 개간해나갔다. 그녀가 파낸 돌들은 높은 무더기를 이룰 정도로 많았다. 메마른 나뭇가지들은 태워 없앴다. 아버지는 정원으로 나가지 않았다. 클라라가 공기가 너무나 좋다고 외쳐 불러도 나가지 않았다. 그는 어차피 담배를 통해 호흡했고 책상에 앉아 있는 것을 더 좋아했던 것이다. 그는 콘티넨탈 메이커의 타자기 자판을 두드리며 한 문장을 끝낼 때마다 고개를 들어 자신의 아내를 바라보았다. 그녀는 정원용 앞치마를 두르고 삽자루에 몸을 기댄 채 연기 속에 서 있었다. 그녀는 불꽃을 응시하고 있었다. 그녀의 입술은 기도문을 외우듯 달싹이고 있었다.

1936년 2월 사육제 전 일요일, 건축가가 2층에서 내려오더니 급하게 클라라와 아버지를 찾아왔다. 사실 클라라는 음악회에 가고 집에 없었다. 그리고 아버지는 타자기 앞에 앉아 「발정 난 수도승의 전설」을 독일어로 옮기고 있었다. 건축가는 시뻘건 얼굴로 거실로 달려 들어오더니 방금 뤼디거가 자신에게 사례를 지불했는데, 수년 전 이 집을 짓는 것이 얼마나 힘겨운 일이 될지 아무도 예상하지 못하고 있을 때 정했던 액수 그대로 지불했다고 소리를 질렀다. 자신은 죽도록 일했는데, 뤼디거는 단 한 푼도 더 내놓지 않았다는 것이었다. 건축가는 숨을 헐떡였다. 그는 이것이 비겁한 짓이며 착취이며 부르주아적인 작태라고 했다. 자신은 개가 아닌데, 단언컨대 저 파쇼처럼 생긴 불도그들 값이 자신의 사례비를 다 합한 것보다 더 비쌀 것이라고 말했다. 아버지는 고개를 끄덕였다. 그는 건축가에게 강관 의자에 앉도록 권하고는 코르통 클로 뒤 루아 한 병을 땄다. 그것은 딱 마시기 좋게 숙성한 부르고뉴산 고급 와인 36병 중의 한 병으로, 그가 몇 주 전에 어느 외판원의 감언이설에 넘어가 구입한 것이었다. 그 외판원은 벌판에 외롭게 서 있는 이 집까지 힘겹게 찾아오느라 피곤에 지쳤음에도 불구하고 자신이 판매하는 와인의 상표가 약속하는 왕의 위엄을 보이며 등장했었다. 와인 상자는 직접 손으로 쓴, 마치 낭트의 칙령처럼 보이는 계산서와 함께 그 전날 도착한 참이었다. 계산서의 액수는 아버지의 월급 약 석 달분을 집어삼킬 만한 액수였다. 와인 구매에 대해 전혀 모르고 있었던 클라라는 평소답지 않게 상기된 목소리로 자신의 남편에게 언제 두 사람이 파산하게 될 것인지를 계산해서 들려주었다. 만일 그가 계속해서 이런 식으로 행동할 경우, 그리고 기본적인 식료품 가격이 오르지 않을 경우 그것은 1945년 1월 1일일 것이라고 했다. 그러고 나서 그녀는 그로 하여금 이 코르통 클로 뒤 루아를 아주, 아주 특별한 일이 있을 때 마실 수 있게 보관해두겠다는 약속을 하도록 강요했다. 아버지는 이날 밤이 바로 그런 특별한 날이라고 생각했다. 또한 그는 이 와인을 극찬했던 그 외판원이 거짓말을 했던 것은 아닌지 시음도 해봐야 했다. 아버지가 잔을 들어 올리자 이미 그의 코는 그 와인이 훌륭하다고 말하고 있었다. 그다음에 그는 와인을 살짝 머금어 삼켜보고는 만족의 소리를 냈다. 반면 건축가는 자신이 얼마나 값비

싼 것을 마시고 있는지 의식하지도 못한 채 잔을 단숨에 털어 넣었다. 그는 뤼디거에 대해 몹시 화가 나 있었다. 나의 아버지가 그의 말이 맞다고, 자신도 그 개자식을 견디기 어렵다고 얘길해줘도 그의 화는 여전했다. "착취자, 전형적인 착취자야." 건축가가 소리 질렀다. 두번째 잔을 마시면서야 그는 조금 진정을 하고 뤼디거 이야기를 멈췄다. 아버지는 여전히 첫번째 잔을 홀짝거리면서 자신의 와인 구입에 대해 행복해하고 있었다. 이제 그들은 두번째 잔을 마시는 내내 5개년 계획을 통해 러시아 민중이 더 이상 굶주리지 않을 정도의 곡식을 재배하려고 하는 소비에트 연방의 노력에 대해 이야기했다. (아버지는 건축가에게 한 잔 뒤처져 있었지만, 이제는 그의 속도에 맞추고 있었다.) 건축가의 세번째 잔이자 아버지의 두번째 잔은 스탈린에게 바쳐졌다. 건축가는 그에 대한 부정적인 말은 단 한마디도 허용하지 않았다. 그는 중앙위원회의 결정을 다 알고 있었고 그것들을 자신의 의견으로 삼았다. 아버지는 소련은 소련이고 스위스는 스위스라고 말했다. 총파업의 경우만 생각해봐도 그랬다. 그때 사람이 죽지 않았던가. 당시 그는 아주 어리지는 않았지만 아직 소년이었다. 하지만 그는 군인들의 총소리를 들었다. 파업 중인 노동자들을 향해 총 쏘는 것을 주저하지 않도록 하기 위해 일부러 아주 먼 지방에서 데려온 군인들이었다. 그때 그는 뮌스터 광장으로 달려갔고, 도로 포석 위로 피가 흥건한 모습을 보았다. 네번째와 세번째 잔을 마시면서 그들은 경제 위기에 대해, 그리고 실업자들에게 어떤 도움도 주어지지 않는 상황에 대해 이야기를 나눴고, 다섯번째와 네번째 잔을 마실 때는 주 48시간 노동 쟁취를 위한 투쟁에 대해 이야기 했다. 아직까지도 진심으로 주당 56시간의 노동을 옹호하는 사업가들도 있다고 했다. 건축가가 자신의 여섯번째 잔을 홀짝거리는 동안 아버지는 중간 스퍼트를 내서 그를 따라잡았다. 그들은 무솔리니와 히틀러에 대해 이야기했다. 그들 둘 다 똑같이 우스꽝스럽고 소름끼치는 역겨운 인간들이었다. 그리고 프랑스의 인민전선에 대해서도 얘기를 나눴다. 석탄 채굴에서 책임량의 1,300%를 달성했던 스타카노프[27]에 대해 얘기했다. 모스크바에서 벌어지고 있는 공개재판에 대해 이야기하면서, 그것이 시민들에게 스탈린에 대한 거짓말을 유포할 수 있는 기회를 제공할 것이라고 했다. 이제 아버지는 마침내 정치에 눈을 떴고 공산주의를 지지하게 되었다. 그가 세번째 병을 땄을 때 클라라가 집에 돌아왔다. 그때 막 그와 그의 새 동지는 우파의 모든 아첨에 속아 넘어가고 위협을 당하면 바로 꼬리를 내리는 멍청한 사회민주주의자들에 대해 이야기를 나누고 있던 참이었다. 그녀는 와인 병들을 쳐다보더니 말없이 욕실로 사라져버렸다. 세번째 병마저 비었을 때는 시간이 새벽 3시였다. 대화의 주제는 공산당이 세 곳의 시의회에 진출한 이후로 급진적으로 사고하는 좌파 안에서 더 공격적인 의식을 발전시키기란 불가능한 일이 되었다는 것이었다. 한 시간 후 정각 4시가 되면 사육제가 시작될 것이었다. 그들은 자전거 위에 올라탔다. 건축가는 클라라의 자전거를 탔다. 그들은 시내로 향했다. 빛도 없는 어둠 속에서 건축가는 아버지의 그림자를 따라갔다. 아버지는 길을 알기는 했지만 보지는 못하는 상태였다. 시장 광장 주변 거리에는 거룩하게 금식 기간을 시작하는 이때쯤이면 항상 그렇듯이 1만여 명의 사람들이 모여 있었다. 날이 굉장히 추웠기 때문에 모두 외투를 입고 모자를 쓴 채였다. 새로 친구가 된 두 사람은 자전거를 타고 오는 동안 이미 코, 귀, 손가락이 얼어버렸다. 그래서 그들은 곧 도둑 소굴로 불리는 술집 티치노 안으로 들어갔다. 바깥의 깜깜한 어둠 속에서는 곧 북을 치고 관악을 연주하는 전통적인 행진이 시작될 것이었고 이 매력적인 순간을 놓치고 싶은 사람은 아무도 없었기 때문에 술집엔 아직 사람들이 가득 들어차 있지는 않았다. 심지어 그들은 건축가의 단골 좌석에 의자 두 개가 비어 있는 것을 보았다. 그곳에 앉아 있던 그의 친구가 두 사람을 보더니 의자에서 벌떡 일어섰다. 그는 화가였는데 두 눈이 빨갛게 되어 있었다. 그는 하늘이 그들을 보내준 것이라고 외쳤다. 물론 건축가도 이미 알고 있는 사실이었지만, 내일이면 이곳 가게의 모든 홀에서 대규모의 가면무도회가 열리게 될 것인데, 실내 장식이 끝나지 않은 정도가 아니라, 사실은 거의 시작도 못했다는 것이었다. 또한 자신들의 돈으로 이 파티를 조직한 화가 그룹, 바로 저 33 그룹의 회원들이 모두 함께 모여 멋지게 장식을 하기로 했었는데, 어제저녁에 단 한 명도 모습을 나타내지 않았다고 했다. 그들이 모두 몇 주 전부터 등에 그림을 그리고 가면을 만들어왔으며 어제저녁까지도 그 일이 끝나지 않았기 때문이라는 변명은 말도 안 된다고 했다. 그 자신도 브레오 패거리에게 아직 칠이 마르지도 않은 자신의 가면들을 막 건네준 참이라고 했다. (실제로 티치노의 창밖으로 북 치고 관악을 연주하며 지나가는 행렬이 보였고 그들의 연주 소리가 들렸는데, 그 안에 1백 개가 넘는 촛불이 타오르고 있고 네 명의 운반인들이 들고 가는 거대한 등의 경우 그룹 회원 중 한 사람의 양식이라는 것을 누구나 쉽게 알아볼 수 있었다.—사실 그들은 모두 사육제의 일로 먹고 살았다. 그걸로 나머지 1년을 버틴다고 말할 수 있을 정도였다.)— 도와줘, 화가가 말했다. 도움이 필요해, 난 지금 누구든 다 필요해. 그리하여 건축가와 아버지는 커피를 끝까지 마신 후 화가와 함께 2층으로 가서 열심히 도와주었다. 커피 속에 든 술의 이름이 '끝장'이었던 것은 기이한 일이었다. 그들이 술 취한 사람들 특유의 활력과 자율적인 능력을 보이며 일하자 화가는 곧 그들에게 지시하는 것을 그만두고 그들이 하는 대로 내버려두었다. 그는 포장지를 붙여둔 벽 앞에 서서 이상적인 풍경을 그렸다. 사자, 호랑이, 호수, 북 치는 사람, 관악기 연주자들이 가득 들어선 낙원의 모습이었다. 연주자들은 자신들의 악기와 환상적인 가면 말고는 아무것도 몸에 걸치지 않고 있었다. 왜냐하면 그들은 모두 나무 아래를 행진하는 아담과 이브들이기 때문이었다.

나무들은 전나무가 아니라 야자나무였지만, 그럼에도 에른스트 루트비히 키르히너 풍으로 그려져 있었다. 그것은 화가가 다보스에서 두 번의 여름과 한 번의 겨울을 그 대가(大家)와 함께 보냈기 때문이었다. 키르히너는 그 기간 내내 그에게 욕을 해댔고 헤어질 때는 그에게 대책 없이 무능한 최악의 화가라고 말했다. (그럼에도 불구하고 키르히너 제자의 그림 한 점이 뮌헨에서의 퇴폐예술 전시회에 대가의 이름으로 전시되었다. 그것은 일종의 표창이었다. 이에 대해 키르히너도 그의 제자도 반론을 제기하지 않았다.)— 얼마 후, 이른 오후에 아버지가 사다리 위에 올라가 풍선과 종이 뱀을 홀의 천장에 못으로 고정시키고 있을 때, 또 한 명의 화가가 등장했다. 그는 초현실주의자로서 머리엔 '바스크 베레모'를 쓰고 있었는데, 즉시 한쪽 벽에 달려들어 빠른 속도로 일한 결과 곧 키르히너의 제자를 따라잡았다. 원숭이의 머리를 단 기린, 주정부위원의 얼굴을 한 원숭이, 풍만한 여인들과 함께 누운 채 주둥이와 엉덩이에서 불길을 뿜고 있는 주정부위원들의 모습이 그려졌다.— 그동안에도 건축가는 입구 위에 매달아야 할 입체파 조형물의 크기를 반복해서 계산 중이었다. 그는 황금분할을 구하지 못해 자꾸만 자신의 스케치를 고치고 있었다.— 화요일 정오경에 여화가 한 명이 더 나타났다. 그동안 홀은 이미 정말 멋지게 꾸며졌고, 모든 벽과 천장이 다양한 스펙트럼의 빛깔로 칠해졌기 때문에 그 여화가는 계단 쪽을 맡아서 난간을 시뻘건 색으로 칠하기 시작했다. (이 난간이 저녁까지도 다 마르지 않는 바람에 많은 손님들은 왼쪽 손이 빨갛게 된 채 홀에 들어섰다.) 여화가는 막 파리에서 돌아온 참이었다. 그녀는 친구와 함께 파리로 갔었는데, 가자마자 곧 만 레이[28]의 손아귀에 걸려들었다. 대도시의 기적을 경험하고 싶은 갈망이 두 여성의 모든 세포에서 뿜어져나왔던 것은 당연한 일이었다. 그리하여 그는 그들이 이 도시에 온 지 각각 이틀째와 사흘째 되는 날 저녁에 카페 되 마고와 플로르에서 그녀들에게 수작을 걸었다. 어쨌든 그곳은 지역 사정을 잘 아는 사람들만 찾는 보헤미안 술집이었다. 그는 그녀들을 자신의 아틀리에로 끌고 가서, 그곳에서 두 여인의 사진을 찍었다. 당연히 누드였다. 기이하게도 채 스무 살도 되지 않은 뛰어난 미모의 여화가가 모델로서는 자신의 친구보다 못했다. 그 친구는 뼈대가 굵은 체형에 베른 출신이었음에도 불구하고 그녀를 찍은 사진들은 사진계의 성화가 되었다. (덧붙이자면 그 친구 역시 유명해졌다. 모피로 덮은 찻잔을 든 여자가 바로 그녀였다.) — 이제 아버지는 그 여화가를 도왔다. 그녀는 그가 물감과 붓을 맘대로 선택하도록 맡겨두었다. 그들은 프랑스어로 함께 대화를 나눴다. 아버지는 28시간 동안 잠을 못 자고 있었고, 여전히 맑은 정신도 아니었기 때문에 그랬던 것이고, 여화가는 파리의 삶에 흠뻑 젖어 있기 때문에 그랬다. (하지만 그녀는 농담을 할 때는 고향 사투리로 했다. 그녀는 말장난의 귀재였고, 아버지 역시 말장난이라면 수준이 아주 낮은 것이라고 할지라도 결코 그냥 지나치지 않고 응대하는 사람이었다. 그리하여 그들은 계속해서 농담을 주고받았고 결국에는 프랑스어보다는 독일어로 더 많이 대화하게 되었다.) — 저녁 9시가 되어 가면을 쓴 사람들이 나타나기 시작할 때쯤 실내 장식이 끝났다. 훌륭한 작품이 완성되어 2층의 홀과 그 옆방, 층계참과 식당을 온통 채우고 있었다. 그들은 계속 영업 중이던 식당 안에서 작업을 했었다. 손님들은 자신들 앞의 테이블 위에서 예술가들이 이리저리 돌아다니며 종이로 만든 괴물 형상이나 기이한 가면을 천장에 매달고 있어도 별로 개의치 않았다. — 건축가는 여전히 생각에 잠긴 채 그동안 몇 번을 만들었다가 다시 부숴버렸던 자신의 조형물 앞에 서 있었다. — 아버지가 다시 집으로 가기에는 너무 늦은 시간이 되었다. 게다가 클라라가 심하게 걱정을 하고 있는 것도 아니었다. 그사이 그녀는 코르통 클로 뒤 루아 병을 치우고 잔을 씻어두었다. 그녀가 걱정을 하지 않을 수 있었던 것은 사육제 때는 알코올 중독자처럼 되든, 모든 사람들이 보는 앞에서 음란한 연설을 하든 또는 불륜을 저지르든 그 어떤 일도 가능하며, 그런 일들을 기꺼워하면서 아니면 이를 갈면서라도 그냥 받아들일 수밖에 없다는 사실을 알고 있었기 때문이다. 그것은 이 도시에서 태어난 사람들 모두의 내면에 깊이 새겨진 상식이었고, 성경의 권위를 가진 법과도 같았다. — 그녀는 아버지가 도둑 소굴에서 예술가들의 파티에 참여할 수 있으리라고는 생각하지 않았고, 저녁 내내 창밖으로 보호림 쪽을 바라보며 시간을 보냈다. 그 시간에 그녀의 남편은 술에 취해 이리저리 비틀거리고 제멋대로 지껄여대면서 이 홀 저 홀 마구 돌아다니고 있었다. 그는 늙은 아주머니나 물의 정령으로 분장한 아름다운 여인들과 춤을 추었고, 여화가와도 여러 번 춤을 추었다. 그러다가 퀵스텝을 밟던 도중에 파트너의 어깨에 기대 잠이 들어버렸다. 그가 부엌 구석에서 잠이 깨었을 때 환한 햇빛이 창가에 비치고 있었다. 종업원들은 그의 몸을 넘어다니고 있었고, 술집 주인인 루이지는 세 개의 불꽃이 타오르고 있는 아궁이 앞에 선 채 한꺼번에 여덟 개의 프라이팬을 능숙하게 다루고 있었다. 아버지는 어릿광대 바야조의 의상을 입고 있었는데, 자신이 어떻게 그 옷을 입게 되었는지 전혀 기억을 하지 못했다. 두통을 느낀 그는 힘겹게 몸을 일으켜 집을 향해 걸어갔다. 자신의 의상 속에서 전철비를 찾지 못했기 때문이었고, 티치노 술집 앞에 나가면 자신의 자전거 두 대가 세워져 있다는 사실을 잊어버렸기 때문이었다. 클라라는 여전히 창가에 서 있었다. 아니 다시 나와 서 있었던 것인지도 모른다. 어쨌든 그녀는 친절하게 그를 맞이했다. 바야흐로 사육제 때였으니까. 어릿광대 의상이 상황을 설명해줬다. 그는 침대에 몸을 던지고는 곧바로 다시 잠들었다.— 건축가는 사육제 행사가 모두 끝난 후인 목요일 저녁에 키르히너의 제자와 함께 자전거를 돌려주러 왔다. 그들은 기쁨으로 얼굴을 빛내며 파티가 얼마나 재미있었는지 이야기해줬다. 아버지는 파티에 대해 어렴풋하게 기억하고 있을 뿐이었다. 홀은 미어터지도록 가득 찼고, 음악은 환상적이었다고 했다. 연주는 '살룬 스톰퍼스' 그룹이 맡았는데 특히 평상시에는 보험회사에서 일하는 트럼펫 주자 하이니 뮐러의 연주가 타의 추종을 불허했다는 것이었다. 이른 아침엔 마지막까지 남은 사람들이 가면을 쓴 채 거리로 나가 아버지가 못으로 벽에 고정시켰던 풍선들을 가지고 놀았다고 했다. 어릿광대 바야조를 뺀 20여 명의 피에로와 요괴, 숲 속의 거인들이 서로에게 풍선을 패스했고, 풍선은 이 발 저 발 사이를 우아하게 떠다녔다는 것이었다. 여기저기서 풍선이 하나씩 터졌는데, 특히 숲 속 거인들의 통나무 나막신 때문이었고, 마지막 풍선마저 갈기갈기 찢겨버리자 사람들은 마침내 집으로 돌아갔다고 했다.—그 후 건축가, 키르히너 제자, 초현실주의자, 그리고 그 여화가까지도 자주 클라라와 아버지를 찾아왔다. 그들은 모두 열정적인 예술가들로서 항상 새로운 흐름에 대해 관심을 가지고 있었고, 사회주의적 목표를 열렬히 신봉하는 이들이었다. 신념의 강도는 달랐지만 모두 공산주의자들이었다. 이번 사육제를 통해 아버지 역시 공산주의자가 되었다. 건축가보다 훨씬 더 급진적인 이념적 주장을 펼쳤던 키르히너 제자는 처음엔 아버지를 부르주아적 지식인이라고 불렀고 심지어 한번은 살롱 공산주의자라고 부르기까지 했지만, 다른 모든 사람들과 마찬가지로 그 역시 시 외곽의 높은 지대에 위치한 이 투명한 집에 와 있을 때면 편안함을 느끼곤 했다. 봄이 오고 따뜻한 태양빛이 비추자 그는 자신의 캔버스를 정원에 세우고 커피를 마시고 있는 클라라와 아버지를 그렸다. 클라라는 노란색 드레스를 입고 침대형 소파 위에 누워 있었고 아버지는 빨간색 정원용 테이블에 앉아 책을 읽고 있었다. 테이블 위에는 실제 인생에서와 마찬가지로 화학 실험실의 플라스크처럼 보이는 커피 메이커가 놓여 있었다. 배경에는 녹색으로 빛나는 잔디밭 위로 개 한 마리가 달려가고 있는 모습이 검은색 얼룩처럼 보였다. (실제의 삶에서 그 개의 이름은 호비였고 모든 면에서 뤼디거의 불도그들과는 정반대였다. 한편 그 불도그들 중의 한 마리, 그러니까 아스토르는 그림 속에서 클라라 옆에 누워 그녀와 비슷하게 공허한 눈빛으로 정면을 무심하게 바라보고 있었다.) 맨 뒤에는 보호림이 보였다. 하늘은 대담한 붓터치로 표현되었다.— 화가는 이 그림을 통해 자신이 키르히너를 극복했기 때문에 일종의 행복감에 도취되었다. 그는 그 그림을 어느 날 오후 내내 그린 후, 저녁 식사 때까지 머물러 있었고 이 그림을 「부르주아의 오후」라고 부를 거라고 외쳤다. 클라라는 환하게 미소 지었고, 아버지는 회의적인 시선을 던졌다. 하지만 두 사람 모두 오늘이 아주 특별한 날이라는 데에는 의견이 일치했기에 코르통 클로 뒤 루아 병의 마개를 땄다.— 한여름이 되었을 때 키르히너 제자는 그 그림을 다시 한 번 그렸다. 자신이 새롭게 익힌 채색법을 이용한 이 두번째 버전을 그리는 데 그는 더 많은 시간을 들였다. 아버지는 또다시 책을 읽고 있었고, 클라라는 또다시 허공을 멍하니 바라보고 있었으며, 아스토르는 다시 그녀의 옆에 있었다. 다만 뒤편에 있었던 작은 개 호비는 사라졌다. 두번째 그림은 클라라와 아버지의 마음에 그다지 들지 않았다.— 모든 화가들, 그리고 여화가까지도 아버지를 굉장히 좋아했기 때문에 그들은 아버지에게 자신들 그룹의 서기 아니면 대리인 혹은 총무 같은 역할을 맡아달라고 요청했다. 아버지는 1초도 망설이지 않고 승낙했다. 보수에 대해서는 아무런 언급이 없었고, 아버지 역시 그것을 기대하지도 않았고 받지도 않았다. 화가들은 웃으며 그의 어깨를 두드렸고 여화가는 그에게 키스를 했다.— 그 여름에 정원에서는 샤실리크 꼬치 요리 파티가 열렸다. (처음으로 무더웠던 주말이었다. 그로부터 얼마 전 히틀러가 라인란트로 침공해 왔었다.) 화가 그룹의 멤버들이 모두 왔는데, 클라라와 아버지가 아직 알지 못했던 화가 두 명도 함께 왔다. 한 사람은 건장한 구성주의자로서 그 당시 오로지 철사만 가지고 작업을 했다. 그는 흔들리는 구성물을 다양한 크기로 제작하고, 부분적으로 석고를 붓기도 했다. 또 한 사람은 결핵을 앓고 있는 아주 젊은 남자로서 포도 재배지에 칩거하고 있었고 그룹 내에서 천재로 여겨지는 이였다. 그리고 그들의 부인들과 여자 친구들이 왔다. 하지만 클라라가 잘살던 시절의 친구들도 있었다. 예를 들면 식민지 양식의 양복을 입은 통통한 남자가 그런 경우였는데, 그의 이름은 베른으로서 클라라가 청년 관현악단 지휘자의 오른손 역할을 하던 시기에 알게 된 사람이었다. 청년 관현악단은 모든 것이 젊은 악단이었다— 음악과 연주자도 젊었고, 지휘자인 에트빈 쉼멜도 젊었다. 베른은 이 지휘자와 아주 절친한 친구였다. 반면 클라라는 일을 그만둔 이후로는 관현악단이나 지휘자와 더 이상 아무런 관계도 갖지 않았다, 아니 관계가 있긴 있었다. 그녀는 아무런 보수도 없이 일했던 것에 대한 보답으로 명예회원의 자격을 얻었고 여전히 모든 연주회에 갔다.— 또한 학창 시절의 여자 친구 네 명이 의사 혹은 변호사인 남편들과 함께 와 있었다.— 길게 파인 땅속의 홈에서는 불길이 타올랐고, 와인이 넘쳤으며, 남자들은 개암나무 가지를 적당하게 잘라 꼬치를 만들고 고깃덩이를 꽂아 구웠다. 두 마리의 불도그와 호비는 터벅이며 돌아다니고 있었다. 물론, 뤼디거와 나나도 거기 있었다. 나나는 즉시 화가들과 어울렸고, 뤼디거는 학교 여자 친구들의 남편들 중에서 아는 사람을 몇 명 만났다. 모두 모포 위에 앉아 있거나 누워 있었다. 처음에 그들은 도시의 최고급 셔츠 가게인 자무엘 그륀 에르벤의 진열창을 부숴버린 민족전선당원들에 대해 이야기했다. 하지만 그들은 곧 현재의 비참상에 대해서는 잊었다. 그들은 여러 번 웃음을 터뜨렸다. 하늘에는 보름달이 떠 있었고, 모든 이의 얼굴은 불빛 속에서 빨갛게 흔들거렸다. 이쪽저쪽 그룹에서 고함 소리가 들렸다. 때때로 학교 여자 친구들 중의 누군가가 비명을 질렀다. 농담 때문이거나 화가 중의 한 명이 그녀에게 몰래 키스를 했기 때문이었다. 여자들은 손으로 음식을 먹었고, 남자들은 술을 병째 들어 마셨다. 코르통 클로 뒤 루아는 아니었고, 클라라의 삼촌이 피몬트 지방에서 생산한 맛 좋은 반주용 와인이었다. 아버지는 즐거워하며 여기저기서 장난을 치고 다녔는데, 한번은 그가 계속해서 운을 맞춰가며 얘기를 하자 여화가는 그가 또 한 번 운을 맞춰 얘기할 경우 자기는 집에 가겠다고 말했다. 그러자 아버지는 다시 산문으로 대화했다. 클라라는 모든 손님에게 필요한 것들이 다 갖춰져 있는지 진지한 눈길로 살피고 있었고, 유일하게 마지막 순간까지 술을 잔에 따라 마셨다. 파티는 밤새 계속되었고, 손님들이 집으로 돌아가려고 했을 땐 해가 보호림 뒤에서 떠오르고 있었다. 클라라와 아버지는 서로 꼭 껴안은 채 친구들의 뒷모습을 바라보고 있었다. 친구들은 시끄럽게 떠들어대며 약간은 비틀거리기도 하면서 근처의 지평선 너머로 사라졌다. 그곳은 도시로 향하는 길이 내리막이 되기 시작하는 곳이었다. 그러고도 한동안 화음을 맞춰 부르는 노랫소리가 들려왔다. 처음엔 베레지나 가곡이 들려오더니, 그다음엔 아주 먼 곳으로부터 「산타 루치아」가 들려왔다. 그들은 침대로 들어가 술에 취한 채로 초기에 그랬던 것처럼 탐욕스럽게 사랑을 나눴다. 아버지가 정오경에 잠에서 깨어 창문을 통해 정원을 바라보며 눈을 깜박이는데 모포 위에 초현실주의자와 여화가가 꼭 붙어 누운 채로 깊은 잠에 빠져 있었다. 초현실주의자는 등을 바닥에 대고 누운 채 입을 크게 벌리고 있는 반면에, 여화가는 자신의 몸을 깊이 말고 있어서 풀어헤친 그녀의 적갈색 머리가 온몸을 다 덮을 정도였다.— 아버지는 커피를 끓인 후 저 빨간색 정원용 테이블에 앉아 커피를 마셨다. 그는 자고 있는 사람들을 관찰했다. 불을 피웠던 땅속의 홈에서는 여전히 연기가 피어오르고 있었다. 그가 두번째 잔을 마시며 세번째 담배에 불을 붙였을 때 초현실주의자가 잠에서 깨어 햇빛을 바라보며 눈을 깜박이더니 아버지의 모습을 발견했다. 그는 환하게 웃으며 벌떡 일어섰다가 여화가의 몸에 걸려 비틀거렸다. 그러자 그녀 역시 눈을 뜨고 일어나 앉아 웃기 시작했다. 이미 한참 전에 오후가 시작됐는데도 아버지는 "좋은 아침입니다"라고 인사했다. 세 사람이 함께 둥근 유리주전자의 커피를 다 마시고 초현실주의자와 여화가 역시 담배를 한 대씩 피우고 났을 때, 두 눈이 들러붙은 채로 클라라가 나타났다. 그녀는 모닝가운을 입고 있었고 맨발이었다. 그녀는 테이블에 자리를 잡았는데, 이유는 알 수 없지만 테이블에 앉아 있는 사람들 사이엔 대화가 끊겨 있었다. 모두들 숙취에 시달리고 있었다. 초현실주의자와 여화가는 자신들의 소지품을 챙겼다. 아버지와 어머니는 정원 입구까지 그들을 배웅했다. 헤어지기 전에 서로 몇 마디의 농담을 주고받은 후, 두 사람은 떠났다. 그들은 길 한가운데를 걷고 있었는데, 초현실주의자는 심하게 구겨진 바지를 입고 머리엔 '바스크 베레모'를 쓰고 있었고, 여화가는 신발을 손에 든 채 맨발이었다. 그녀의 풀어헤친 머리는 엉덩이 위까지 흘러내려와 있었다. 그들의 머리가 지평선 뒤로 사라지자 아버지와 클라라 사이에 서 있던 호비는 그 두 사람의 뒤를 따라 달려갔다가, 거리가 흔적도 없이 사라지는 곳에서 멈춰 섰다. 개의 검은색 윤곽이 비쳐 보였는데, 그 그림자는 처음에는 한 발로 공중을 향해 흔들어대더니 나중엔 귀 뒤를 긁적였다.―그날 밤 아버지는 여느 때와 마찬가지로 일찍 잠자리에 들었고, 클라라는 주로 그래 왔듯이 훨씬 늦게 잠자리에 들었다. 그녀는 이른 밤의 고요한 시간을 좋아했다. 그는 그녀가 침대 속으로 기어들어오는 소리를 들은 적이 한번도 없었고, 그날 밤 역시 듣지 못했다. 하지만 다른 때와 달리 그는 2시 혹은 3시쯤 일찍 잠에서 깼다. 클라라는 침대 안에 없었다. 욕실에도 없었고 거실에도 없었다. 그는 테라스로 갔다. 아직은 거의 보름달에 가까운 달빛을 받으며 그녀가 정원을 가로질러 오는 모습이 보였다. 그녀의 치마는 허벅지 부분까지 젖은 채 그녀의 두 다리에 찰싹 달라붙어 있었다. "잠을 잘 수가 없었어요." 그녀가 말했다. "산책하러 갔었어요." 아버지는 알 수 없는 말을 웅얼거렸다. 그녀는 창백한 얼굴로 그의 곁을 지나갔고, 그는 침대로 되돌아갔다. 그녀가 그의 곁에 누웠을 때 그는 다시 잠든 지 이미 오래였다. 서너 시간 후 그가 욱신거리는 두통 때문에 잠에서 깨어 일어나 보니 그녀는 눈을 감은 채 누워 조용히 숨을 쉬고 있었다. 그는 발끝으로 문까지 살금살금 걸어갔다. 그녀는 몸을 뒤척이더니 깊이 잠든 상태에서 한숨을 쉬었다. 그는 편두통에도 불구하고 미소를 지었고, 약을 먹기 위해 욕실로 갔다.

  얼마 지나지 않아 나의 아버지는 벌써 그룹의 멤버들을 위한 전시회를 성사시켰다. 자신들의 작품을 공개하는 것은 모두들 처음이었다. 갤러리 '비트너 운트 힐'은 아주 명망 있는 곳으로서 창업자의 미망인, 그러니까 쿠르트 비트너 아니면 프레데릭 힐의 미망인이 운영하고 있었다. 하지만 이제 그녀는 루데스쿠라는 처녀 적의 이름을 다시 사용하고 있었다. 아버지는 어느 오후 한나절 동안 마담 루데스쿠를 안내하여 키르히너 제자, 초현실주의자, 구성주의 철사 조형예술가, 여화가, 그리고 심지어는 멀리 시외의 포도 재배지에 살고 있는 결핵환자 화가의 아틀리에까지 방문했다. 마담 루데스쿠는 음울한 표정으로 쿵쿵 소리를 내며 아틀리에를 돌아보았는데, 그림을 뒤집어보기도 하고 눈 가까이로 들어보고는 뭐라고 투덜거리기도 했다. 그녀는 인사도 하지 않고 밖으로 나갔다. 마지막으로 결핵환자의 아틀리에에서 돌아올 때는 그녀가 굉장히 화가 난 듯이 보였기 때문에 아버지는 마침내 모든 희망을 버렸다. 하지만 그들이 갤러리에 도착한 후 아버지가 떠나려고 하자, 그녀는 조금도 밝아지지 않은 목소리로 그 전시회를 하겠다고 중얼거리듯 말했다. 그리고 아버지에게 계약서를 내밀었는데, 그들에게 더할 수 없이 좋은 조건을 담고 있었다. 그림이 팔렸을 경우 그녀가 받게 될 수수료에 대해 아버지가 주저하며 얘길 꺼내려고 하자 그녀가 말했다. "나는 위험을 감수할 생각입니다. 내가 가격을 정할 겁니다." 그러고 나서 그녀는 실제로 가격을 정했는데, 너무나 높게 책정했기 때문에 모든 화가들과 아버지는 절대 그림 한 점 팔리지 않을 게 분명하다고 생각하고 있었다.— 한 달 후 아버지는 마담 루데스쿠와 함께 그림을 걸고 있었다. 화가들이 나중에 와서 자신들의 그림을 이리저리 옮겨 걸 것이 분명했다. 그때 마치 환상처럼 자동차 한 대가 문 앞에 와서 섰다. 백테 타이어를 단 마이바흐 자동차였다. 아버지는 여화가의 그림을 손에 든 채 진열창을 통해 그 모습을 보고 있었다. 운전기사가 급히 자동차 앞을 돌더니 모자를 벗고는 차 문을 열었다. 그러자 모피를 걸치고 커다란 모자를 쓴 부인이 차에서 내렸다. 그녀는 장갑을 벗으면서 갤러리로 들어와, 마담 루데스쿠에게 반갑게 인사를 했다. 알고 보니 그녀는 청년 관현악단 지휘자의 아내이자 기계생산공장의 상속녀인 틸디 쉼멜이었다. 쉼멜과 결혼하면서 그녀는 공장을 지참금으로 가지고 갔다. 그녀는 그 도시에서 가장 중요한 수집가로서 가장 부유할 뿐만 아니라 재능도 가장 뛰어났다. 그녀는 전시회 오픈 전에 그림들을 보고 싶어 했다. 그녀는 아주 당연하다는 듯이 그 권리를 요구했고, 당연하게도 그녀에게는 그러한 특권이 실제로 허락되었다. 그녀는 아버지와 함께 신과 세계에 대해 수다를 떨어가며 갤러리 안을 돌아다녔고, 대부분 아직 벽에 세워져 있는 그림들을 이리저리 살펴보았다. 그녀는 초현실주의자의 대형 그림을 유심히 훑어

보면서, 자신이 얼마 전에 파리에 있었는데 파블로[29]가 도라[30] 때문에 마리-테레즈[31]와 심각하게 다퉜었다고, 하지만 그러고 나서는 폭포수처럼 비가 쏟아지는 가운데 결국 셋이서 알베르토[32]에게 가더라고 말했다. 요컨대 파블로는 그림을 그리는 도안가이고, 알베르토는 그림 그리는 조각가였다. 그녀가 가장 높이 평가하고 있다고 할 수 있는 앙리[33]만이 그림을 그리는 화가였다. 그러니까 그가 자신의 본분에 가장 가까운 인물이라고 했다. 게다가 그는 파블로처럼 말도 안 되는 가격을 부르지는 않는다는 것이었다. 그녀가 누구에 대해 이야기하는 것인지를 얼마 후에야 깨닫게 된 아버지는 고개를 끄덕이며 자신은 남방 국가를 좋아하며, 남쪽과 관련된 화가는 다 좋아한다고 말했다. 반면에 뭉크[34]나 놀데[35]는 도저히 견딜 수가 없다고 말했다. 기계설비공장의 공장장이기도 한 지휘자의 아내가 웃었다. "당신의 견해가 맘에 들어요." 그녀가 말했다. "우리 집에 저녁 식사 하러 오세요. 목요일이에요. 그냥 작은 모임이에요. 부인도 모시고 오세요. ─ 당신도 와요, 엘레나." 그녀는 얼굴이 빨갛게 상기되어 있는 갤러리 여주인을 향해 몸을 돌렸다. 나가는 길에 그녀는 몇 개의 그림을 가리켰다. "저것하고 저것, 그리고 저기 뒤에 있는 거요." 그것은 초현실주의자의 대형 그림 두 점과 포도 재배지에 살고 있는 화가가 그린 음울하고 기괴한 풍경화로 실제로 전시회에 나온 그림들 중 제일 좋은 세 작품이었다. 그녀는 장갑을 끼고 차에 올라탔다. 운전기사가 차 문을 닫고 모자를 쓰더니, 이번에는 자동차의 뒤쪽으로 돌아가서 차에 올라탔다. 마이바흐는 어떤 소음도 내지 않고 조용히 떠났다. 쉼멜 부인의 아름다운 옆모습이 뒤창에 비쳤다.
― 며칠 후인 목요일에 클라라와 아버지는 초대에 응했다. 그들은 택시를 타야 했다. 그 집에 갈 수 있는 길이 달리 없었기 때문이었다. 그 집은 시 외곽의 호수 위쪽, 아주 오래된 나무들로 울창한 공원 내에 자리 잡고 있었다. 택시가 정문 앞에 멈췄을 때 정원에는 횃불이 타오르고 있었고, 높은 곳의 창문에서는 불빛이 환하게 빛나고 있었다. 그들이 자갈밭을 지나 올라가자 집사가 그들을 맞이하고 외투를 벗겨줬다. 그들은 불빛으로 환한 홀에 서 있었는데, 계단 위쪽으로부터 선홍색의 드레스를 입은 안주인이 날듯이 뛰어 내려왔다. 그녀는 두 사람을 향해 미소를 지어 보였고, "아, 클라라! 클라라라고 불러도 되죠? 에트빈이 당신에 대해 정말 많은 얘기를 해줬어요!"라고 말하며 그들을 살롱 안으로 인도했다. 그곳에도 불빛이 환했고, 마루는 거울처럼 반짝였다. 사방 벽엔 마티스, 클레, 칸딘스키, 미로의 그림들이 걸려 있었다. 세잔의 대형 정물화도 있었다. 아버지와 어머니는 다른 손님들이 약속이라도 한 듯이 한꺼번에 도착했을 때까지도 여전히 그림들을 바라보며 감탄하고 있었다. 엘레나 루데스쿠는 가슴 부분이 깊이 파이고 녹색과 보라색으로 반짝이는 비단 드레스를 입고 있었고, 초현실주의자는 작업복을 걸치고 있었지만 신발은 닦은 차림이었다. 또 한 명의 그

다지 젊지 않은 키가 큰 신사는 검은 양복을 입고 있었는데 아버지는 그의 이름을 제대로 알아듣지 못했다. 그가 이후의 대화 내용을 제대로 이해한 것이라면 그 신사는 제네바의 은행과 관련된 어떤 일을 하고 있었고, 이 집의 여주인과 비슷하게 열정적인 수집가였다. 그의 취미는 이탈리아 친퀘첸토[36] 예술인 듯했다. 아무튼 그는 사람들이 몬드리안[37]이나 발로통[38]에 대한 대화를 하고 있어도 매번 미켈란젤로[39]와 시뇨렐리[40]에 대한 이야기를 끄집어내곤 했다. 그는 아주 젊은 여인과 함께 왔는데, 아버지는 처음엔 그녀가 그의 애인이라고 생각했다가 나중엔 그의 딸일 거라고 생각했는데, 알고 보니 그의 부인이었다. 그들은 모두 손에 잔을 들고 서 있었다. 가을인데 날씨가 벌써 차가워졌다는 이야기를 나누며 모두 미소를 지었다. 오늘은 마침 초승달이어서 호수 쪽의 굉장히 멋진 전망을 즐길 수 없게 되어 아쉽다는 이야기도 나눴다. ―틸디 쉼멜이 초현실주의자에게 오랑주리에서의 인상주의 전시회를 보았느냐고 묻고 초현실주의자가 보지 못했다고 대답을 하고 있는 참에 집주인 에트빈 쉼멜이 살롱으로 들어섰다. 그는 자신의 노획물을 향하듯 손님들 쪽으로 급하게 다가왔다. 일자로 꾹 다문 입술에 미소를 띠고 있었다. 검은 머리는 흠 잡을 데 없이 단정하게 빗겨져 있었다. 밝은빛을 띤 파란 눈이 사람들을 향했다. 그는 자기 아내의 손등에 입을 맞추고, 마담 루데스쿠를 향해 가볍게 목례한 후 바로 몸을 돌려 클라라를 바라보았다. "클라라!" 그가 외쳤다. "오랜만이야! 그래 어떻게 지내?"

"임신했어요." 클라라가 말했다.

"잘됐군." 에트빈 쉼멜이 말했다. "당신은 항상 아이를 갖고 싶어 했잖아." 그는 아버지를 향해 몸을 돌렸다. "그렇다면 그 행운의 아버지가 당신이겠군요?"

"그렇기를 바랍니다." 아버지가 말했다. "저도 방금 처음 들은 이야기거든요."

식사의 첫번째 코스는 비스크 도마르[4]였다. 아버지는 거절하고 다른 사람들이 떠먹는 모습을 바라보았다. 두번째 코스는 버섯과 구운 고추였는데 아버지는 이번에도 음식을 물리쳤다. 그가 주요리인 빵으로 감싼 송아지 안심 요리마저 거절하자, 틸디 쉼멜이 그에게 무엇을 먹겠느냐고 물었다. "에멘탈 치즈 한 조각과 빵이 있었으면 합니다"라고 아버지가 말했다. 틸디 쉼멜이 집사를 바라보자, 그는 눈썹을 치켜올리더니 식당에서 나갔다가 잠시 후 에멘탈 치즈 한 조각이 놓인 접시를 가지고 돌아왔다. 빵은 이미 식탁 위에 있었다. 그는 접시를 아버지 앞에 놓았다. 그는 "고마워요"라고 말한 후 먹기 시작했다.— 틸디 쉼멜은 모든 사람을 일종의 청문회에 끌어들였다. 그들이 현재 관심 갖고 있는 일이 무엇인지에 대해 진지하게 질문했던 것이다. 그리하여 그녀는 아버지와는 다가오는 전시회에 대해 이야기를 나눴고, 초현실주의자에게는 그가 그룹에서 유일하게 재능 있는 인물이라고 말해줬다. 어떤 일에 대해 분명하고 솔직하게 말하는 것은 자신의 방식이라고 했다. 그는 정말로 어떤 특별한 재능을 갖고 있지만, 다른 사람들은…… 이라고 말하며 그녀는 두 손을 허공으로 들어 올렸다. 초현실주의자는 웃으며 그렇다면 왜 결핵을 앓고 있는 젊은 천재의 그림을 샀느냐고 물었다. 바로 그 때문이라고 그녀가 대답했다. 그는 분명 젊은 나이에 죽을 테고, 그러면 그녀는 얼마 안 되는 그의 그림들 중의 하나를 소유하게 된다는 것이었다. 게다가 그의 그림이 그렇게까지 나쁜 것도 아니라고 했다.─그동안 제네바의 은행가는 마담 루데스쿠와 이야기를 나누고 있었다. 그 역시 그녀의 고객임이 분명해 보였는데, 그는 루브르와 우피치 박물관의 그림들이 너무 빽빽하게 걸려 있다고 얘기했다. 맞아요, 마담 루데스쿠가 말했다. 50센티미터의 간격을 두는 것이 제대로 거는 것인데, 예술가들 자신은 말할 것도 없고 그에 대해 똑바로 알고 있는 사람이 거의 없다니까요.─틸디 쉼멜이 클라라에게 관현악단에서 일하던 때가 그립지 않느냐고 묻자 그녀는 미소 지었다. 아뇨, 그렇지 않아요, 그녀가 대답했다. 모든 일엔 때가 있는 법이니까요.─은행가의 아내는 말없이 계속해서 식사를 하고 있었고 가끔씩 눈을 들어, 아주 잠깐 자신의 남편을 바라볼 뿐이었다.─에트빈 쉼멜 역시 거의 한마디도 하지 않았다. 그는 다음 날의 운영위원회 회의나 관현악단 연습에 대해 생각 중인 것 같았다. 한번은 은행가의 부인이 그에게 자기 남편만큼이나 일이 많냐고 묻자 그는 그렇다고, 아마도 그럴 거라고 대답했다. 어쨌든 내일 새벽 일찍 런던으로 가서 「메시야」를 지휘해야 하는 것은 사실이라고 했다. 하필 런던에서 「메시야」를 지휘해야 합니다! 그것도 앨버트 홀에서요! 런던 심포니와 킹스멘 합창단과 함께하는 연주회입니다. 이제는 모두들 이쪽을 바라보고 있었다. 얼굴이 발갛게 된 클라라도 마찬가지였다. 아버지가 초연에 얽힌 일화를 이야기하고 있었다. 조지인가 에드워드인가 하는 왕이 할렐루야 합창이 시작되자 너무나 감동한 나머지 자리에서 일어섰다. 그 이후 영국에서는 헨델의 「할렐루야」가 공연되는 동안에는 언제 어디서든 예외 없이 모든 연주회 관객들이 일어서게 되었다는 것이었다. "당신이 지휘할 때 그들이 일어나지 않는다면 말입니다" 하고 아버지가 에트빈 쉼멜에게 말했다. "어떻든 간에 당신은 멋지게 예외가 되는 겁니다. 당신은 어차피 서 있으니까요." 모두가 식사를 멈추고 에트빈을 바라보았다. 어머니는 식탁 밑에서 아버지를 발로 툭툭 건드렸다. "당신 왜 계속해서 나를 차는 거요?" 하고 그가 말했다. 에트빈의 꾹 다문 입이 갑자기 넓어지더니, 그의 입술이 열리고 이가 보였다. 그가 웃어댔다. 모두가 웃었고, 틸디 쉼멜이 제일 심하게 웃어서 뺨 위로 눈물이 굴러 떨어지기까지 했다.—집에 오는 길에 택시 속에서 클라라는 울기 시작했고, 그가 자신을 웃음거리로 만들었다고 소리를 질렀다. 카를, 어떻게 그럴 수가 있어요. 그런 식사를 하는 자리에서 에멘탈 치즈를 찾다니. 에트빈의 부인이 이제 나에 대해 어떻게 생각하겠어요, 에트빈은 말할 것도 없고요.—"당신이 임신했다는 얘기를 왜 그에게 한 거지?" 하고 아빠가 물었다. "정말 임신했어?"

"그래요." 클라라가 대답했다.

"그렇다면 그걸 왜 그에게 얘기한 거요?"

"모르겠어요."

"모른다고?"

"몰라요."

그 후 아이, 그러니까 내가 태어났고, 아버지는 기뻐했다. 너무나 기쁜 나머지 그는 나를 세례명으로 부르는 일이 없었고, 언제나 새로운 애칭을 지어주곤 했다. 주로 동물 이름이었지만, 다른 이름도 있었다. 사실 그가 너무나 다양한 이름으로 나를 불렀기 때문에 나는 어떤 이름에 대해서든지 반응하곤 했다. 곰일 때도 있었고 난쟁이일 때도 있었다. 하지만 동시에 그는 아이를 보호하고 돌보는 일은 전적으로 여자들의 몫이라고 확신하고 있었다. 그와 다른 생각은 전혀 해본 적도 없었다. 그래서 젖을 먹이고, 씻기고, 몸무게를 재고, 돌보는 일은 모두 클라라의 과제가 되었다. 물론 그는 해야 할 자신의 일이 있었다. 그는 이제 막 새로 건립된 고등학교의 교사로 일하고 있었다. 그 학교에서는 고대 희랍어를 가르치지 않고, 라틴어도 인문계 고등학교에서 하는 것만큼 집중적으로 다루지 않았다. 대신 교안에 살아 있는 언어라고 소개된 언어들을 가장 집중적으로 가르쳤다. 그는 프랑스어를 가르쳤고, 가끔은 독일어도 가르쳤다. (초기에 그 학교의 교장은 그에게 주당 각 두 시간씩의 종교 수업과 체육 수업을 떠맡기려고 했었다. 하지만 무신론자이면서 어린 시절의 교육을 통해 성경에 정통한 그가 교장이 하는 말마다 성경 구절로 대답하는 바람에 결국 교장이 포기하고 종교 수업을 면제시켰다. 체육 수업은 그대로 남아 있었다. 그는 두세 번의 수업을 했다. 하지만 수영을 할 줄 모르는 그가 초반에 외투를 입고 모자를 쓴 채 수영 수업을 하자 그는 체육 수업에서도 해방되었다.)— 대학에 자리를 잡는 일은 생각대로 되지 않았다. 노교수 타폴레 씨는 도무지 죽을 생각을 하지 않았고, 마침내 일반적인 경우보다 훨씬 더 늦은 나이에 은퇴하게 되었을 때는 그와 아버지의 사이가 완전히 틀어져버려서, 자신의 후임으로 튀빙겐의 바싹 마른 대학 강사를 적극적으로 추천했던 것이다. 그는 『롤랑의 노래』 전문가였다. 결국 그가 임용되었고, 아버지는 타폴레 씨에게 이 임용에 대한 자신의 생각을 말했다. 이것은 엉터리다, 타폴레 씨의 후임은 롤랑의 뿔나팔 말고는 머릿속에 든 것이 아무것도 없는, 정말로 아무것도 모르는 사람이라고 말했다. 타폴레 씨는 다른 유명 교수들과 똑같은 짓을 했다고도 말했다. 그러니까 그들은 후대에 가능한 한 오랫동안 빛나는 존재로 기억되기 위해 항상 가장 멍청한 후임을 뽑곤 한다는 것이었다. 한번 흥분하자 아버지는 자신의 지도교수에게 그의 트리스탄 서적에 대해 어떻게 생각하고 있는지도 바로 털어놓았다. 그것 역시 엉터리라고 했다. 『트리스탄과 이졸데』의 첫번째 판본이 프랑스 민중의 집단 창작품이라는 그의 테제는 근거 없는 이야기이며, 각주를 통해 이 위대한 고대 서사시를 현대 프랑스어로 번역하려고 한 그의 시도는 형편없이 실패하고 말았다고 했다. 타폴레 씨는 어쩌면 그럴지도 모른다고 중얼거리며, 하지만 자신도 지금까지 아버지의 교수 자격 취득 논문을 단 한 줄도 읽어본 적이 없다고 말했다. 그러자 아버지는 "앞으로도 볼 일 없을 겁니다! 당신은 못 봅니다!"라고 고함을 지르고는 과사무실로 뛰쳐나가며 문을 얼마나 세차게 닫았는지 중세 시대의 회반죽이 천장으로부터 비처럼 쏟아져 내렸다. 그는 왼쪽도 오른쪽도 보지 않고 자전거를 힘차게 달려 집으로 갔고, 몇 미터 두께의 논문 초록들, 전승 문서와 해석본 등 자신의 모든 자료들을 궤에 담고 용수철 자물쇠로 잠근 후 열쇠를 창문 밖으로 던져버렸다. 그 이후로 수녀와 수도승 들과는 영원히 작별이었다. 어쨌든 그는 교사자격증을 가지고 있었으므로 열 군데 학교에 지원했지만 모두 실패했다. 그리하여 당분간은 상속받은 돈으로 살아가고, 어쩌면 더 먼 미래에도 계속 그렇게 살아가야 할지도 모른다고 마음의 준비를 하기 시작하던 참에 실업계 고등학교에 취직이 되었다. 그는 열정적인 교사가 되었다. 수업이 끝날 때마다 그는 땀으로 범벅이 되어 있었고 자신의 수업 내용으로 인해 흥분된 상태였다. (하지만 그는 교안에는 특별히 신경을 쓰지 않았고 프랑스어보다는 독일어로 더 자주 얘기했다.)— 물론 그는 화가 그룹을 위해서도 계속 일했다. 이제 수도승, 수녀, 타폴레를 떠나보낸 상황에서 그는 새로운 에너지를 가지고 자신이 특별히 좋아하지만 독일어로 번역되어 있지 않거나 번역이 변변치 않은 책들을 번역하는 일에 뛰어들었다. 그는 최근에 출간되어 자신이 감동적으로 읽었던 앙드레 지드의 일기부터 시작했다. 그 번역 작업이 거의 끝났을 무렵에야 그는 저작권 같은 게 존재한다는 사실과 자신이 번역권을 따냈어야 했다는 사실, 그리고 이제는 절대 그것을 따낼 수 없게 되었다는 사실을 알게 되었다. 다른 사람이 이미 오래전에 주문을 받았고 이제 번역을 거의 마쳤다는 것이었다. (아버지는 그 번역본이 출간되자 번역이 형편없다고 했다.) 그리하여 그는 번역 원고를 더 이상 열 수 없게 된 궤 위에 얹어 놓고는, 원하는 사람은 누구나 번역해도 되는 고전작품에 덤벼들었다. 그중에서도 분실되었거나 거의 알려지지 않은 작품들을 선택했는데, 첫번째 작품은 그가 너무나 좋아했던 샤를 드 코스테의 『오일렌슈피겔』이었다. 학교가 여름에는 7시 15분에, 그리고 겨울에도 8시에 시작했음에도 불구하고 그는 학교로 가기 전 오전 시간에 일했고, 수업이 없는 오후와 일요일에 일했다. 그에겐 머릿속으로 번역할 수 있는 능력이 있었다. 원본 텍스트를 열 줄에서 스무 줄 정도씩 미리 보고나면 어렵지 않게 독일어 번역본도 기억할 수 있었다. 집에 도착하면 그는 인사도 없이 가방을 던져놓고는, 마치 최면에라도 걸린 듯이 자신의 작업 공간으로 갔다. 먼저 머릿속에 쌓여 있는 것들을 그 자리에 선 채로 한 손가락을 사용하여 타자기로 치고 난 후에야 그는 모자를 벗고 클라라와 아이에게 인사를 했다. "안녕 마멋[42]!" 때는 바야흐로 여름이었다. 나는 항상 정원에 놓여 있곤 했던 이동 침대 위에 누워 있었고, 아스토르가 나의 얼굴 바로 위로 주둥이를 갖다 댄 채 나를 지키고 있었다. 사실 내가 제일 자주 보는 얼굴이 아스토르였다.— 클라라는 정성스러운 엄마였고 의사의 지시를 엄격하게 준수했다. 마씨니 박사는 모든 것을 두 번씩 말하곤 했다. 그가 집에 올 때면 "안녕하세요, 안녕하세요"라고 인사했고, "두 시간에 한 번씩 2데시리터를 먹이세요. 두 시간에 한 번씩 2데시리터를 먹이세요"라고 말했다. 그는 현대식 영양법의 권위자였고, 클라라는 자신의 아이에게 두 시간에 한 번씩 먹을 것을 주었다. 1분도 먼저 주는 법이 없었다. 아이가 소리 지르고 울어대도 마찬가지였다. 하지만 그녀는 아침에 일찍 일어나지는 못했다. 그녀에겐 그것이 불가능했다. 그래서 아침이면 아버지가 입에는 담배를 물고, 머릿속으로는 자신의 텍스트를 계속 번역하면서 나를 요람에서 들어 올린 후 젖병을 물려주었다. 곧 니나가 그 일을 맡았다. 그녀는 여자였고 학교에 갈 필요가 없기 때문이었다. 그러고 나면 클라라가 10시쯤 와서 아이를 받아 들고 껴안고 키스했다.— 그 사이에 아버지는 18세기, 아니면 17세기에 포르투갈의 어느 수도원에 살았던 마리아나 알코포라도의 편지를 번역하기 시작했는데, 연인에 대한 그녀의 열정은 모든 한계를 부숴버리는 것이었다. 물론 나의 아버지는 수녀에 대해서는 잘 알고 있었다. 그녀는 사랑했다. 세상의 그 어떤 여자도 하지 못한 사랑을 했다. 아버지는 그녀의 간청을 옮기던 끝에 자기가 불길에 사로잡힐 뻔하기도 했다.

1939년 9월 1일 아버지와 클라라는 마르코니 라디오에서 흘러나오는 히틀러의 음성을 들었다. 히틀러는 폴란드가 자신을 침공했으며 오전 6시부터 반격을 시작했다고 고함을 질러댔다. 전쟁이 시작된 것이다. 곧 서른일곱 살이 되고 이제까지 군복무 부적격자에 속했던 아버지는 아라우의 신병 교육대에 입대했다. 몇몇의 나이든 심장 허약자들, 그리고 힘이 넘쳐흘러서 배낭을 한 손으로 들어 올리는 스무 살짜리들과 함께였다. 그는 아침 일찍 일어나는 법을 배웠고(그것은 이미 그가 할 줄 아는 일이었다), 정확하게 경례하는 법과 카빈총을 네 번의 동작으로 어깨 위로 들어 올리는 법을 배웠다. 동작을 할 때는 총을 쏘는 듯한 소리, 마치 채찍을 빠르게 휘두르는 듯한 소리가 나야 했다. 전체 중대가 지휘관을 향해 총을 들어 인사를 할 경우 마치 한 사람의 동작 같은 소리가 났다. 보통은 한 사람의 동작 소리와 함께 아버지의 동작 소리가 났다. 왜냐하면 아버지는 매번 다른 사람들보다 뒤늦게 철커덕거리며 동작을 했기 때문이다. 또한 그는 가끔씩 총을 바닥으로 떨어뜨렸다. 그 후 그는 연대장 앞으로 나가야 했고, 그 앞에서 총 잡는 법을 시연해 보여야 했다. 하나, 둘, 셋, 넷. 물론 그의 모든 동작은 대책이 없어 보일 정도로 비전투적이어서, 그는 곧 대열로 돌아가라는 명령을 받았고 저녁을 부엌에서 보내야만 했다. 그곳에서 설거지를 하고 감자껍질 벗기는 일을 했다. 요리사는 아델보덴에서 온 우편배달부였는데, 징병위원회에서 자신을 왜 요리사로 만들었는지 그 이유를 전혀 모르고 있었다. 그럼에도 불구하고 그는 한 신병의 칭찬을 받기 위해 애를 썼는데, 창백한 얼굴의 홀쭉한 청년인 그는 사회에서 트르와 르와 호텔의 소스 담당자로 일했던 사람으로 음식에 대해서는 단 한마디도 하지 않았다. 그것은 당연한 일이었다. 어차피 소스는 있지도 않았고, 아델보덴에서 온 가련한 우편배달부는 병사 1인당 하루 식비로 고작 85라펜을 쓸 수 있었으며, 감자와 무를 끓는 물에 던져 넣는 것 말고는 다른 것을 배워본 적이 없는 사람이었다. 그럼에도 불구하고, 그가 통풍창을 통해 구내식당을 건너다볼 때면 그의 시선에는 애원이 담겨 있다.—몇 주 후 아버지는 보조 근무에 충분한 교육을 받은 것으로 인정을 받아 케씰로흐라고 불리는 지역으로 배속을 받고는 기뻐했다. 그 지역은 암벽 한가운데 위치한 적막한 장소로서, 이미 제1차 세계대전 때 그곳에 주둔했던 군인들이 너무나 지루했던 나머지, 손이 닿는 암벽마다 라스코 동굴보다 더 화려하게 장식을 해둔 곳이었다. 비록 도망치는 수사슴이나 매머드 그림은 아니었지만, 오히려 예술적으로 장식된 엠멘이나 봉쿠흐 지역의 문장, 그리고 다리를 벌리고 있는 여인들의 그림이었다.— 아버지는 철도 터널의 출구 쪽에 완전히 혼자 서 있었다. 터널의 선로는 지뢰가 설치된 다리 위로 뻗어 있었다. 아버지는 적군이 터널을 기어서 통과하거나 저 멀리 아래쪽 급류가 흐르고 있는 숲 속 골짜기로부터 기어 올라오지 못하도록 감시하는 임무를 맡고 있었다. 그는 군인용 외투를 입고 있었는데, 그 외투가 엄청나게 무거웠는데도 불구하고 여전히 추위에 떨어야 했다. 그는 철모를 쓰고 손에는 실탄을 장전한 카빈총을 든 채 선로와 심연 사이의 좁은 자갈길 위에 서 있었다. 그의 두 발은 얼음 장작이었다. 가끔씩 짐승이 바스락 소리를 내면 그는 어둠을 향해 "누구냐?" 하고 소리를 질렀고, 그러고 나면 자신의 심장 소리만이 들려왔다. 기차가 오면 선로는 노래를 하기 시작했다. 멀리서부터 굉음이 들려오고 나면 터널에서 바람이 불어왔다. 그 바람이 폭풍이 될 때면 기차는 마치 광기 그 자체가 달려나오듯 천둥 같은 소리를 내며 터널 출구를 빠져나왔다. 빛이 휙 스치고 지나갔다. 다리가 진동하고, 덤불이 구부러졌으며, 심지어는 숲 속 골짜기 위로 비스듬히 매달려 있던 전나무까지도 흔들렸다. 아버지는 전나무 줄기를 붙들고 있었다. 만일 나의 아버지가 소리를 질렀다 하더라도, 아무도 듣지 못했을 것이다. 한두 번은 실제로 소리를 지르기도 했다.— 봄이 오고 밤이 따뜻해졌는데도 여전히 휴가를 얻지 못했던 아버지는 어느 특별히 길었던 밤이 지나고 특별히 불평이 많은 동료와 교대를 하고 난 후, 잠자리에 드는 대신 갑작스러운 결심을 하고는 보급계의 자전거를 집어탔다. 보급계가 자전거를 필요로 하는지 아닌지는 상관없었다. 그러고는 뭔가에 사로잡힌 사람처럼 골짜기와 숲과 초원을 달려 클라라가 하얀 드레스를 입고 정원 안에 서 있는 집으로 갔다. 그녀는 꽃의 바다 속에 선 채 수선화, 튤립, 아네모네를 꺾고 있었다. 그녀의 한 팔에는 커다란 꽃다발이 안겨 있었다. 아이, 그러니까 나는 그녀의 한쪽 다리에 달라붙은 채, 그녀와 마찬가지로 아버지를 마치 유령이라도 되는 듯이 쳐다보았다. 아버지는 자전거를 덤불 속으로 던져버리고는, 데이지와 개양귀비를 짓뭉개며 초원 위를 달려와서 클라라의 한쪽 팔을 잡더니 그녀를 끌고 집으로 들어갔다. 두 사람은 웃는 것 같기도 하고 신음하는 것 같기도 한 소리를 내며 달려가면서 옷을 하나씩 하나씩 벗어 던졌다. 탄약띠, 샌들, 군복 상의, 하얀 드레스, 스파이크화가 던져졌다. 아이는 클라라의 한쪽 다리에 겨우 달라붙어 있었다. 복도에서야 아이는 잡고 있던 것을 놓치고 회녹색 바지와 주먹만 한 실뭉치 사이에 누워 있었다. 그 실뭉치는 하얀 비단으로 만든 여성 속옷이었다. 아버지는 철모를 내 머리에 씌웠다. 나는 어둠 속에 앉은 채, 멋지다고 생각해야 할지 답답해해야 할지 몰라 하고 있었다. 나는 나의 뇌에서 울리는 쉿쉿 소리를 들었다. 나는 노래했다. 내 목소리가 둥근 헬멧 아래서 크게 울렸다. 나는 나의 몸을 마구 때렸다. 내가 힘겹게 애를 쓴 끝에 빛을 볼 수 있게 되었을 때, 침실의 문이 열리더니, 아버지와 클라라가 나왔다. 클라라는 앞이 트인 군복 셔츠와 회색 팬티를 입은 아버지의 한쪽 팔 아래서 밖을 내다보았다. 클라라는 머리를 엉덩이까지 흘러내리도록 풀어헤치고 있었고, 연어빛 불그스레한 속치마를 입고 있었다. 아버지는 웃으면서 "여기 있었구나, 이 호랑이 녀석!"이라고 말하며 나를 높이 들어 올렸고, 담배를 입에 문 채로 내게 키스했다. 그는 철모를 쓰고, 바지를 입더니 두 발을 넓게 벌린 채 바지 단추를 잠그면서 신발에 발을 집어넣고 끈을 묶고는 옷들의 흔적을 따라 정원으로 되돌아갔다. 그리고 상의, 허리띠, 총검, 탄약 주머니를 다시 챙겼다. 밖으로 한참을 나가 꽃들 사이에 선 그는 비록 상의 단추를 하나 잘못 끼우긴 했지만 다시 완전한 군인이었다. 클라라도 드레스를 다시 입었다.— 그사이 정원 입구에는 그 집에 살고 있는 다른 여자들이 모여 있었다. 그 집엔 여자들만 살고 있었다. 뤼디거 역시 징집되어 군사 법정의 일원이 되었고, 가끔씩 니나에게 깨끗한 손수건이나 선글라스가 필요하다는 내용의 짧은 편지를 보냈는데, 발신인은 언제나 '전장에서'라고 되어 있었다. 그는 어딘가 요새에 있거나, 아니면 루체른에 있었고 사형 선고를 내리느라 고심하고 있었다.— 물론 그중에 니나가 있었기 때문에, 나는 그녀에게로 도망쳤다. 그녀 옆엔 마치 축하 행렬처럼 조, 힐데가르트, 뢰슬리가 서 있었는데, 그들은 자전거를 향해 달려가는 나의 아버지의 목을 한 사람씩 차례대로 부둥켜안았다. 마치 남자 냄새가 그들을 동굴로부터 이끌어낸 것 같았다. 마지막으로 차례가 된 뢰슬리는 심지어 이미 자전거 위로 훌쩍 뛰어오르고 있는 아버지의 얼굴 전체를 샅샅이 핥아대기까지 했다. 하지만 그는 멈추지 않고 온 힘을 다해 페달을 밟으면서 머리를 핸들 위로 깊숙이 숙인 채 보호림 쪽으로 이어지는 찻길을 따라 달려갔다. 결국 그는 다시 1백 킬로미터를 가야 했던 것이다. 초원과 숲과 골짜기를 지나 케셀로흐에서의 점호 전에 도착해야 했다. 니나, 힐데가르트, 조와 뢰슬리는 자신들이 신부이기라도 한 듯이 흥분하여 폴짝폴짝 뛰면서 손수건을 흔들었다. 클라라는 조용하게 서 있었다. 조는 수리남 혹은 네덜란드의 또 다른 식민지 출신의 미인이었고, 이제 갓 스무 살의 나이로 벌써 암스테르담 최고의 재즈클럽에서 노래하는 필 하이만스의 언니였다. 두 여자는 독일군대의 위협적인 진군을 피해 도망쳐서 약 일주일 전에 도착한 참이었다. 한 동지가 그들에게 키르히너의 제자를 찾아가라고 그의 주소를 가르쳐주면서, 그것을 어딘가에 적어두는 것은 엄격하게 금지했다. 그리하여 그들은 저녁 어스름에 호이베르크를 헤매고 다녔다—조는 번지수가 36이라고 했고, 반면 필은 분명 2로 시작한다고 믿고 있었던 것이다. 그래도 결국 두 가련한 미인은 머리와 우비가 다 젖은 채 트렁크 하나를 들고 아틀리에 문 앞에 와 섰다. 트렁크 안에는 약간의 속옷과 필의 악보가 들어 있었다. 키르히너의 제자는 그들을 자신의 집에서 재워줬고 며칠 후 조를 아버지에게 데리고 왔다. 하지만 그가 여전히 집을 떠나 있을 때였다. 어찌할 바를 모른 클라라는 니나를 불러 도움을 청했고, 그녀는 조를 다락방에 살게 하는 데 바로 찬성했다. 그녀는 뤼디거가 전장에 있다는 게 기뻤고, 조가 방세를 지불할 능력이 없으며 적법한 서류를 갖추고 있지 못하다는 사실을 그에게 어떤 식으로 알려야 할지에 대해 아예 생각하지 않으려 했다. 조는 울음을 터트리며 니나의 목에 매달렸다. (계속해서 키르히너 제자의 집에 묵고 있던 필 역시 적법한 서류를 갖추고 있지 않았는데, 그녀는 곧 광장 근처의 댄스홀인 '징어'에서 테디 슈타우퍼의 5중주단과 함께 노래를 하게 됐다— 처음에는 주말에 노래하다가 그다음엔 매일 저녁 노래했다. 테디 슈타우퍼는 급히 여가수가 필요했기 때문에 정식으로 감독을 설득하여 그녀를 받아들이도록 했다. 게다가 피아노를 치는 버디 베르티낫은 암스테르담에서 그녀와 공연을 했던 적이 있었고 그녀에 대해 아주 좋은 기억을 가지고 있었다. 「미키의 한판」과 「당신 없으면 난 외로워요」는 그녀가 제일 잘 부르는 노래였는데, 테디 슈타우퍼는 그 두 곡을 즉시 자신의 레퍼토리에 포함시켰다. 감독은 더 이상의 비용이 들지 않도록 한다는 조건하에 필을 고용하는 데 찬성했다. 식사는 제공되지만 그 이상은 없었다. 필은 첫 출연 이후 그 가게의 스타가 되었고, 며칠 후에는 그 가게의 본래 인기 상품인 스트립쇼에도 출연해야 한다는 의무로부터 해방되었다. 그녀는 니나로부터 빌린 드레스를 입고 노래했고, 2주 후에는 비록 형편없이 적은 액수였지만 감독으로부터 정식 출연료를 받아 그것을 조와 나눠 썼다. 왜냐하면 그녀의 언니는 필 대신에 스트립쇼를 하라는 감독의 제안을 거절했고 그 대신 매일 저녁 니나의 카우치에 누워 자고 있거나 훌쩍거리고 있었기 때문이다.) ─ 또 다른 다락방에는 학생 시절 클라라와 짝꿍이었고 절친한 친구였던 힐데가르트가 살고 있었다. 두 사람은 여전히 같은 생각을 하고, 같은 행동을 하는 똑같은 존재였다. 그녀는 클라라의 후임으로 에트빈 쉼멜 밑에서 일했다. 하지만 그녀는 무보수 명예직이 아니었고, 정식 근무 계약을 맺고 좋은 보수를 받고 전일 근무하는 정식 비서였다. 그녀는 아마 에트빈에게 조금은 반한 깃 같았다. 아버지는 때때로 그 얘기를 꺼내 그녀를 홍분시키곤 했다. 하지만 두 여자 친구는 그에 대해 얘기하는 법이 거의 없었고, 힐데가르트의 사랑에 대한 얘기는 절대 하지 않았다. 기껏해야 클라라가 아주 잘 알고 있는 근무 중의 특정한 사안들에 대해 이야기를 나눴다. 연습실의 난방기는 관리인이 너무 빨리 온도를 높일 경우 소음을 낸다든지, 연주회 직전에는 에트빈에게 말을 걸면 안 된다든지 등의 이야기였다.─ 뢰슬리는 뤼디거와 니나의 하녀였다. 보통 때는 그녀가 그 집안의 다른 여자들과 같은 남자에게 키스하는 법은 없었다. 하지만 그 순간의 홍분 때문에 누구도 그 사실을 깨닫지 못했다. 클라라도, 니나도, 조도, 힐데가르트도 몰랐고 뢰슬리 본인도 몰랐다. 나의 아버지조차도 그 사실을 깨닫지 못했다.

아버지는 케씰로흐의 점호 2분 전에 땀으로 범벅이 된 채 숨을 헐떡이며 도착했다. 그가 아직 안장에 앉은 채 계속해서 숨을 헐떡이고 있는데, 그 순간 보급계가 사령부 막사의 문을 열고 뛰쳐나와 자기 자전거의 핸들을 붙잡았다. 그는 그것이 자신의 자전거라는 것도 눈치 채지 못하고 있었다. 그는 아버지에게 그 사실을 이미 알고 있느냐고 소리쳤다. "자네 벌써 들었나?" 아버지는 고개를 흔들며 자전거에서 내렸고, 자신이 사흘간의 중금고형을 받거나 중요한 전쟁 물자를 횡령한 죄로 뤼디거의 법정에 넘겨질지도 모른다고 생각했다. 하지만 보급계는 자전거를 막사의 벽을 향해 던져버리더니 독일군이 스위스를 침공할 것이라고 숨을 헐떡이며 말하는 것이었다. 내일, 아니면 모레일 수도 있다고 했다. 아무리 늦어도 오순절 후엔 올 것이라고 했다. 베를린에서 최종 결정이 내려졌고, 이제는 히틀러가 손만 들어 올리면 된다는 것이었다. 그는 베른의 형을 통해 정통한 소식통으로부터 직접 이 이야기를 들었는데, 자신의 형이 장군과 친한 사람의 조카를 잘 안다는 것이었다. 장군 아니면 연대장이거나 사단장, 아무튼 고위급 인사의 조카라고 했다. 그가 오늘 아침에 그에게 이 이야기를 털어놓으며 절대 보안을 유지하라고 했다는 것이다. 아버지는 군용 손수건으로 이마를 닦으며 고개를 끄덕였다. 사실 그것은 당연한 과정이었다. 네덜란드와 벨기에는 며칠 사이에 유린당했고, 이제는 프랑스 차례였다. 그렇다면 독일군이 왜 스위스 쪽의 서쪽 국경에서도 공격할 수 있는데 그 길을 내버려두고 북쪽에서만 공격을 하겠는가? 연락장교는 멀리 슈바르츠발트까지 군대의 움직임이 전혀 감지되지 않는다고 계속 주장했다. 그것은 약 두 시간 전에 발표된 국가정보기관의 공식적인 고시 내용이었다. 하지만 공격이 곧 시작될 것이라는 소문은 갑자기 모두의 확신으로 바뀌었다.— 보통 때는 저녁의 자유 시간 전에 행하는 단조로운 의식이었던 점호가 이번에는 모두의 간담을 서늘하게 했다. 연대장은 부대 앞에 뇌졸중에 걸린 듯한 얼굴로 서 있었다. 그 역시 소문의 희생자였던 것이다. 그는 적군이 사랑하는 조국을 공격할 경우 조상들이 그랬던 것처럼 모두가 마지막 피 한 방울까지 바쳐 싸우리라는 것을 알고 있다고 외쳤다. 그것이 신의 뜻이라면 케쎌로흐는 내일 벌써 새로운 모르가르텐[43]이 될 것이라고 말했다. 모두가 국기에 대한 경례를 했다. 여전히 가슴이 두근거리고 있던 아버지는 아무 생각 없이 소총 동작을 한 끝에 완벽하게 따라 할 수 있었다. 그리하여 그 부대는 처음으로 한 사람이 동작하는 것 같은 소리를 냈다. 마치 채찍을 한번 내리치는 것 같은 소리였다. 그러나 연대장도 동료들도, 심지어는 아버지 자신조차도 그 사실을 알아채지 못했다. 그들은 모두 비슷한 걱정에 사로잡혀 있었다. 자신들이 케쎌로흐를 단 두 시간도 지켜내지 못하리라는 것을 모두 알고 있었기 때문이다. 탱크 석 대와 화염방사기를 갖춘 부대 하나면 충분했다. 그렇게 되면 그들은 모두 죽을 것이었다. 이제 막 "해산" 하고 외치는 명령과 함께 급식용 막사를 향해 발을 질질 끌며 가고 있는 그들 모두는 숯덩어리가 되어 비참하게 쓰러져 있게 될 것이었다. 퇴진하는 탱크들은 나쁜 의도 없이도 그들의 다리나 머리 위로 지나갈 것이었다. 연대장은 더욱 빨개진 머리를 축 늘어뜨린 채 나무에 매달려 있게 될 것이었다.—다른 지역도 분명 다르지 않을 것이다. 도대체 어떻게 뢰어라흐 국경 지대의 다섯 개 벙커 안에 있는 몇몇 군인들이 바젤 시를 지킬 수 있단 말인가? 독일 군대가 장크트 갈렌, 취리히, 베른을 지나 알프스 변경까지 진군하는 것을 어떤 영웅적인 저항군이 막아낼 수 있단 말인가? 낡은 카빈총이, 총검이 할 수 있을까, 아니면 대전차 장애물이라고 불리는 몇 조각의 시멘트 덩어리가 할 수 있을까? 장군과 참모장교들, 연방내각 의원들은 요새의 통풍창을 통해 멀리서 자신들의 군사와 자신들의 아내와 아이들이 살고 있었던, 어쩌면 이제는 더 이상 그들이 살고 있지 않은 도시들이 타오르며 뿜어내는 짙은 연기를 지켜보는 것 말고 다른 어떤 일을 할 수 있을까?—아버지는 클라라에게 위험을 알리고 싶었다. 하지만 어떻게 할 수 있을까? 또 한번의 자전거 여행을 감행해야 할까, 이 한밤중에?—하지만 클라라는 아버지보다 먼저 그 소식을 전해 들었다. 사실은 그가 보호림을 향해 자전거를 달리고 있는 모습을 바라보고 있던 순간에 이미 그 소식을 들었다. 우유배달부가 요란하게 경적을 울리며 평소보다 적어도 한 시간은 늦게 시트로엥 자동차를 타고 지평선을 넘어오더니 차를 멈추기도 전에 열린 차창을 통해 독일군이 왔다고 소리쳤다. 금세라도 그들이 나타날 수 있다고, 수천 명의 그림자가 논과 밭 저쪽에서 나타날 수 있다고 했다. 샤프하우젠은 이미 불지옥이 되었고, 라인 강엔 아이들의 시체가 둥둥 떠다닌다고 했다. 그는 차에서 내리더니—시동은 걸어둔 채였다—이제는 여자들이 바로 코앞에 서 있는데도 목소리를 조금도 낮추지 않은 채, 자신이 정통한 소식통으로부터 이 이야기를 들었노라고 소리 질렀다. 조금도 의심할 바가 없다는 것이었다. 라인 폭포는 희생자들의 피로 붉게 물들었노라고 했다. 자신의 매제가 베른-바베른의 군용차량 정비소에서 일하는데, 그곳은 참모장교들과 장군 전속 자동차를 책임지는 곳으로서, 그 차들은 언제나 먼지 하나 묻지 않도록 최고의 정비를 받아왔다고 했다. 그런데 그 매제가 그에게 절대 비밀을 지키라고 하면서 공격이 임박했다고 말해줬다는 것이다. 얼마 남지 않았다고 했다. 자신의 직장에서 일하면서 들은 내용을 절대 밖으로 유포해서는 안 되기 때문에, 경우에 따라서는 매제가 이 일로 사형에 처해질 수도 있지만, 그래도 자신에게는, 그러니까 우유배달부에게는 당연히 모든 것을 다 말해준다고 했다.—이제 그는 부르짖고 있었다. 그는 자신이 아무것도 말하지 않은 것으로 해두자고 소리 질렀다. 하지만 소식통은 맹세코 장군 본인이라고 했다. 그는 다시 차에 올라타 운전대 뒤에 앉았다. 내일 아침이면 그들이 올 거라고, 야만인들이 올 거라고 그는 차창을 통해 외쳤다. 이런 때에 당신들처럼 젊고 예쁜 여인이고 싶지는 않다고 했다. 내일 아침 일찍 적들이 온 지역을 휩쓸며 강간을 하고 다닐 거라고 했다.—그는 기어를 넣더니 검지로 쓰지도 않은 모자의 가장자리를 두드리고는 차를 돌리기 위해 막다른 길로 들어갔다. 차를 다시 돌려 나온 그는 이미 속력을 내기 시작하면서 다시 한 번 인사를 하고는 모래 먼지를 일으켰다. 여자들은 그 연기 속에 싸여 기침을 해댔다. 그녀들이 다시 무언가를 볼 수 있게 되었을 때 우유차는 이미 사라져버린 후였고, 지평선 너머 아래쪽에서 두세 번 더 경적을 울리는 소리가 났다. 이때 아버지는 이미 아주 조그맣게 되어 숲의 가장자리를 향해 달리고 있었다. "카를! 카를!" 하고 클라라가 부르며 팔을 높이 흔들었다. "돌아와요!" 모든 여자들이 동시에 한껏 목청을 높여 불러댔다. "카를!" 그는 속도를 줄이지 않은 채 안장 위에서 뒤를 돌아보더니 손을 흔들고는 나무들 사이로 사라져버렸다. 클라라는 팔을 늘어뜨렸고, 니나는 울음을 터뜨렸다. 한동안 모든 여자들, 즉 클라라, 니나, 조, 힐데가르트, 뢰슬리가 나란히 선 채 초원 너머를 바라보고 있었다. 마침내 뢰슬리가 말했다. "오늘 우유 사는 것을 잊었네요." 그러고는 모두들 집으로 들어갔다. 나도 들어갔다. 나는 여자들과 함께 그곳에 있었던 것이다.—아버지는 클라라에게 즉시 편지를 보내, 그녀를 한없이 사랑한다는 말과 함께, 제발 아이와 함께 피신해야 한다고 썼었는데, 거의 일주일 후 그녀로부터 엽서를 한 장 받았다. (그는 징계를 받아 부엌에서 일하고 있었고, 자신이 껍질을 깎아야 하는 한 무더기의 감자 앞에 앉아 있었다.) 엽서에는 그의 고향의 풍경이 담겨 있었는데 둥근 돌로 포장된 보도의 일부가 보였다. 배경에는 단정하게 놓여 있는 관들과 함께 집 몇 채와 검은 예배당의 모습이 담겨 있었다. 클라라는 자신은 지금 니나와 아이와 함께 이곳에 있다고 적었다. 가능한 사람은 모두 도시로부터 탈출했다고 했다. 그녀는 심지어 몽몰렌 가(家)의 노부인이 자신의 오픈카 뒷좌석에 올라선 채 군중의 무리 가운데 꼼짝달싹 못하고 끼어버린 운전기사를 내려다보며 나무라고 있는 모습까지도 봤다고 했다. "물론 나는 나의 친척집으로 가고 싶어요"라고 그녀는 아주 작은 글씨로 적었다. 만일 그녀가 자신의 백서를 소유하고 있었더라면 그녀는 이 글씨체로 1백 년도 훨씬 넘도록 기록을 할 수 있었을 것이다. "하지만 니나는 독일인을 피해 이탈리아로 가는 것은 사자 굴에서 도망치겠다고 호랑이 굴로 기어들어가는 것과 비슷하게 멍청한 일이라고 말해요. 나는 그렇게 생각하지 않아요. 나의 삼촌은 분명히 나를 보호해줬을 거예요. 하지만 니나는 가끔 그렇게 고집이 세지 뭐예요!" 그런 상황에다가, 뤼디거에게도 그들을 받아줄 만한 친척이 없었다. "당신의 삼촌이 나에게 곧장 당신의 관을 보여줬어요"라고 클라라는 쓰고 있었다. "우리 아이를 위해서도 관 하나를 만들겠대요." 아버지가 전부 제대로 해석을 한 것이라면 그들은 마을 어귀의 어느 집에 머물고 있었다. 문 앞에 관이 하나밖에 없는 집이었다. "우리가 신세를 지고 있는 집 여자는 당신을 기억하고 있어요. 그녀가 말하기를 당신이 여관에서의 어떤 파티에 함께 참석했을 때 자신과 춤을 추고 싶어 하지 않았대요. 그녀 어머니가 최근에 돌아가셨어요. 그녀에겐 오빠도 있었지만 나무를 베다가 골짜기로 떨어졌대요. 그래서 이제는 그녀의 관만 남아 있어요. 하지만 그녀는 매일 아침 접는 자와 수준기를 가지고 관이 집 벽과 완전히 평행으로 놓여 있도록 정렬을 시킨답니다. 밤사이에 집이 움직일 수 있기라도 하다는 듯이 말예요!— 이제 그만 써야겠어요. 클라라로부터."— 요리사는 신병교육대에 있던 바로 그 사람이었다. 그도 케쎌로흐로 배속을 받았던 것이다. 그는 국자로 감자 무더기를 가리키며 물었다. "감자껍질이 저절로 벗겨질 거라고 생각하나?" 아버지는 엽서를 상의 주머니에 집어넣었다. 그가 말했다. "클라라에게서 온 겁니다. 그녀는 안전해요, 테디 베어도 안전하구요." 그는 상의 주머니의 단추를 다시 잠갔다. "언젠가 애인으로부터 받은 편지를 모두 가슴 위쪽의 군복 주머니에 넣어 가지고 다녔던 군인 이야기를 들은 적이 있어요. 나처럼 말예요. 나폴레옹의 이탈리아 원정 때였어요. 나폴레옹 시대에 우편 제도는 아주 훌륭했어요. 우리나라의 군사우편보다 훨씬 나았죠. 속달 편지는 전투 중에도 전달이 됐어요."— "그래?" 하고 요리사가 말했다.— "그 작은 여자는 그에게 날마다 편지를 썼어요. 그 병사는 그녀의 편지들을 내가 말한 그곳에 쌓아가지고 다녔죠. 그런데 로디 다리 근처에서 그가 가슴에 총을 맞았는데 그 총탄이 종이들 속에 박혀버린 거예요. 그 사랑에 빠진 병사는 갈비뼈 하나를 살짝 다친 것 외에 아무 문제가 없었대요. 그런데 그의 애인이 보낸 사랑의 맹세들은 한 장도 남김없이 다 찢어지고 말았죠." 요리사는 고개를 끄덕이더니 자기에게 지금 부족한 것은 편지를 써주는 여자뿐이라는 내용의 말을 중얼거렸다. 요리하고 가축을 돌볼 여자들은 있다고 말했다. 아버지는 칼을 잡아 감자 껍질을 깎은 후, 부엌을 가로질러 물이 수증기를 피워 올리며 부글부글 끓고 있는 솥 안으로 감자들을 던져 넣었다.

불을 끄기 전에 그는 다른 날 밤과 마찬가지로 백서와 잉크병과 거위깃펜을 사물함에서 꺼낸 후 침상 끄트머리에 앉았다. 그동안 그의 글씨가 거의 클라라의 글씨만큼이나 작아졌음에도 불구하고 이미 노트의 절반 이상이 글로 채워져 있었다. 주위에선 동료 병사들이 팬티 바람에 맨발로, 손에는 칫솔을 든 채 바쁘게 돌아다니고 있었다. 세면대로 가는 사람도 있고, 세면대에서 돌아오는 사람도 있었다. 그들은 팔꿈치를 부딪치고 시끄럽게 농담을 주고받으며 웃음을 터뜨렸다. 저격병인 슈반과 푸러는 바타사의 신발이 스위스에서 제작되는지 체코슬로바키아에서 제작되는지의 여부를 놓고 굉장히 시끄럽게 대화를 나누고 있었다. 몇 명은 이 모든 소란에도 불구하고 내무반 침상에 누워 잠이 든 것 같았다. 아버지 옆 침상의 겔터킨덴 출신 초등학교 선생이 회녹색의 잠옷을 입으려다가 치는 바람에 그는 거위깃펜을 손에서 떨어뜨렸다. 하지만 종이 위에 얼룩이나 잉크 자국이 생기지는 않았다. 화장실로 달려가는 동료의 스파이크화에 밟힐 뻔한 펜을 구해낸 아버지는 "40. 5. 19. 클라라로부터의 편지"라고 썼다. "항명으로 인해 주방 업무(조각조각 분해된 총의 노리쇠뭉치를 내가 다시 조립하지 못했을 때 분대장이 나에게 자신이 바보인 줄 아느냐고 물었다. 나는 그렇다고 대답했다). 여전히 독일인들은 오지 않았다. 그럼에도 불구하고 총동원령.— '앙시앵 레짐' 때엔 부인들의 질도 말할 수 있었다. 입만 말할 수 있는 것이 아니었다. 종종 신사들은 백작 영애들과 공작의 정부들과 함께 차를 마시며 마담 드 퐁파두르의 굉장히 재치 있는 유머나 교황의 마지막 교서에 대해 수다를 떨었는데, 그와 동시에 여러 겹의 헝겊더미로 이루어진 치마 속에서는 그 뜻을 다 알아듣기 어려운 잡담 소리와 킥킥대는 소리가 새어 나왔다. 어쨌든 그곳 아래쪽으로부터는 수다 떠는 소리가 거의 끊이지 않았다. 여러 겹의 헝겊이 목소리를 누르고 있었지만 그래도 가끔씩 사람들은 자신의 이름이 불리는 소리를 들은 것 같기도 했다. 다만 다른 사람들의 치마 속에서 터지는 웃음소리가 무엇을 의미하는 것인지는 알 수가 없었다.—빛! 18세기의 빛, 그와 같은 빛은 오늘날에는 더 이상 없다. 말할 수 없이 우아한 황금빛 마차를 끌고 빛이 환한 공원 속을 달리는 백마들. 사방에서 양 떼가 울어대는 가운데 양치기들은 여자 양치기들에게 목적 부는 법을 보여주었다. 녹색 초원, 저 창백한 태양빛, 호수 위의 백조들, 그렇다. 말과 백조와 부인들은 똑같은 목청을 갖고 있었다. 왜가리들은 푸른 하늘빛 속에서 기러기들을 작고 동그란 구름 아래로 이끌어 가고 있었다. 도자기 위의 노루들은 먼 숲을 향해 뛰어들고, 이곳저곳의 빈터에서는 기사들이 정중한 분노를 품고 자기 아내의 정부를 결투에서 찔러 죽였다.―당시 세상은 그림 속의 세상 같았다. 실제로 그 세상은 그려진 것이었다.―디드로는 기쁨에 넘쳐 살았다. 드니 디드로, 나의 디드로. 디드로는 팔꿈치 부위가 닳아진 푸른 양복을 입고 작은 가발을 쓴 채 거칠게 만들어진 책상에 앉아 파리의 지붕들을 내려다보며 글을 썼다. 글을 쓰고, 쓰고 또 썼다. 때때로 나는 내가 디드로와 같다고, 내가 바로 디드로라고 생각한다. 그는 나다. 우리는 똑같다. 각자의 시대 속에서 서로를 투영하고 있다.―당연히 디드로 역시 글을 쓸 때 그 시대의 약초인 담배를 피웠다. 또한 그는 커피를 마셨다. 디드로는 커피를 마시기 위해서라면 무슨 일이든, 무슨 일이든! 다 했다. 머나먼 브라질에서 생산된 마차 한 대분의 커피를 얻기 위해서라면 악마에게 자신의 영혼이라도 팔았을 것이다. 그리고 그 위에 자신의 아내까지 덤으로 얹어 줬을 것이다. 그녀의 이름은 나네트였는데, 굉장히 신경을 거슬리게 하는 인물이었다. 그녀가 마치 말하는 그림자처럼 그의 뒤를 바짝 따라다니며 생활비 문제로 또는 그가 너무 일을 많이 한다고 잔소리를 해댈 때면, 언제나 행복한 사나이인 그는 단 한마디도 흘려듣지 않는 방법으로 그 상황을 빠져나갔다. (결국 그는 돈 문제에서는 행운을 얻었다. 카타리나 여제가 그의 총서를 구입한 후 그것을 다시 그에게 맡겼다. 그녀는 현금으로 책값을 지불했다. 그런 일이 나에게도 언젠가는 일어날 것이다.)—그는 거위깃펜으로 글을 썼고— **그 시대에 다른 무엇으로 썼겠는가?**—최고의 거위깃펜용 거위가 사육되는 리무쟁산 거위 한 떼를 소유하고 있었다. 너무 열중한 나머지 또다시 거위깃펜을 부러뜨렸을 경우 그게 낮이든 밤이든 계속해서 글을 쓸 수 있기 위해서였다. 깃털을 다 잃고 분홍색 살 속에 몇 가닥 그루터기만 남은 거위는 프라이팬 행이었다.—디드로는 자기 시대의 그 어떤 사람과도 다르게 글을 썼다. 누구보다도 과감하고, 명백하고, 자유롭고, 뻔뻔했다. 심지어는 자신이 경탄해마지 않는 동시에 전혀 신뢰하지 않는 무슈 드 볼테르를 능가했다. 그의 언어는 별처럼 빛을 발했고, 그의 문장은 눈이 있는 사람이라면 누구나 냇물 바닥의 조약돌까지도 볼 수 있는 산속의 물처럼 흘러갔다. 언제나 시간이 촉박했지만, 그는 매번 엄청난 노력을 들여 글을 정리했고 『백과전서』의 원고를 너무 늦게야 써내곤 했다. 그는 자신이 **주권**에 대해 이해하고 있는 바를 글로 썼다. 정확히 말하자면 아예 폄하하는 내용이거나 그렇지 않더라도 어쨌든 **제후와 주교**들이 이해하고 있는 바와는 아주 다른 내용이었다.—제3권이 아주 두꺼운 책으로 완성되었을 때, 그는 막 **파멸** 부분에 다다랐다!—엉망진창인 세상이었다. 기름기 흐르는 신사들이 간신배들과 바보짓을 벌이고 있는 동안, 그들의 눈앞에서 곡식은 썩어가고 농부들은 굶주려 죽어갔다. 사이비 성직자들은 이미 오래전부터 자신들이 무엇을, 누구를 믿는지 모르게 된 신도들을 위협했다. 그들이 믿는 대상은 사이비 성직자들이었던가? 주교였던가? 아니면 왕이었던가? 그들은 곧 죽을 것인지, 아니면 지금 당장 죽을 것인지 중에서 선택할 수 있을 뿐이었다. 만일 법이 명령하는 대로 수확물 중에서 성의 주인들 몫을 실어 보내고 나면 그들 자신에게는 곡식 한 톨도 제대로 남지 않았다. 만일 그들이 항거할 경우, 국왕 친위대의 스위스인들이 그들에게 사격을 퍼부었다. 그들은 제 몸에 채찍질하며 고향의 성인들을 향해 울부짖었다. 그들은 완전히 배교자가 되었다. 그 어떤 것도 소용이 없었다. 결국에는 모두 죽었다. 해가 지날수록 결말은 더 빨리 다가왔다. 농부로 사는 일은 끔찍했다. 하지만 후작으로 사는 일, 왕의 총아로 사는 일 역시 경악스러웠다. 왕 자신으로 사는 일도 마찬가지였다. 화장실 가는 법까지 포함하는 언행 규범들이 존재했고, 베르사유 궁에서는 쥐들이 복도를 따라 달렸다. 루이 15세는 겨울이 되면 코가 빨갛게 되고 두 발은 파랗게 언 채로 다녔다. 성당 높이의 홀에 난방을 할 수 없었기 때문이다. 구멍 난 지붕을 통해 비가 새어 수프 속으로 떨어졌던 방데 지방 남작들에 대해서는 새삼 말할 필요조차 없다."—"소등!" 멀리서 저격수 슈반이 소리 질렀다. 실제로 그사이 모두가 침상에 누워 있었다. 몇몇 사람들이 여전히 대화를 나누고 있었지만, 소리가 점점 잦아들었다. 아버지는 문 옆의 스위치 쪽으로 가서, 불을 끄고는 자신의 손전등을 켜서 밤의 어둠과 거의 구분이 되지 않는 약한 빛을 따라 침상으로 돌아왔다. 그는 자리에 앉아 계속 써나갔다. "하지만 디드로로 산다는 일!" 그의 글씨는 너무 작아서 희미하고 가느다란 전등 불빛을 그 위에 갖다 대봐도 읽을 수가 없을 정도였다. "일반적인 불행의 태풍의 눈 속에서 비참함의 이유를 무자비하게 열거하는 것. 그것은 분명 행복한 일이었을 것이다. 디드로는 죽음과도 같은 시기에 그 누구보다도 생기 있는 인물이었으며, 자신의 따뜻한 마음으로 그 시대의 얼음을 녹였다." 아버지는 보이지도 않는데 계속해서 써내려갔다. "그는 다른 곳에서는 그 일을 할 수 없었다. 왜냐하면 그렇지 않은 경우 생각할 줄 알고 두 다리가 있는 사람들은 영국이나 스위스로 도주했기 때문이다. 볼테르와 루소도 그랬고, 누구든 그랬다. 디드로는 떠나지 않고 남아 있었다. 그는 투옥되었고 고통을 당했으며, 굴욕적인 자백서에 서명을 했다. 하지만 그는 다시 밖으로 나오자마자 또다시 하던 일을 계속했다. 그는 달랑베르에게 이제 드디어 자신의 원고를 보내게 될 것이라고 편지를 썼다. **신의 이름**에 대한 원고였다! 그러면서 그에게는 이제 곧 누군가가 신에 대한 원고를 한번 써야만 한다는 생각이 분명해졌다. 분명히 그 누구는 또다시 그가 될 것이었다. 신. 그의 신은 이성이었다. 하지만 그 사실을 그냥 그대로 쓴다면 그는 바티칸이나 바스티유의 지하 감옥으로 끌려들어갈 것이었다.─저녁이면 태양의 마지막 빛을 받으며 그는 자신이 직접 만든 굉장히 고운 수제 종이를 끄집어냈다. 그가 글을 쓰는 동안, 그리고 코로 종이의 향기를 맡은 후 입술로 옮겨 그 종이 위의 서명에 키스할 때까지도 종이에서는 천일야화에 나오는 술탄의 하렘과 같은 향기가 풍겼다. 소피는 드니를 사랑했고 드니는 소피를 사랑했다. 소피 볼랑, 비록 두 사람이 거의 언제나 떨어져 있어야 했지만 그 사랑은 기쁨이고 행복이었다. 그들은 서로를 볼 기회가 몹시 적었기 때문에 때로는 각자가 상대방이 고안해낸 존재가 아닐까 하는 생각을 했다. 그들 사이에는 푸른 언덕과 넓은 평원이 펼쳐져 있었고, 전령들이 그 사이를 바쁘게 오갔다. 디드로는 전속력으로 말을 달려 오가는 이 파발꾼 비용을 댈 능력이 되지 않았고, 소피는 말할 것도 없었다. 그래서 그들은 항상 누군가 계몽되었거나 아니면 적어도 어느 정도 관대한 고관들, 그러니까 어느 **백작**이나 **수도원장**의 기병들에게 약간의 웃돈을 주고 자신들의 사랑의 맹세를 가지고 가다가 상대방 연인에게 들러 전해주고 가도록 했다. 정말이지 디드로와 소피 두 사람 모두 너무나 맑고 순수한 사람들이었기에, 전령들도 말에서 내려 순수한 마음으로 1만 번의 키스를 전해주고 다시 답장을 전해주는 일을 할 수밖에 없었다." 손전등 불빛이 깜박거렸지만 그는 포기하지 않았다. "소피는 연인의 대리인인 기병의 품 안으로 파고들었다. 마찬가지로 디드로도 황홀해하며 소피의 키스를 받아들였다. 비록 마을 냄새 풍기는 사내 녀석 대신 여자 기병이었으면 좋겠다는 생각을 할 때도 가끔 있긴 했지만.—아, 데니스! 오, 소피!—소피는 디드로가 그려진 작은 메달을 가슴 가운데 매달고 잤다. 디드로는 나네트 옆에 누워 있거나 나네트와 함께 뒹굴고 있을 때 오직 소피만을 눈앞에 그리고 있었다. 소피만이 유일했고 영원했다. 그의 유일한 여인 소피.—여성의 질과는 달리 남성 성기의 언어 능력은 18세기에도 증명이 되지 않았다. 아마도 헤! 호! 아! 하고 남자들마다 다 다르게 나오는 외마디 비명 정도가 전부일 터였다. 하지만 오늘날과 마찬가지로 당시에도 성기가 질과 대화를 나누는 일은 전혀 없었다. 물론 디드로의 성기와 소피의 질의 경우만은 예외였다.—취침"—아버지는 이제는 거의 비치지도 않는 불빛을 시계의 숫자판 위에 갖다 댔다. "22시 38분." 그는 잉크를 후후 불고는 책을 덮은 후 손으로 더듬어가며 사물함으로 가서 책을 속옷 아래 넣어뒀다. 그러고는 클라라의 엽서를 주머니에서 꺼내 다시 한 번 읽어보려고 했다. 하지만 이제는 손전등 불빛이 완전히 꺼져버렸다. 그래서 아버지는 눈을 감고는 머리가 베개에 닿기도 전에 잠이 들었다.

몇 주 후 아버지가 동원 해제 되었을 때, 집은 그가 떠났을 때와 똑같은 상태였다. 독일인들은 오지 않았고, 여자들은 모두 돌아와 있었다. 클라라, 니나, 조, 힐데가르트, 그리고 뢰슬리까지 와 있었다. 개구리, 그러니까 나는 모래 더미 위에서 놀고 있었다. 뤼디거마저 마치 사령교 위에 서 있기라도 한 듯한 모습으로 다시 테라스에 선 채 정원을 돌아다니고 있는 불도그들을 향해 명령을 내리고 있었다. 호비 역시 항상 가 있곤 하던 구석 자리에서 여기저기 킁킁 냄새를 맡고 있었다. 다만 관상어들은 여자들이 피난 가기 전의 것과 다른 것들이라는 사실은 그녀들조차도 모르고 있었다. (클라라가 옛 관상어들을 잊고 가는 바람에 물고기들은 아사하거나 질식사했다. 아무튼 그들이 돌아왔을 때 물고기들은 배를 위쪽으로 뒤집은 채 물 위에 떠 있었다. 클라라는 물을 갈고 물고기 시체 하나를 신문지에 싼 후 그와 똑같은 새 물고기를 이전과 같은 수만큼 구입했다.) 과꽃과 달리아, 심지어는 참제비고깔까지 뒤덮어버렸던 잡초는 다 제거되었다. (클라라와 니나는 정원에서 며칠을 보내면서, 정원 길의 화강암 포석 틈 사이에 낀 이끼까지도 다 긁어냈다.)—아버지는 다른 때와는 달리 길 위로 걷지 않고 방금 추수가 끝난 논밭의 그루터기 위를 가로질렀다. 그것이 지름길이었다. 집은 정원 안으로 가라앉는 엄청나게 거대한 태양의 백열 앞에서 빛나고 있었다. 화구 앞의 검은 정육면체 같았다. 이미 어두워져가는 어둠 속으로 솟아오른 지붕 위에는 안테나가 뻗어져 있었다. 아버지는 홍분해서 두근거리는 심정으로 논밭의 그루터기 위를 비틀거리며 빠르게 걸었다. 그 바람에 그의 양철 식기 속에서 나이프, 포크, 스푼이 이리저리 흔들리며 덜그럭거렸고, 소총이 그의 다리에 부딪쳤다. 철모는 배낭 위에서 위아래로 널뛰기를 했다. 햇빛 때문에 눈이 부셨지만, 그래도 저기 집 주위에 사람들의 그림자가 아무 움직임 없이 선 채로 그를 기다리고 있는 모양은 분명하게 보였다. 여자들의 그림자였다. 하지만 두 눈을 찡그리며 두 손을 눈 위로 가져다 대봐도 누가 누구인지는 알 수가 없었다. 차고 앞의 실루엣은 조와 힐데가르트인가? 아니면 물통 옆에 있는 것이 니나이고, 문가에 서 있는 것이 뢰슬리인가? 목련나무 옆에 웅크리고 있는 두 개의 고정된 그림자는 불도그였다. 의심할 바 없었다. 또 하나 분명한 것은 불 옆에 서 있는 검은 얼룩처럼 생긴 그림자가 클라라라는 사실이었다. 강렬한 태양의 열기가 불꽃을 삼켜버려서 불길의 모양이 보이지는 않았지만, 그 연기는 타는 듯이 빨간빛을 내며 푸르스름한 하늘 위로 솟아오르고 있었다. 클라라 옆에는 두 개의 어두운 점이 있었는데, 그것은 아이와 개였다. 개와 아이였다. 아버지, 카를은 춤을 추고 팔을 높이 흔들며 환호성을 질렀는데, 그것이 명령이기라도 한 듯 모든 여자들이 움직이더니 집 안으로 들어가버렸다. 불도그들도 사라졌고, 호비 역시 마찬가지였다.— 두 개의 어두운 점 중에 좀더 큰 것이 호비였다. 심지어는 아이마저도 다른 사람들보다 느리기는 했지만 금세 검은 정육면체 안으로 빨려 들어가버렸다. 태양은 가라앉으면서 지평선 위로 붉은빛을 남겨놓았는데, 그 빛은 빠른 속도로 옅어지더니 아버지가 정원 입구에 도착했을 즈음에는 완전히 사라져버렸다. 스파이크화를 신고 있던 그가 정원길의 화강암 포석 위를 걸으니 시끄러운 소리가 났다. 그가 계단을 달려올라 집 안으로 들어설 땐 현관문까지 닿는 푸른빛 여명 외엔 더 이상 빛이 남아 있지 않았다. 그는 복도에 들어선 후 거실의 아프가니스탄 아니면 페르시아산 양탄자를 가로질러 자기 집필실의 타자기 쪽으로 달려갔다. 그는 등에는 배낭을, 어깨 위엔 카빈총을 매고 머리 위엔 모자를 쓴 채로 그 자리에 서서 끙끙 신음 소리를 내가며 지난 몇 달 동안 자기 안에 쌓였던 것들을 모두 써내려갔다. (터널 출구 앞에서 보냈던 밤 동안에 그는 자신이 외울 수 있는 프랑스 문학작품의 모든 문장을 머릿속에서 거의 다 독일어로 옮겼고 그것을 자신의 기억 속에 저장해뒀었다.) 그리하여 그는 라신의 작품 중 『캉디드』의 종결부에 나오는 사랑의 탄식을 적어나갔다. 그 부분에서는 주인공뿐 아니라 어쩌면 무슈 볼테르 자신까지도 자신들의 정원을 가꾸는 일에만 관심이 있는 듯했다. 또한 그는 도데의 『쾌활한 타르타랭』에서 타르타랭이 사자 사냥에 대해 허풍을 떠는 부분과 롤랑 시의 도입 부분 전체를 적어나갔다. 사실 그는 롤랑의 시는 그다지 좋아하지 않았고 오히려 「트리스탄과 이졸데」를 더 좋아했지만, 그 시는 머릿속에 암기해두지 않았던 것이다. 랭보의 「지옥에서 보낸 한 철」의 시작부분도 철도 침목 위를 이리저리 걸으며 자신의 언어로 옮겨두었다. "내가 정확하게 기억하는 거라면 한때 나의 삶은 연회장이었다. 그곳에서는 모두의 마음이 열렸고, 와인이 흘러넘쳤다." 어쨌든 한 페이지가 가득 차면 그는 확신에 찬 손길로 종이를 타자기의 롤러로부터 잡아 빼고는 재빨리 새 종이를 끼웠기 때문에 타자기의 달그락거리는 소리가 멈출 틈이 없었다.―자신의 거대한 머릿속에 더 이상 한 단어도 남아 있지 않게 되자 그때서야 그는 자판에서 손을 떼고 램프를 켰다. 그러자 책상 위로 밝은 빛이 쏟아졌고, 그는 타자기에 끼워져 있는 종이를 빠르게 훑어보았다. 그곳엔 몰리에르의 『평민 귀족』 중 무슈 주르댕이 자신이 의식하지 못하는 중에 계속해서 산문으로 말했다는 사실을, 따라서 자신이 천재라는 사실을 깨닫고 당황하는 장면이 들어 있었다. 그는 숨을 들이쉬고 내쉬었다. 회복기의 환자, 완치된 환자. 그러고는 양탄자 위를 걸어 복도로 돌아갔다. 그곳에는 클라라가 서 있었다. 어쩌면 그녀는 계속 그곳에 서 있었는지도 모른다. 그녀는 어둠 속에 조용히 서 있었다. 아버지는 배낭을 화장실 문 앞에 던지고 모자는 신발장 위에 놓고, 카빈총은 우산대에 건 후 자신의 아내를 포옹했다. "클라라!" 그는 그녀를 힘주어 안았고, 그녀는 입술을 내밀어 그에게 키스했다. "카를!" 이제는 그녀도 그의 어깨너머로 팔을 뻗어 불을 켰다. 위쪽 천장에 달린 노란색 유리종 안에는 죽은 파리들이 들어 있었다. "아, 카를!" 카를은 그녀를 놓아주고 웃으면서 "그래, 내가 돌아왔어!"라고 말했다. 그리고 이제는 군복 상의와 허리띠도 풀어 구석으로 집어던졌다. 허리띠에 매달려 있던 소총, 탄약 주머니, 야전용 기구들도 함께였다. 그다음에 자신의 아이인 나를 본 아버지는 나를 높이 들어 올렸다. "잘 있었느냐, 악어 녀석!" 나는 그의 위에서 버둥거리며 비명을 질렀고 그는 나에게 키스했다. 나는 행복의 비명을 질렀다. 다시 바닥으로 내려온 나는 "아빠, 이것 봐요!"라고 외치며 내 방으로 달려가서, 내가 종이를 말아 끝부분을 색연필로 빨갛고 검게 칠해 만든 담배를 가지고 왔다. "이것 봐요, 아빠!" 그것을 입에 물면 나는 아빠와 똑같은 모습이었다! 게다가 나는 마분지를 가지고 만든, 아버지 것과 완전히 똑같은 모양의 안경을 썼다! 내가 다시 복도로 돌아왔을 때 아버지는 다시 자신의 책상에 앉아 종이, 연필, 지우개, 클립, 싹-빌라트 프랑스어사전, 리트레 사전을 사랑스러운 눈길로 바라보고 있었다. (클라라는 아프가니스탄 아니면 페르시아산 양탄자 위에 무릎을 꿇고 앉아 아버지의 스파이크화 때문에 뜯어진 실들을 잡아 뜯고 있었다.) 아버지는 그사이 아프리카산 나무 조각상 두 개를 쓰다듬고 있었다. 하나는 길고 뾰족한 머리와 끝이 빨갛고 앞으로 높이 솟은 페니스를 가진 남성을 추상화한 형상이었고, 또 다른 하나 역시 추상적인 여성 형상으로 두 다리 사이에 하얀색 V자가 그려져 있었다. 그는 수족관 유리를 두드려보고는 물고기들이 자신을 알아보는 데 대해 기뻐했다. 그는 책상 서랍들을 가장 위 서랍까지 하나도 빠짐없이 열었다 닫았다 해보고 킁킁 대며 풀이 들어 있는 튜브의 냄새를 맡았다. "아빠!" 내가 불렀다. 그는 내게로 몸을 돌리더니 서랍 속에 손을 집어넣었다. "사탕 하나 먹을래?" 물론 나는 사탕을 달라고 했고, 입에 종이 담배를 물고 마분지 안경을 코 위에 걸친 채 사탕을 빨았다.—아버지는 책상 앞 의자 속에 깊숙이 앉아 있었다. 치수를 주문하여 만든 옐레 씨의 걸작품으로 넓은 등받침과 두 개의 팔걸이가 갖추어진 의자였다. 의자와 아버지는 마치 함께 태어난 것처럼 보였다. 마침내 아버지는 스파이크화를 벗더니 그것을 책상 아래쪽으로 깊이 밀어 넣고는 다시 큰 소리로 한숨을 내쉬었다. 그가 다시 돌아온 것이다.— 바로 이날 저녁 그는 화가 친구들을 모두 초대했고, 그들 또한 모두 초대에 응했다. 다만 포도 재배지에 거주하는 천재는 이제는 각혈을 하며 자신의 거의 마지막 때라고 할 수 있는 시간을 멘드리시오토 지역에서 보내고 있었고, 철사 조형예술가는 동원 해제를 받지 못해 괴쉐넨 고지에서 환기용 지하 통로 몇 곳을 책임지고 있었기 때문에 오지 못했다. 하지만 키르히너 제자는 왔다. 초현실주의자와 건축가도 왔다. 여화가 역시 왔는데, 그녀는 최근에 결혼한 남편을 데리고 왔다. 그녀의 남편은 반짝이는 눈을 가진 흑인으로, 그녀가 점령당한 프랑스로부터 극적으로 도망쳐 나오는 중에 함께 데리고 온 사람이었다. 두 사람은 서로 프랑스어로 대화를 했지만, 그의 이름은 펜스터였고 뒤셀도르프 출신이었다. 물론 클라라, 니나, 조, 힐데가르트도 함께했다. 유일하게 여전히 군복을 착용하고 있는 뤼디거도 잠시 들렀다. 하지만 그는 거의 곧바로 다시 2층으로 올라갔다. 다음 날 아침 중요한 재판에서 논고를 해야 하기 때문이라고 했다. 자정경에는 필까지도 나타났는데, 그녀는 무대에서 입었던 어깨가 드러나는 화려한 드레스를 입고 있었고 새로운 애인인 색소폰 연주자를 데리고 왔다. 그는 덩치가 거의 그녀의 두 배에 달했다. 뤼디거를 제외하고는 모두들 그렇게나 길었던 몇 주의 시간이 지난 지금 다시 한 번 모이기를 원했다. 하지만 또 한 가지 중요한 일은 지하실의 코르통 클로 뒤 루아 병을 남김 없이, 그것도 이날 저녁 안에 다 마셔서 치우는 것이었다. 왜냐하면 독일인들이 오지 않았다면 언젠가는, 추측건대 아주 가까운 시일 안에 그들이 올 것이 분명하기 때문이었다. 그럴 경우 신성한 부르고뉴에서 생산된 이 훌륭한 술이 그들의 손에 떨어져서는 안 되었다. 첫째로 그것은 절대로 일어나서는 안 되는 일이기 때문이었고, 둘째 이유는 나치 친위대의 권위적 인사들은 독일 크리프산 와인 낙트아르쉬가 최고인 줄 알고 있어서 자기들이 뭘 퍼마시고 있는 줄도 전혀 모를 것이기 때문이었다. 열두 명의 손님이 열아홉 병을 해치웠다. 아침이 동터올 때쯤엔 와인 병들은 텅 빈 반면에 손님들은 잔뜩 취해 있었다. 그중 가장 취한 사람은 아버지였고 그는 친구들에게 자신이 물구나무를 선 채 갈 수 있다는 것을 보여줬다. 마룻바닥 여기저기엔 잔과 재떨이, 먹다 만 샌드위치들이 구르고 있었다. 그는 행복했다. 일상이 다시 돌아왔던 것이다.

하지만 그 후 여자들이 집을 떠났다. 한꺼번에 떠난 것은 아니었지만 모두 떠났다. 결국에는 아무도 남지 않았다. 집세를 내지 않는다고 뤼디거가 몰아세웠던 조가 제일 먼저 떠났다. 그녀는 뤼디거가 자신의 서류들까지 보자고 하기 전에 동생네에 거처를 정했다. (아버지는 그녀가 영원히 떠났다는 사실을 너무 늦게 깨달았다. 그는 책상에 앉아서 17세기의 전법 관련 전문용어로 가득한 복잡한 문장구조에 몰두해 있느라 조가 방 안을 들여다보며 이제 가겠다고 말했을 때도 그저 무심하게 손을 흔들었던 것이다.— 부엌에 있던 클라라는 아무 말 없이 거기 서 있었다.)— 힐데가르트가 다음 차례였다. 그녀는 사랑에 빠졌다. 그런 것이 실제로 있었는지조차도 알 수 없지만 에트빈 쉼멜에 대한 그녀의 감정은 완전히 사라져버렸다. 그녀가 사랑에 빠진 대상은 루디라는 유쾌한 남자로, 그는 댄스홀 징어의 바에 자신의 술병을 맡겨두고 있었다. 그는 자신의 가족 소유이며 자신의 형이 운영 중인 사업에 절대 관여하지 않는다는 조건으로 일정한 수입을 얻었다. 화장실 변기, 비데, 욕조 같은 종류의 위생 설비를 제조하는 사업이었는데, 그는 조건을 너무나 철저하게 지킨 나머지 그 회사에서 무엇을 생산하는지에 대해서조차 **정확**히 모르고 있었다. 전쟁에 필요한 물자는 아니었기 때문에 수익은 몹시 적었다. 그가 힐데가르트를 알게 된 것은 그녀가 필 하이만의 친구였기 때문이었다. 그는 이틀에 한 번씩 저녁마다 필의 발치에 앉아 있곤 했었다. 그는 몇 번 힐데가르트의 원룸에서 밤을 보냈다. 하지만 아무리 사랑에 빠진 사람들이라고 해도 침대는 심하게 좁고 그 집으로 가는 길도 지나치게 멀었다. 그래서 두 사람은 방향을 바꾸어 힐데가르트가 구시가에 위치한 루디의 집에서 밤을 보내기 시작했다. 그녀가 아침에 잠에서 깨면 비스듬히 건너편 위쪽으로 성 피터 교회의 거대한 시계가 보였다. 그녀는 그의 집에 묵는 게 맘에 들었고, 루디 역시 자신이 사귀기 시작한 이 여자가 점점 더 좋아졌다. 곧 깊은 사랑에 빠진 그는 사흘째 되는 날 아침에 벌써 그녀에게 자신의 집에서 계속 함께 살자고 제안하기에 이르렀다. 아직 잠이 덜 깬 상태였던 힐데가르트는 하품을 한 후 미소 지으며 그러겠다고 대답하고 그에게 키스했다. 그들은 그날 당장 시 외곽의 집과 루디의 집 사이를 수십 번 오가며 이사를 했다. 장난 치고 웃으며 산길을 올라갔다가, 옷과 램프와 프라이팬을 들고 산길을 내려왔다. 수저와 신발과 그림들도 날랐다. (아버지는 이번에도 작별의 순간을 놓쳤다. 그는 또다시 타자기 앞에 앉아 있었고 그들이 왔다 갔다 하는 소리를 들었지만, 루디와 힐데가르트가 나무상자와 함께 계단에서 구른 후 웃기기도 하고 놀라기도 해서 숨을 헐떡거리며 계단참에 앉아 있을 때도 별다른 생각은 하지 않았다. '떠난다는 것은 조금은 죽는 것이다'라는 의미의 프랑스 관용구[44]에 적합한 독일어 표현을 찾느라 애쓰는 동안 밖에서 그저 웬 소음이 들려온다고 여겼을 뿐이다. 잠시 후 그는 정원 입구의 편지함에 가봤다. 그가 우편물을 뒤적거리고 있는데 그때 마침 힐데가르트가 포석이 깔린 길 위를 걸어왔다. 루디는 없었지만 손에는 커다란 가방을 들고 있었다. 그녀는 마지막 짐을 나르는 중이었다. 그러니까 막차라고 할 수 있었다. 그녀는 아버지에게 작별 키스를 하기 위해 가방을 내려놓았다. 그는 "이제 알았다! 헤어지는 것은 고통스럽다!"라고 외치며 검지를 높이 들어 올리더니 힐데가르트를 지나쳐 가버렸다. 그는 별 생각을 하지도 않았지만, 아무튼 그녀가 장을 보러 가는 길이거나, 이틀 혹은 사흘간 여행을 가는 것으로 여겼던 것이다. 힐데가르트는 당황하여 그의 뒷모습을 바라보다가 외쳤다. "모든 작별은 작은 죽음이다." 아버지는 한 걸음 내딛던 중 멈춰 서더니 몸을 돌려 커다랗게 뜬 눈으로 그녀를 바라보았다. 그는 힐데가르트가 소리쳤던 문장을 머릿속에서 반복해보고는 고개를 끄덕였다. "고마워요!" 하고 그가 말했다. 하지만 힐데가르트는 이미 떠난 뒤였다. 그녀는 뒤를 돌아보지도 않은 채 가방을 들지 않은 빈손을 들어 보였다. 가방이 너무 무거워서 그녀는 몸을 한쪽으로 기울인 채 걷고 있었다. 아버지는 헴덴-메츠거 사의 광고, 세무서에서 온 서한 등의 우편물을 쓰레기통에 던져버리고는 집 안으로 다시 들어갔다.—클라라는 현관 아래 선 채로 입술을 깨물고 있었다.)—그다음엔 뢰슬리가 떠났다. 그녀는 울면서 계단을 뛰어 내려와 아버지를 보지도 않고 그의 옆을 지나갔다. 그는 놀라서 그녀를 바라보았다. 그녀의 뒤로 빨간 코트가 펄럭였다. (그는 이번에도 뢰슬리가 영원히 떠나는 것이라고 생각하지는 않았다. 뢰슬리는 하루에도 수백 번씩 계단을 뛰어서 오르내렸던 것이다. 하지만 펑펑 울면서 돌아다녔던 적은 없었다.—클라라는 공허한 눈빛으로 창가에 서 있었다. 그렇다고 그녀가 뢰슬리를 특별히 좋아했던 것은 절대 아니었다.)—마지막엔 니나마저도 집을 떠났다. 뤼디거가 갑자기 엄청난 고통으로 괴로워하게 된 것이 그 모든 일의 발단이었다. 일종의 신경통이나 감염, 아니면 알레르기일 수도 있는 증상이었는데, 아무튼 그와 니나는 정확한 병명을 알지 못했다. 그모든 친구들이 브라우니라고 부르는, 그래서 뤼디거와 니나도 그렇게 부르는 닥터 브라운인가 브라운만인가 하는 의사마저도 병명을 알아내지 못했다. 뤼디거는 울부짖으며 온 집 안을 헤맸다. 불도그들도 함께 울부짖으며 그의 뒤를 따라다녔고, 아래층의 클라라와 카를의 집에서는 작은 호비가 그들에 동조하여 함께 울부짖었다. 브라우니는 어떤 약도 효험이 없는 것을 보고 모르핀을 이용하여 뤼디거의 고통을 덜어주기로 결정했다. 처음에는 소량이었지만 한 주 한 주 시간이 흐를수록 양이 늘어났고, 결국에는 뤼디거가 진찰을 받은 후 아무런 고통도 느끼지 않는 대신 두 눈을 불안하게 움직이며 집으로 돌아오게 될 정도로 많은 양으로 늘었다. 뤼디거는 행복해졌다. 니나는 한숨을 돌렸지만 그럼에도 불구하고 밤에는 악몽에 시달렸다. 그의 행복감은 나중에는 과도할 정도가 되어 의사마저도 자신이 뭔가 잘못을 저질렀다는 것을 알아차리고 모르핀 처방을 중단하게 되었다. 바로 다음 날 아침부터 비참한 상태에 빠진 뤼디거는 계속 모르핀을 얻기 위해 자신의 온 힘을 다 쏟아부었다. 암시장과 친구들을 이용했고, 심지어는 브라우니를 통해 공급받는 경우도 있었다. 다만 이제 브라우니는 처방전을 써주지 않고 더 비싼 값을 받았다. 그는 날마다 행복의 약을 직접 자신에게 주사했다. 물론 니나가 보지 않을 때였다. (그녀는 속지 않았다. 어쨌든 심하게 속지는 않았다. 그녀는 병든 남편을 고치기 위해 무슨 일이든 하겠다고 맹세했다.) 그는 호화로운 파티를 열었고, 징어 바의 술값을 모두 계산해준 적도 한두 번이 아니었다. 니나에게는 그녀를 무장해제 시킬 만한 선물들을 가져다줬다. 다이아몬드가 촘촘히 박힌 시계, 진주목걸이, (한 치수 작은) 악어가죽 구두와 너무나 가볍고 부드러운 비단 소재여서 입었는지 안 입었는지를 니나 자신도 못 느끼고 뤼디거도 알아채지 못할 정도인 속옷 같은 것이었다. 어느 날 그는 랑엔탈 도자기 회사의 64개들이 식기 세트를 샀고, 이틀 후 다섯 대의 자동차를 구입했다. 호치키스 한 대, 시트로앵 한 대, 아들러 한 대, 선빔 한 대, 그리고 보존이 아주 잘된 중고 이스파노-수이자 한 대였다. 차고 안에 운행 가능한 아우토 우니온 사의 여행용 자동차를 보관하고 있고, 전쟁 때문에 연료를 전혀 얻지 못하고 있는 상태인데 그런 일을 벌인 것이다. 니나는 자동차 판매상들과 랑엔탈 사에 자신의 남편이 환자이므로 그들이 그 제품들을 다시 가져가야 한다는 점을 설득시키려고 애썼다. 그들은 차를 가져가기는 했지만, 5~20퍼센트의 위약금을 물도록 했다. 그러나 뤼디거의 행복감은 어차피 오래 계속되지 않았다. 자신이 세상을 정복할 수 있을 듯이 믿고 있다가 갑자기 지옥과 같은 고통에 빠져 다른 사람들 모두가 자신을 죽이려고 한다고 확신하는 일이 점점 더 잦아졌다. 니나가 그 첫번째 용의자였다. 그가 그녀의 머리채를 잡아 흔들고 얼굴을 때려 한번은 한쪽 눈이 퍼렇게 멍들고 코피가 났던 적도 있었다. 그날 그녀는 뤼디거가 자신이 못 나가도록 감금할 수도 있고, 클라라와 카를이 자신의 이런 꼴을 보아서도 안 되었기에 몰래 계단을 내려와, 닥터 브라운, 그러니까 브라우니에게 가서 도움을 요청했다. 그는 이해심 가득한 표정으로 고개를 끄덕이며, 자신이 뤼디거에게 모르핀 투여와 중단이 심각한 영향을 미치게 될 거라는 사실을 여러 차례에 걸쳐 강조했었다고 말했다. 그는 그녀에게 강력한 마취제가 담긴 일회용 주사기 몇 개를 주면서 위기에 처할 경우 뤼디거의 몸 아무데나 힘껏 찔러 넣으라고 했다. 팔, 등, 엉덩이, 어디든 상관없이 옷 위로 찔러 넣어 주사하라는 것이었다. 바로 그날 저녁 뤼디거는 그녀의 핸드백에서 이 주사기들을 발견하고는 하나를 끄집어내더니 그것을 바라보며 고함을 질렀다. "당신 무슨 주사를 맞는 거지? 모르핀인가?" 그러고는 니나가 "하지마!"라고 외치기도 전에 그 주사를 단번에 자신의 왼쪽 팔에 찔러 넣었다. 그는 번개를 맞은 듯이 쓰러져 열 시간 동안 잠을 자고는 기억을 잃은 채 깨어났다.— 니나는 브라우니가 예견했던 것처럼 그 후에도 그 주사기를 몇 번 더 써야 했다. 뤼디거의 두 손이 그녀의 목에 닿는 순간 그는 곧 양탄자 위로 쓰러져 내렸다.— 그는 평소엔 계속해서 직장에 출근했다. 이제 그는 청소년 법정의 검사장이었다. 군사 법정에서 그가 보였던 성실함 덕분에 사회에서의 출세가 빨랐던 것이다. 그는 서류를 작성하고 몇 시간씩 판사와 변호사들과 전화 통화를 했다. 하지만 이제 그는 더 이상 자신의 논고를 준비할 수 있는 상태가 아니었다. 그는 멍하니 백지를 바라보다가 니나에게 도움을 청했다. 그래서 그녀는 서류들을 읽고 나서 뤼디거에게 그 사건을 어떻게 평가하는지 자세히 캐어물은 후 논고를 작성했다. 대부분의 경우 그는 무죄판결과 종신형 사이에서 망설이곤 했다. 그녀는 관대한 판결을 선호하는 편이었다. (뤼디거는 폭포수처럼 땀을 흘리고 엄청난 양의 물을 마셔댄다는 점만 제외하면 아무런 문제 없이 논고를 해냈다.)— 한번은 니나가 어느 청소년이 훔친 자동차 바퀴들을 골고다 비탈길에서 굴려서 살림용품 가게의 전시창을 깨뜨린 그다지 까다롭지 않은 사건을 살피고 있는데, 멀리서 호두나무를 찍어대는 딱따구리가 뤼디거의 신경을 심하게 자극하는 바람에 그가 자신의 안경을 책상 모서리에 던져 산산조각 내버렸다. 그래서 니나는 정원으로 나가 딱따구리를 쫓아버렸고, 다시 돌아오는 길에 클라라에게 진공청소기 돌리는 것을 나중에 할 수는 없는지, 그리고 카를이 타자를 좀더 조용히 칠 수는 없겠는지 속삭이듯 물었다. 뤼디거가 생각을 하고 있기 때문이라고 했다. 그 말을 들은 아버지는 벌떡 일어서며 고함을 질렀다. "그럼 나는? 나는 생각을 안 한다는 말이야?" 니나는 다시 위층으로 올라갔고 아버지는 계속해서 미친 듯이 타자를 쳐댔다.— 그 후 니나는 뤼디거에게 여자 친구가 있다는 사실을 알게 됐다. 애인이 있었던 것이다. (그녀가 그의 첫번째 외도 대상은 아니었다. 예를 들어 뢰슬리의 경우 뤼디거가 알몸으로 그녀의 방에 들어가 "어때 아가씨?" 같은 말을 하는 바람에 도망쳤던 것이다.) 니나는 처음에는 훌쩍이며 울다가 피가 나도록 입술을 깨물더니 뤼디거에게 그 릴이라는 여자, 원래 이름이 릴리아네라는 그 여자를 최소한 집으로 데려오기라도 하라고 간청했다. 뭘 해도 좋으니 몰래 하지만 말라는 것이었다. 그리하여 릴이 왔고, 그들은 셋이서 식사를 하고 메를로 와인을 마신 후, 그다음엔 거실에서 여러 잔의 코냑을 마셨다. 가까이서 보니 릴은 아주 괜찮은 여자였다. 곧 세 사람 모두 상당히 많이 웃었고, 그러다가 갑자기 모두 함께 침실의 침대 위에 알몸으로 누워 있게 되었다. 릴은 니나보다 더 큰 가슴과 탄력 있는 엉덩이를 갖고 있었고, 사타구니와 겨드랑이에 털이 굉장히 많았다. 니나는 뤼디거가 자신에게 키스하고 릴이 그 모습을 지켜보자 매우 흥분이 되었고 그것을 즐기기까지 했다. 아마도 그녀는 한 손을 뻗어 그녀의 가슴을 어루만졌던 것도 같다. 아니면 릴이 그랬을 것이다. 그녀는 한숨을 내쉬었다. 하지만 뤼디거가 갑자기 그녀에게서 몸을 떼고는 자신의 머리를 릴의 허벅지 사이로 깊이 처박으면서 털이 무성한 그의 엉덩이가 하늘 높이 들리는 모습을 보자, 그녀는 벌떡 일어나 방에서 달려나갔다. 그녀는 알몸인 채로 어깨 위에 행주를 두르고 부엌의 보조의자 위에 다리를 꼬고 앉아 뤼디거와 릴이 절정으로 치달으며 질러대는 신음 소리를 듣고 있었다.―그래도 릴은 결국 밤늦게 돌아갔다. 그때 니나는 이미 소파 위에 모포를 덮은 채 누워 있었고, 잠을 이루지 못하고 있었다. 다음 날 저녁 니나와 뤼디거가 식사를 하고 있는데, 뤼디거가 감자볶음을 베어 물더니 "소금 좀 쳐!" 하고 말했다. 니나는 일어서더니 감자 그릇을 집어 창밖으로 던져버렸다. 한번 시작하자 그녀는 곧이어 다른 것도 다 던져버렸다. 접시, 포크, 나이프, 비프스테이크 두 조각이 담긴 용기, 오이샐러드가 가득 담긴 대접, 유리잔, 와인 병을 던지고 빵과 소금도 던졌다. (그 아래 1층에는 아버지와 클라라가 아이와 함께 식탁에 앉아 있었다. 하늘에서 물건들이 떨어져 내렸다. 마치 우주로부터 오는 것 같았다.) 뤼디거는 굳어진 채 앉아 있었다. 니나는 가볍게 창문을 닫더니 문밖으로 휙 하니 나가버렸다. (아버지는 이번에도 그녀와의 작별을 놓쳤다, 아니 거의 놓친 거나 마찬가지였다. 그러니까 그는 그 시간 내내 정원에 선 채 어찌할 바를 모르고 하늘과 땅을 이리저리 바라보고 있었다. 하늘은 맑고 청명했다. 잔디밭 위엔 조각이 난 유리잔들과 접시, 그리고 소금 병이 이리저리 널려 있었다. 건초 사이로 오이 조각과 감자 조각들이 흩어져 있었다. 그의 오른쪽 신발 앞에는 비프스테이크 한 조각이 놓여 있었다. 마침내 그가 집 앞으로 왔을 때 니나는 이미 거리로 나가버렸다. 꽃무늬 가득한 원피스를 입고 머리는 풀어 헤친 채였다. 그녀는 핸드 카트를 끌고 가고 있었는데, 그 위엔 트렁크 하나와 사진 앨범 몇 권, 그리고 우비가 놓여 있었다. 클라라는 정원 입구에 납처럼 창백한 얼굴로 서서 여동생의 뒷모습을 보고 있었다. 그녀는 30분 후에도 여전히 그곳에 서 있었고, 한 시간 후에도 여전히 서 있었다. 날이 어두워진 후에야 그녀는 집 안으로 들어왔다.)

바로 그다음 날, 아니면 일주일쯤 후부터 아버지는 클라라가 혼자 있으면서도 말을 하는 소리를 들었다. 그녀는 다락에서 내려오면서 혼자서 중얼거리고 속삭였으며, 지하실로 내려가면서 속닥거렸다. 하루 종일 그녀는 누군가와 격렬하지만 잘 들리지는 않는 대화를 나누면서 온 집 안을 바스락거리며 돌아다녔다. 아버지는 그녀가 가는 길을 막고 서서 그녀가 뭐라고 말하는지 들어보려고 했지만 알아들을 수가 없어서, 그녀에게 괜찮은 거냐고 물었다. 클라라는 아무 말도 하지 않고 그를 바라보면서 고개를 가로저었다. 그리고 부엌으로 들어갔다. 열려 있는 문을 통해 그녀가 또다시 억눌린 목소리로 프라이팬과 대화를 나누는 소리가 들려왔다.
— 겨울이 되어 처음으로 눈이 내렸던 날 저녁에 클라라는 청년 관현악단의 연주회에 갔다가 택시를 타고 돌아왔다. 그런 일은 전에는 한번도 없었다. (전쟁 중이라 택시가 거의 없기도 했다.) 아마도 눈 때문인 듯했다. 이미 잠옷을 입고 있던 아버지는 "어땠어?" 하고 소리치고는 읽고 있던 에른스트 찬의 『천년 거리』를 계속해서 읽었다. 그는 칸톤 교사 잡지에 이 작품에 대한 비평을 쓸 계획이었다. 물론 가차 없는 비평을 쓸 계획이었지만, 이 책을 읽으면서 그렇게까지 엉망은 아니라는 생각을 하고 있는 중이었다. 그는 이른바 '온방'이라고 불리는 작은 방에 앉아 있었다. 그곳은 유일하게 난방이 허용된 곳이었다. 그런데 거실로부터 신음 소리가 들

리더니 곧 멈췄다. 두 손으로 틀어막은 듯한 작은 비명 소리였는데, 그 소리는 중얼거리거나 속닥거리는 소리와는 달랐다. 공포를 불러일으키는 소리였다. 그래서 그는 클라라가 청년 관현악단의 프로그램과 에트빈 쉼멜과 함께 일했던 시절의 기념물 몇 점을 쌓아둔 책상 위에 책을 내려놓고, 거실로 갔다. 클라라는 황폐한 얼굴로 카우치 위에 앉아 있었고 마치 자신의 황폐함을 들여다보기라도 하듯 크게 부릅뜬 눈으로 그를 뚫어지게 바라보았다. 그녀는 그를 알아보았을까? 그녀의 이가 맞부딪쳤다. 그것은 놀랄 일도 아니었다. 방 안은 얼음처럼 차가웠다. 그녀는 또다시 동물의 울부짖음 같은 기이한 소리를 냈다. 실제로 그녀가 이를 덜덜 떠는 것을 막기 위해서인 듯 고개를 들고 이를 벌리자 그녀는 이제 늑대처럼 보였다. 아버지가 사랑했던 클라라의 모습이 아니었다. 그녀는 늑대였다. 그녀는 궁지에 몰려 있었다. 알 수 없는 어떤 궁지에 몰린 채 아버지가 그녀에게 한두 걸음 다가서자 그를 향해 으르렁거렸다. 그는 급히 뒤로 물러서며 팔을 들었다. "클라라?!" 하지만 클라라는 이제 주먹으로 자기 자신의 얼굴과 이, 이마, 뺨, 코를 마구 두드렸다. 금세 코피가 흘렀다. 피는 그녀의 턱으로 흘러내렸고, 그녀가 코를 움켜잡았기 때문에 클라라의 두 손도 당연히 금세 피로 범벅이 됐다. "당신 왜 그래?" 아버지는 소리 지르며 그녀를 붙잡으려고 했다, 아니 어쩌면 그녀를 피하려고 했는지도 모른다. 이제 그녀는 미친 듯이 온 방 안을 뛰어다녔다. 아버지는 자신의 집필실 쪽으로 물러나 몸을 피하고는 아프리카산 나무 조각상 하나를 잡아 그것을 곤봉이나 주물처럼 높이 들어올렸다. 그가 잡은 것은 여자였다. (아이, 그러니까 나도 이제 방 안에 있었다. 어머니는 즉시 나를 향해 돌진해왔다. 크게 벌린 입 안에 빨간 이가 가득했다. 나는 소리도 내지 못한 채 비명을 지르며 눈을 감았다. 그리고 기다렸다. 하지만 그녀가 몸의 균형을 잃었다. 아니 자신의 주먹에 강하게 턱을 맞고 뒤로 비틀거렸다.)— 아버지는 그녀를 다시 카우치로 데리고 갔다. 그녀는 흐느껴 우는 짐 보따리 같은 모양으로 웅크리고 누워 쿠션을 물어뜯었다. 강관 의자 하나가 넘어져 있었고, 커피 테이블은 뒤집어져 있었다. 키르히너 제자의 그림 「부르주아의 오후」는 바닥에 내팽겨쳐져 있었다. 개 호비가 뛰어다녔던 연초록빛 잔디 위로 검은색에 가까운 그녀의 손자국이 나 있었다. 그녀는 쿠션을 물고는 마치 그것을 떨쳐내기라도 하려는 듯 고개를 좌우로 흔들어댔다. 그러면서 그녀는 울부짖었다. 마침내 아버지는 그녀가 뭔가를 말하고 있다는 것을 깨달았다. "뭐라고?" 그가 물었다. 그녀는 쿠션을 놓고는 그 위에 고개를 떨어뜨리며 말했다. "더 이상 못 견디겠어." 둔탁하고 억눌린 듯한 목소리였다. 그녀는 더 이상 견딜 수가 없었던 것이다. "의사를 부를까?" 하고 아버지가 물었다. "의사를 부르는 게……" 그는 나를 바라보았다. "엄마를 잘 보고 있거라." 아버지는 이렇게 외치고는 내 손에 나무 조각상을 쥐어줬다. "닥터 마씨니에게 전화를 해야

겠다." 그는 복도로 사라졌다. 그리하여 나는 나의 어머니 클라라를 지켰다. 그녀는 나를 향해 얼굴을 돌렸는데, 그녀의 입술 위로는 피가 굳어 있었다. 그녀는 두 손으로 카우치를 짚으며 일어서서 두 팔을 벌린 채 비틀거리며 나를 향해 걸어왔다. 나의 키는 다른 모든 네 살짜리들 정도의 작은 키였는데, 그녀의 얼굴이 내 머리 위 높은 데서 흔들거렸다. 그녀는 이를 드러냈고 그녀의 입술이 실룩거렸다. 혹시 그녀가 미소를 지었던 것일까? 나는 아프리카산 주물 여자상을 떨어뜨리고 마침 방으로 다시 들어오고 있던 아버지를 향해 달려갔다. "그래, 그래." 그는 그렇게 말하며 클라라의 팔꿈치를 붙잡더니 그녀를 다시 카우치로 이끌고 갔다. 그는 그녀에게 쿠션을 주었다. 그녀는 그것을 자신의 상체에 대고 눌렀다. 벨이 울리고 닥터 마씨니가 들어설 때까지 그들은 그렇게 앉아 있었다. 그는 머리에 털모자를 쓰고 있었고 뒤로는 눈을 질질 끌고 들어왔다. "도대체 이게 무슨 일이죠?" 그가 말했다. "도대체 이게 무슨 일이랍니까?" 그는 이제 완전히 조용해진 클라라의 눈꺼풀을 들어 올렸다. 그래도 닥터 마씨니는 그녀에게 주사를 놓아줬고, 전화 통화를 하면서 클라라의 팔을 잡았다. 그다음에 그들은 모두 함께 방을 나갔다. 그들은 한동안 어두운 복도에서 시끄럽게 떠들어대더니 집 밖으로 나갔다. 닥터 마씨니는 모자를 다시 썼다. 어쩌면 아예 벗지도 않았었는지도 모른다. 클라라는 어깨에 모피 깃 외투를 두른 채 손에는 아프리카산 목각 여자를 들고 있었다. 아버지는 튼튼한 신발을 신었다. 그는 또다시 담배를 피워 문 채였고 겨울 코트를 입고 있었다. 하지만 그 아래로 잠옷 바지가 두드러졌다.—정원 입구 아래서 그는 다시 한 번 몸을 돌렸다. 아이, 그러니까 나는 현관문 아래 서 있었다. 그는 두 손을 들었다가 내리고는 의사의 자동차에 탔다. 뒤쪽에 목재 가스 분사기가 달린 오펠 올림피아였다. 그는 뒤쪽 창문을 통해 밖을 보려고 했지만 가스 분사기가 시야를 가로막았다. 그동안 닥터 마씨니는 쌓인 눈 속에서 방향을 틀어보려고 애쓰고 있었다. 그는 거칠게 운전대를 돌렸다. 자동차는 이쪽저쪽으로 흔들렸고, 그때마다 클라라의 몸도 함께 흔들렸다. 그다음엔 닥터 마씨니가 페달을 너무 힘껏 밟는 바람에 바퀴들이 헛돌기까지 했다. 하지만 잠시 공포의 순간이 흐른 후 바퀴들이 제대로 구르기 시작했고 자동차는 좌우로 흔들거리며 겨우 길을 찾아 달렸다. 닥터 마씨니는 박수를 기대하는 듯한 표정으로 클라라를 바라보았다. 하지만 클라라는 혼자서 흐느끼고 있었다.—자동차가 경사가 급한 내리막길로 접어들기 직전에 아버지는 다시 한 번 집 쪽을 바라보았다. 그의 아들은 현관 불빛 속에 자그맣게 굳은 모습으로 서 있었다. 하늘로부터 눈송이가 쏟아져 내리고 있었다.

아버지는 그날 밤 안으로 돌아왔다. 아이, 그러니까 나는 머리 위에 엄지만큼 눈이 쌓인 채 문 앞에 서 있었다. 아버지의 모자와 외투 위에도 눈이 쌓여 있었는데, 그는 그것들을 벗지도 않은 채 평소 클라라가 그 앞에 선 채 보호림 쪽을 건너다보곤 하던 창가에 섰다. 그러고는 뚫어지게 밖을 바라보았다. 아마도 그녀가 보았던 것을 자신도 보려고 하는 것 같았다. 하지만 지금은 밤이었고, 눈이 계속해서 소용돌이치며 하늘로부터 떨어져 내리고 있었다. 앞은 하얀색이지만 멀리 뒤로 갈수록 검은빛으로 변해가는 눈보라 속에서 눈송이는 위로 아래로, 이리저리 대각선으로 마구 흩날렸다. 모자와 외투 위의 눈이 녹아내리는 바람에 아버지는 웅덩이 속에 선 꼴이었다. 아버지 옆에는 아이가 서 있었는데, 아버지와 마찬가지로 그의 몸도 녹고 있었고 그 역시 무엇인가를 바라보고 있었다. 하지만 그는 창문 밖을 보지 않고 중앙 난방기의 관을 보았다.— 나는 키가 작았던 것이다. 나는 관에 몸을 밀착시키고 오른손을 아버지의 왼손에 밀어 넣었다. 아버지는 창문으로부터 시선을 떼지 않은 채 그 손을 꼭 잡아 주었다. 눈은 마치 나는 듯이 지면 위를 휩쓸다가 갑자기 방향을 바꾸어 기둥을 이루며 위로 치솟았다가 커다란 뭉치로 떨어져 내려 논밭 위로 부딪쳤다. 얼마 후 아버지는 아이와 함께 부엌으로 가서 토마토소스에 담긴 흰콩 통조림을 땄다. 그와 아이는 그것을 데우지도 않은 채 포크 하나를 가지고 먹었다. 이제 나는 보조의자를 가지고 와서 아버지 옆에 서서 함께 바깥을 내다보았다. 폭풍우처럼 쏟아지던 눈은 멎었다. 그리고 몇 시간 후, 그사이 아버지가 20~30개비의 담배를 피운 후 날이 밝아올 때쯤엔 지면 위는 부드럽게 하얀 물결이 일렁이는 바다 같았다. 먼 숲은 암초처럼 보이기도 했다. 사방은 고요했고, 오직 아버지와 아이의 숨소리와 난방기의 소음만이 들렸다. 눈 위엔 여기저기 토끼나 멧돼지의 발자국이 나 있었다. 하늘은 눈처럼 하얬다. 그래서 밖은 온통 하늘인 것 같기도 했고 눈밖에 없는 것처럼 보이기도 했다.— 날이 밝았을 때도 아버지와 나는 여전히 그렇게 서 있었다. 그때 홀름 부인이 왔다. 그녀는 일주일에 한 번씩 세탁을 맡았는데 우연히도 오늘이 목요일, 그날이었던 것이다. 그녀는 클라라는 어디 있느냐고 물었고, 아무런 대답도 듣지 못하자 자신의 일을 시작했다. 그녀가 세탁을 마치고 부엌을 청소하고 났는데도 여전히 안주인의 남편과 아이가 창밖을 바라보고 있자, 그녀는 "그림 안녕히 계세요"라고 말하고는 다시 가버렸다.— 그 마지막 저녁 이후 호비도 사라져버렸다. 아버지는 물론 아이도 눈 속의 발자국들이 혹시 호비의 것은 아닌지 샅샅이 살펴보았다. 하지만 아니었다. 대걸레 같은 털을 가진 호비라면 더 큰 발자국을 남겼을 것이었다. 그런데도 나는 "저기, 호비예요!"라고 소리치며 멀리 눈 속에 보이는 호비 크기의 검은 얼룩을 가리켰다. 아버지는 창문을 열고 손뼉을 쳤다. 그러자 호비가 새된 소리를 내며 날아올랐다. 아버지는 창문을 닫으며 말했다. "개는 날지 않는단다."— "언제 돌아올까요?" 한참 후 내가 물었다. 아버지는 "절대 안 올 거다"라고 말하고는 울기 시작했다. "예전

모습으로는 절대 안 올 거야." 눈물이 면도하지 않은 상태인 그의 짧은 수염에 매달려 있다가 턱으로부터 한 방울씩 떨어져 내렸다. "아빠" 하고 아이가, 내가 말했다. 하지만 울지는 않았다. "아빠도 호비를 잘 알잖아요. 어디 가든지 잘 살아남을 거예요."

어떻게 해서인지 그 후 아버지에게 클라라를 방문하는 것이 허용되었다. 어쩌면 그의 방문이 필요한 것이었는지도 모른다. (그녀는 뮌헨부흐제의 정신병원에 있었다.) 그는 아이에게 밝은색 바지와 예쁜 스웨터를 입히고 하얀 양말과 나들이용 신발을 신겼다. 자신은 모자와 안경을 쓰고 담배를 물고 외투를 입었다. (그는 항상 같은 옷차림이었다. 여름에는 재킷과 흰색 셔츠를 입고 와인색 넥타이를 비스듬하게 매곤 했다.) 그들은 기차를 타고 베른으로 갔다. 물론 3등석의 나무 걸상에 앉아서 갔다. 그들은 스쳐 지나가는 개, 고양이, 소를 서로에게 가리켜 보였다. 살아 있는 것들은 다 가리켰다. 내가, 그러니까 아이가 아버지보다 훨씬 더 잘했다. 그는 완전히 집중을 하지 못해 장작더미를 황소라고 하거나 늙은 나무를 농부라고 하기도 했다. 그들은 많이 웃었다. 기차는 베른에 도착하기 직전, 마치 모든 일을 조금이라도 늦추려는 듯이 천천히 달리면서 다리 위를 건넜는데, 다리 아래로는 담청색 물이 흐르고 있었다. 멀리 오리들이 보였다. 아이는 환호성을 올렸다.— 클라라를 방문하는 길에 그들은 볼일을 한꺼번에 해치우기 위해 유명한 아동 심리학자를 찾았다. 그의 이름은 한스 출리거였을 것이다. 아무튼 그는 하얀색 의사 가운을 입고 베른식 독어를 썼다. 그는 아이를 진찰했다. 왜냐하면 뤼디거가 아버지에게 아이가 미쳤다고 말했기 때문이었다. 아이가 그에게 혀를 내밀었다. 뤼디거는 "얘는 미쳤어!"라고 소리 지르며 긴 팔로 나를 가리켰다. 그런 그는 창밖으로 그릇들을 집어던지고 온갖 자동차를 사들이지 않았던가. 한편 우리는 생일이 같았다. 그런데 이 아이, 그러니까 나는 잠을 잘 때 주먹으로 박자를 맞춰가며 자신의 머리를 때려댔다. 메트로놈으로 사용해도 될 정도로 규칙적이었다. 그냥 내버려둘 경우 아이는 안단테 박자에 맞춰 밤새도록 오른손등으로 이마를 때렸다. 깨어 있을 때 아이는 머리카락을 움켜쥐어 매듭을 만들었다가 아플 정도로 홱 잡아당겨 뜯었다. 아이가 오른손 엄지를 심하게 빠는 바람에 엄지는 항상 젖어 있었다. 아이는 방구석에 뻣뻣하게 선 채 멍한 눈으로 먼 곳을 바라보다가, 클라라나 아버지가 방 안으로 들어서면 소스라치게 놀라곤 했다. 굳어져 있지 않을 때면 아이는 휘파람을 불었다. 새소리를 흉내 내는 게 아니라 입을 뾰족하게 해서였다. 모두 협주곡들이었는데, 베토벤 협주곡 중에서 바이올린 파트의 3악장 전부를 불거나, 라벨의 「볼레로」 중 반복 부분을 실제 작품에서보다 훨씬 더 많이 반복해가며 불었다. 그래도 아이는 새와 같았다. 왜냐하면 새 또한 자신의 지저귐을 통해 내가 여기 있다고, 내가 존재한다고, 이곳은 나의 공간이라고, 나는 괜찮다고 표현하기 때문이다.—아버지는 닥터 출리거의 방에서 나가야 했다. 아이는 그가 영원히 가는 거라고 생각했다. 하지만 그는 대기실에 앉아 잡지 『네벨슈팔터』를 뒤적이고 있었다. 끔찍할 정도로 조악하게 그려진 캐리커처엔 스위스 군모를 쓴 덩치 큰 스위스인들이 작은 히틀러의 엉덩이를 핥고 있는 모습이 그려져 있었다. 잠시 후 문이 다시 열리더니 그의 아들이 그를 향해 달려왔다. 그러고는 다시는 놓지 않을 것처럼 그의 팔에 매달렸다. 닥터 출리거는 아버지에게 그의 아들은 미치지 않았다고, 전혀 그런 증세가 없다고 말했다. 자신도 그럴 거라고 생각하지는 않았지만 뤼디거 때문에 겁이 났던 아버지는 자리에서 일어나 손수건으로 이마의 땀을 닦아내며 고맙습니다, 정말 고맙습니다, 이제 우린 다음 부서로 가야 합니다, 라고 말했다. 어서 가자, 우리 고양이.—뮌헨부흐제의 병원은 푸른 자연 속에 자리 잡고 있었다. 넓은 정원이 있었다. 불꽃처럼 생긴 꽃들과 거대한 나무들로 가득한 공원이었다. 아마 공작들도 거닐고 있었을 것이다. 야트막하게 경사를 이룬 잔디밭 위로 하얀색 형체가 부유하듯 내려왔다. 고개를 비스듬히 기울인 채 미소를 지으며 두 손을 내밀어 뻗고 있었다. 클라라였다. 그녀의 두 발은 땅에 거의 닿지 않은 듯했다. 그녀는 카를과 아이를 껴안았지만 아무런 힘이 느껴지지 않았고 몸조차 거기 없는 듯 했다. 그녀의 시선은 그들을 비껴나가 먼 곳을 향하고 있었다. 하지만 그녀의 상태는 좋아졌다고 했다. 정말이지 훨씬 더 좋아졌다고 했다. 그녀는 고개를 끄덕였지만, 그녀의 두 눈은 끄덕이지 않았다. 그녀는 날마다 전기충격 치료를 받는다고 했다. 아이는 어머니를 올려다보았다. 그녀는 미소를 지으며 한 손을 그의 머리 위에 얹었다. 그리고 그녀와 아버지는 팔짱을 낀 채 잔디밭 위를 이리저리 거닐었다. 아이는 공작을 뒤쫓았다. 그러다가 공작이 갑자기 오른쪽으로 휙 돌면서 부리를 좍 벌리자 도망쳤다. 아버지이고 남편인 카를은 클라라에게 인내를 가져야 한다고 말했다. 두 사람 모두 많은 인내심을 가져야 한다고 했다. 집에는 아무 문제 없다고 말했다. 홀름 부인이 오고 있으니까. 그는 그녀가 다시 집에 오기를 간절히 기다리고 있다고 말했다. 클라라는 미소 지으며 자기도 그렇다고 말했다.— 호비가 결국 돌아오지 않았다는 이야기는 하지 않았다. 어쩌면 그녀가 돌아오기 전에 나타날지도 모르는 일이었다.— 그리고 그와 그의 아들은 기차를 타고 돌아왔다. 베른을 막 지날 때 또다시 아르 강이 남태평양만큼이나 푸르게 반짝이고 있었다.

아버지와 뤼디거, 그리고 키가 크고 마른 두 남자가 불도그들이 정원 밖으로 뛰쳐나가는 것을 막기 위해 만들어둔 안쪽 격자문 옆에 서 있었다. 그중 한 사람은 요새 경비대의 중위 복장을 하고 있었고, 다른 한 사람은 팔꿈치 부분을 가죽으로 덧댄 잿빛 재킷을 입고 있었다. 그들은 멀리 호두나무 뒤쪽까지 펼쳐져 있고 농부들의 논밭이 시작되는 곳인 울타리 뒤쪽에서야 비로소 끝이 나는 꽃들의 바다를 바라보며 놀라고 있었다. 플록스, 참제비고깔, 데이지, 붓꽃, 난초, 작약, 개정향풀, 유럽할미꽃, 양귀비, 별모양 국화, 살갈퀴 꽃이 피어 있었고, 잔디와 갈대, 억새도 있었다. 수천, 수만의 꽃송이와 꽃받침들이 색색으로 만발했다. 모두 클라라가 심고 씨 뿌린 것들이었다.— 두 남자는 자전거를 타고 왔고, 두 사람 모두 바지가 자전거 체인에 얽히지 않도록 바지 아래쪽을 집게로 조이고 있었다. 그들은 폭포수처럼 땀을 흘리고 있었는데, 시의 남서 지역에서 소위 발렌 플랜을 실행하라는 임무를 수행하고 있었다. (그것은 총연방내각과 군대사령부의 위임을 받아 프리드리히 트라우고트 발렌이 작성한 것으로서, 가능한 한 최대의 식량 자급을 이루기 위해 전 국토의 구석구석 곡물과 감자 또는 흰양배추를 심어야 한다는 계획이었다. 이상적인 경우 모든 스위스 국민은 매일 저녁 자신이 경작한 무를 먹게 될 것이었다.) 물론 이 정원의 크기는 기준을 훨씬 더 넘어설 만큼 충분히 넓었기 때문에, 전문적인 경작을 필요로 했다. 연방에서는 도로 내의 안전지대나 손수건만 한 앞뜰에도 한 줌의 호밀 이삭을 심고 있었다. 키가 크고 마른 제복을 입은 사내는 두 눈을 찡그리며 팔을 뻗어 엄지를 세웠다. 그는 앞으로 이곳에 재배를 할 경우 얻게 될 총 수확량을 예측해보고 있었다. "농업 경작을 할 경우 소규모로, 정원 경작을 할 경우 대규모로 할 수 있겠군." 그는 마르고 키가 큰 사복 차림에게 말했고, 사복 차림의 사내는 두툼한 서류 뭉치를 손에 들고 기록을 했다. 돌풍이 불어와 서류들이 펄럭였고 꽃송이들도 춤을 추었다. 아버지, 뤼디거, 그리고 두 사내는 한동안 황홀한 꽃향기 속에 푹 젖어 있었다. 사복을 입은 마르고 키가 큰 사내는 너무나 도취된 나머지 서류 몇 장이 마치 새처럼 정원 위로 펄럭이며 날아가는 것도 눈치 채지 못했다. 벌들이 윙윙거렸고, 나비들은 하늘거리며 날아다녔다. 푸르른 대기 속에서 열기가 느껴졌다. 여름이 가까워지고 있었다. 하지만 군복을 입은 키가 크고 마른 남자가 마침내 이렇게 말했다. 그는 아버지보다는 뤼디거를 향해 말을 했는데, 그것은 뤼디거가 이 집의 소유주였기 때문이었다. "이렇게 결정을 내릴 수밖에 없겠습니다. 전체 경작지를 연방을 위해 징발하고 군인들이 경작을 하도록 하겠습니다. 만일 당신들이 직접 전문적으로 경작을 하겠다고 보장할 경우엔 예외입니다. 이 집에서 그럴 수 있는 능력과 의지를 가진 사람이 누구인가요?" 아버지는 뤼디거를 바라보았고, 뤼디거는 아버지를 바라보았다. 그다음에 두 사람이 예외적으로 한뜻이 되어, 고개를 가로저으며 "아무도 없습니다"라거나 "나는 정식 법조인입니다, 선생. 농부가 아니라구요"라고 막 대답을 하려는 순간 그들 뒤에서 "접니다!"라고 말하는 목소리가 들렸다. 클라라였다. 병원에서 돌아온 클라라가 인생 그 자체처럼 환한 미소를 짓고 거기 서 있었다. 한 손에는 트렁크를 들고 다른 쪽 팔 위엔 모피 깃 외투를 걸치고 있었다. "내가 정원을 경작할게요!" 그녀는 먼저 군복을 입은 관리를 향해 미소를 지었다. 그러자 그는 얼굴을 붉히며 한 손을 모자 차양에 갖다 댔다. 그다음엔 그녀가 사복 입은 사내를 향해 미소 지었다. 결국 그가 두 눈을 그녀의 눈에 고정시킨 채 넋을 잃은 듯 히죽히죽 웃으며 서류를 내밀었다. 그녀는 무심히 국가 조약에 서명하는 여왕 같은 자태로 서류에 사인을 하고는, 이제 뤼디거와 아버지를 향해서도 미소를 지어 보인 후 꽃들 사이를 가르며 헛간 쪽으로 걸어갔다. 아버지는 두 팔을 펼친 채 그녀의 뒤를 따라 두세 걸음 걸어가다가 그 자리에 멈춰 섰다. 그녀의 치마가 펄럭였다. 그녀가 몸을 약간 굽히더니 빨간 하이힐을 왼쪽 손에 들고 흔들면서 나머지 길은 맨발로 걸어갔다. 그녀는 헛간 속으로 사라졌다가 (트렁크와 외투는 격자문 옆에 놓여 있었다) 1분도 채 지나지 않아 발에는 등산화를 신고 파란색 정원용 앞치마를 두른 차림으로 다시 나타났다. 손에는 곡괭이를 들고 있었는데, 그녀는 곧바로 엄청난 힘으로 꽃들을 파헤치기 시작했다. 그 기세에 네 명의 남자들은 모두 함께 한 걸음 뒤로 물러섰다. 그들은 눈을 커다랗게 뜨고 입을 크게 벌린 채 미친 듯이 일하고 있는 이 여자 농부를 바라보았다. 그녀가 곡괭이질을 할 때마다 꽃들은 사방으로 흩어져 나갔다. 마침내 군복을 입은 사내가 제일 먼저 벌어졌던 입을 다문 후 이렇게 말했다. "이렇게 하면 될 것 같아. 자넨 어떻게 생각하나, 하이너?" 사복을 입은 하이너는 고개를 끄덕이며 말했다. "그런 것 같아, 페터." 두 사람은 여전히 클라라를 뚫어지게 바라보고 있는 아버지와 뤼디거를 향해 몸을 돌렸다. "그럼 안녕히 계십시오." 그들은 한목소리로 인사한 후 정원 입구로 향했다. 그들은 자전거 위에 올라탔고, 정원을 따라 나 있는 들길을 택해 돌아갔다. 곧 클라라가 선 채로 참제비고깔을 내동댕이치고 있는 꽃의 바다 저편에서 그들의 머리가 둥실둥실 떠갔다. 그들은 자전거 벨을 울렸고, 군복을 입은 페터는 다시 한 번 손을 모자에 갖다 댔다.―아버지는 다시 자신의 집필용 책상에 앉았다. 그는 이마의 땀을 훔쳐낸 후 새 담배에 불을 붙이고 안경을 닦았다. 창문을 통해 그는 자신의 클라라를 보았다. 그녀는 건강했다! 그녀의 상태는 좋아졌다! 그녀의 병이 나았다! 그녀는 다 뽑아낸 꽃들을 갈퀴로 끌어 모았다. 그리고 그것들을 불태웠다. 그녀는 땅을 파 뒤집었다. 그리고 곡괭이로 흙을 잘게 부쉈다. 그녀는 밭이랑을 만들었다. 그녀는 좁은 길로 걸어다녔다. 그녀는 씨를 뿌렸다. 그녀는 꺾꽂이를 했다. 그녀는 나무막대기를 땅속에 박았다. 그녀는 물뿌리개를 들고 다녔다. 그녀는 잡초를 뽑았다. 아버지는 오른손 검지로 타자를 치면서 왼손으로 그녀에게 손짓했다. 하지만 그녀는 그의 손짓에 답하지도 않고 인피를 가져오기 위해 헛간으로 달려가버렸다. 아마도 유리창이 반사를 한 모양이었다.―키가 크고 마른 두 관리가 다시 찾아 왔는데, 페터는 군복을 입고 있었지만, 하이너는 이번엔 체크무늬의 셔츠를 입고 있었다. 한때 야생의 화원이었던 곳이 이제는 잘 정돈된 경작지가 되어 있었다. 어린 콩과 완두콩, 양파, 당근이 심어진 야채 정원이었다. 클라라는 금속 배낭처럼 생긴 통으로부터 강렬한 파란빛의 안개를 모든 야채 위에 분무했다. 뿐만 아니라 자기 자신과 아이와 두 관리에게까지도 뿌렸다. "이 정도 규모의 경작을 위해서는 세 사람의 일꾼이 필요합니다." 페터가 굉장히 큰 소리를 질렀기 때문에 멀리 집 안에 앉아 있던 아버지마저도 그의 말을 알아들었다. "일꾼이 있나요?"—"예." 클라라가 소리 질러 대답했다. "내가 네 사람 몫의 일을 합니다." 페터와 하이너는 고개를 끄덕이고, 서류에 소견을 적은 후 떠났다.— 클라라가 다시 건강해진 지금 아버지는 새로이 엄청난 계획을 세웠다. 알랭-푸르니에의 『대장 몬느』의 번역이 진척되지 않고, 타자기로『뉴스』지를 위한 문예란 기사나 시사토론 기사를 작성하고 있지 않을 때는 프랑스어 교과서를 썼다. (문예란 기사를 쓸 때 그는 사소한 일상의 에피소드를 지어내곤 했다. 예를 들어 개가 우편배달부를 물었는데, 그 우편배달부가 다시 개를 물었다는 식이었다. 또한 시사토론 기사에서는 나치즘에 물든 정치가, 가학적인 군대 또는 멍청한 검열관을 멍청하고, 가학적이고, 나치즘에 물들었다고 지적했다. 그리하여 사실 그 기사들은 언제나『뉴스』지 편집자가 미리 행하는 검열에 걸려 인쇄되지 못하곤 했다.) 교과서의 제목은『한 걸음 한 걸음』이었다. 학생들이 한 과 한 과 즐겁게 여행해가며 차근차근 프랑스어의 특징을 배우도록 되어 있었다. 예컨대 반과거와 단순과거의 올바른 사용법 같은 것을 배울 것이었다. "공주는 방 안에 앉아서 평화롭게 뜨개질을 하고 있었는데, 그때 갑자기 강도가 들어왔다."[45] 지속적으로, 그러니까 '반과거'로 앉아서 뜨개질을 하고 있던 공주가 갑자기, 그러니까 '단순과거'로 등장한 도적의 위협을 받았다. 그는 그녀에게 고통을 주고자 했다. 하지만 그때 광대 기뇰이 나타났다. 물론 그 역시 '단순과거'로 나타났고, 자신의 딸랑이로 그 도둑을 아주 오랫동안 끈기 있게 난타했기 때문에 이 요란스러운 난타전이 계속되는 중에 '단순과거'가 결국 포기하고 다시 '반과거'에 자리를 내줬다. 그럼에도 불구하고 왜 페로의 시대 이후 모든 프랑스 동화의 전통적인 마지막 문장은 "그들은 인생이 끝날 때까지 행복하게 살았다"인지에 대해서는 아버지 역시 제대로 알 수 없었다. 그래서 그의 이야기는 그 문장을 사용하지 않은 채 끝이 났다. ― 재미있는 삽화들도 있었다. 그 안에는 고등학교 교사들이 바나나 껍질 위로 미끄러지거나 육중한 몸집의 아버지들이 왜소한 아들들의 한증막 상자 속에 갇혀 애걸하고 있는 모습이 그려져 있었다. ― 클라라는 여전히 하늘 높이 솟아난 콩 줄기들과 절반쯤 붉은 물이 든 토마토들 사이를 오가며 정원 청소를 하고 있었다. ― 힐데가르트의 다락방에는 이제 파익스 씨가 살고 있었다. 파익스 씨는 도른비른 근처에서 라인 강을 건넜었는데, 그가 소유한 것이라곤 자신의 몸에 걸치고 있던 옥스퍼드제 플란넬로 지은 구겨진 양복과 바닥이 구멍투성이인 사슴가죽 신발뿐이었다. 그는 양복 위에 앞치마를 두른 채 하루 종일 클라라의 부엌에 서 있었다. 물론 클라라는 정원에 있었다. 그의 아이디어는 감자나 사과로부터 물기를 탈취해서 이 탈수된 재료들을 가루로 만들었다가, 다시 물을 부으면 감자 퓌레나 사과즙으로 돌아올 수 있도록 하겠다는 것이었다. 하지만 원칙적으로 그의 계획은 모든 과일과 야채에 해당되는 것이기도 했다. 그는 끓이고 김을 내고 자르고 젓고 식히고 무게를 재고 그 결과들을 표에 기록했다. 매일 저녁 그는 두려움과 자부심이 뒤섞인 채 아버지와 클라라와 아이에게 그날의 연구 결과물을 대접하곤 했다. 아버지가 먹어보고 소리쳤다. "정말 맛있는데요, 파익스 씨!" 반면 클라라는 고개를 내저으며 그 음식을 쓰레기통에 부어버렸다. 아이인 나 역시 그 음식을 먹지 않았다. (전쟁 후 파익스 씨는 고향인 인스부르크로 돌아가서 나치가 강제로 빼앗아 아리아인들의 소유로 삼았던 자신의 공장을 되찾았다. 그는 다시 자신의 사장 의자에 앉게 되었다. 7년 동안 나치 친위대 사람이 거기 앉아 있었기에 의자의 가죽엔 홈집이 나고 갈라져 있었다. 그는 다른 사람이 냉동 건조된 감자 퓌레의 발명에 그보다 더 성공을 거두었다는, 혹은 그보다 더 빨리 특허 신청을 했다는 사실을 알게 되었다. 그는 이전 것만큼 고급은 아니었지만 새 양복과 새 신발을 구입했다. 옥스퍼드제 플란넬과 사슴가죽은 더 이상 없었던 것이다. 그러고는 다시 젤리화 촉진제를 생산했다. 그는 전쟁 전에 그 상품으로 업계에서 우위를 차지했었다.) 그 외에 파익스 씨는 정원에서 클라라를 도와 양배추가 가득 담긴 상자를 끌거나 녹색 채소들 사이에 쪼그리고 앉아 딱정벌레를 잡아 양동이에 모았다. 그는 집 안에서 그녀의 일을 돕는 유일한 사람이었다.—집에 자주 와 있던 또 다른 손님 역시 피난민이었고, 그와 마찬가지로 유대인이었는데, 파익스 씨보다 나이가 많았고, 이제는 늙었다고도 할 수 있는 연약한 남자로 이름은 알렉산더 모리츠 프라이였다. 사람들은 모두 그를 암프라고 불렀다. "암프가 또 우산 가져가는 것을 잊어버렸어요." "암프는 꽃양배추는 안 먹는 거 당신도 알잖아요." "부엌에도 난방을 합시다. 안 그러면 암프가 밥 먹다가 얼어 죽을지도 몰라요." 수영을 할 줄 모르고, 야맹증인 데다가 심장이 약한 상태였던 그는 초승달이 뜬 날 밤 노를 저어 보덴제를 건넜는데, 나치 이전 시대의 독일에서 꽤 알려진 작가였다. 사실 그가 도피처로 삼은 나라에서도 독일어를 말하고 읽었지만 그를 아는 사람은 아무도 없었다. 그 역시 아무도 알지 못했다. 그가 아는 작가는 헤르만 헤세와 토마스 만뿐이었는데, 그들은 그가 편지를 썼을 때 소극적으로 답장을 해줬었다. 그는 언어도 이해하지 못해서, 사람들의 인사를 협박으로 해석했고, 모든 질문은 심문으로 받아들였다. 그는 체류 허가서를 받기는 했지만, 발리젤렌 지역을 떠나는 것과 어떤 형태로든 글을 쓰고 출판을 하는 등 생업에 종사하는 것은 금지되어 있었다. (작가협회의 조언을 받은 관청에서는 서적, 신문, 잡지가 자국민에 의해서만 출간되도록 감시했다.) 그리하여 그가 아주 불법적인 일을 하는 것도 아니었음에도, 암프의 도시 방문은 위험에 가득 찬 원정이 되었다. 그런 원정에 나서는 날이면 그는 창백한 얼굴로 거실의 강관 의자에 앉아 기운을 회복하려고 애쓰다가 돌아갈 시간이 가까워지면 다시 떨기 시작했다. 사실 그는 언제나 떨었다. 아버지가 그의 손에 여러 장의 차표를 쥐여주었음에도 불구하고 그는 전차 타는 것을 두려워해서 오는 데 한 시간 반, 가는 데 한 시간 반 걸리는 길을 질질 끄는 듯한 걸음으로 다 걸어다녔다. 그는 자신이 천천히 걸으면 검문을 받지 않을 거라고 생각했고, 사실 더 빨리 걷지도 못했다. (그런데도 한번은 경찰이 그의 서류들을 요구했다. 그때 암프는 단지 발리젤렌 지역의 경계에 서 있었을 뿐이었다. 경찰은 고개를 끄덕이더니 그의 증명 서류들을 돌려줬다.)— 그는 나의 아버지와 커피를 마시며 토마스 만과 헤르만 헤세를 욕했다. 『황야의 이리』와 『대공 전하』는 정말 엉터리 책이라고 말했다. 자신의 창작 방식과는 완전히 다른 작품들이었음에도 불구하고 그는 아우구스트 슈트람[46]과 엘제 라스커-쉴러[47]의 시들을 암송했다. (그의 작풍은 부드럽고, 머뭇거리고, 슬퍼하는 것이었다.) 아버지는 그에게 돈을 주었고 그를 『뉴스』지의 편집자에게 소개해줬다. 그 편집자는 그의 시사토론 기사에 언제나 퇴짜를 놓는 인물이었지만, 그럼에도 불구하고 당국의 언론 규제를 무시하고 암프의 산문 스케치와 서평을 자국민처럼 들리는 가명 아래 출판했다.

거기서 받는 원고료 20프랑으로 암프는 다시 한 달을 살았다.—하지만 제일 자주 방문했던 손님은 망명자도 아니고 유대인도 아닌 베른 사람이었다. 정확하게 말하자면 그는 뷤플리츠 출신이었고 레슬링 챔피언 같은 외모를 가지고 있었다. 바지의 엉덩이 부분에는 톱밥이, 신발에는 흙덩이가 묻어 있었다. 그의 머리는 경계석처럼 생긴 데다 머리는 바싹 깎았고, 두 손은 설거지를 도울 때면 모든 잔의 손잡이 부분을 부러뜨리고 접시란 접시는 다 두 조각을 냈다. 식사가 끝난 후 자신의 식량 배급표를 꼼꼼히 세어 식탁 위에 놓은 그가 클라라의 설거지를 돕겠다고 고집을 부렸던 것이다. 그의 이름은 쥐스트, 알베르트 쥐스트였고 농부였다. 하지만 그의 경작지—완전히 아르헨티나 농장 규모의 모범 농장이었다—는 그의 소유가 전혀 아니었고, 그의 부인의 것이었다. 그녀는 부유했고, 그는 가난했다. 그것이 이 부부의 역할 분담이었다. 두 사람은 아침 해가 뜰 때부터 해가 질 때까지 일어나 일했다. 그는 부인으로부터 자신의 노동에 대한 임금을 받았다. 이 돈을 가지고 그는 지겨운 일이 끝난 늦은 저녁에 '알베르트 쥐스트 출판사'라는 이름의 출판사를 운영했다. 그와 나의 아버지를 이어준 것은 당연히 책에 대한 사랑이었다. (하지만 그는 한 달 한 달 시간이 흐를수록 점점 더 클라라의 농사짓는 능력에 경탄하게 되었다. 그는 이 분야를 아주 잘 알고 있는 데다가, 그가 그녀와 비슷한 정도로 경작을 유지하기 위해서는 최소한 다섯 명의 일꾼이 필요했을 것이기 때문이었다.) 실제 삶에서는 황소를 때려 눕히고 트랙터의 바퀴를 한 손으로 들어 올리던 취스트는 책에서는 작고 가벼운 것을 좋아했고, 부적응, 무정부 상태, 저항 같은 것도 좋아했다. 추함이 그에게는 아름다움이 될 수 있었다. 물론 아버지는 지금 당장 출판사의 프로그램에 받아들여야 할 도서 일체의 목록을 알고 있었다. 어떤 책들은 아직 존재하지도 않았고 그가 앞으로 써야 하는 것들이었다. 또 다른 책들은 존재하기는 했지만, 아주 낯선 외국어로 씌어져 있고 인쇄 상태가 엉망이었다. 그리고 지금 당장 조판에 넘길 수 있는 원고들이 팔 길이만큼이나 쌓여 있었다. 취스트는 감격했다. 그가 가장 매료되었던 것은 『오일렌슈피겔』이었는데, 그 책은 아버지가 가장 좋아하는 책이기도 했다. 그리하여 그 책이 첫번째 책으로 결정되었다. 찰스 드 코스터의 『오일렌슈피겔. 오일렌슈피겔과 람 괴착의 플랑드르와 다른 곳에서의 영웅적이고 유쾌한 모험 전설』.[48] 그들은 한 페이지씩 넘겨가며 함께 작업을 했다—취스트는 자신의 책을 사랑했고 자신이 출판하는 책들을 직접 '쓰고' 싶다는 소망을 갖고 있었으며, 그 점에 있어서는 아버지와 매우 비슷했다—, 그래서 아버지는 쉼표나 고풍스러운 형용사의 사용에 대해 취스트가 반대 의견을 내놓을 때마다 당연히 얼굴을 먼저 붉혔고, 그다음엔 발작적인 분노를 표출하며 고함을 지르고 문을 쾅 닫고 나간 후 목련나무 주위를 쿵쿵대며 세 번 돈 다음에 다시 돌아와 교정에 동의했다.—그는 베른으로, 뵘플리츠로 갔다. 그곳에서 취스트는 그에게 농장을 보여줬다. 암소들, 돼지들, 거위, 빈약한 초원과 가득 찬 초원, 곡물용 논밭, 아이들, 부인을 보여줬다. 그의 부인은 전통 의상을 입고 있었는데, 주름과 리본이 잔뜩 달린 베른 전통 의상을 입고 검은 공작 깃처럼 생긴 모자를 쓴 채 아버지에게 고개를 끄덕여 보이고는 기다란 콩줄기들 사이로 사라졌다. 다시 한 번 취스트가 강조해서 말했다. 자신들이 약속한 바에 따르면 출판사에는 그녀의 돈이 단 한 푼도 들어가서는 안 되며, 그의 책 사업은 농장 사업과는 다르게 경영되어야 한다는 것이었다. 농장에서는 부인이 굉장히 비싼 기계들과 복잡한 농법을 도입했다. 왜냐하면 그녀의 농장은 다른 누구의 것보다도 더 훌륭하게, 더 경제적으로 운영되어야 하기 때문이었다. 그리고 실제로 그렇기도 했다. 게다가 그녀는 심지어 에멘탈 지방의 제왕이라고 할 그녀 아버지의 농장보다 더 많은 수확을 거두고 싶어 했다. 연방 농업청에서는 이미 오래전부터 그녀의 표준을 받아들였다고 했다. 그녀가 그들의 표준을 받아들인 게 아니었다.— 알베르트 취스트는 『오일렌슈피겔』을 위해 두 가지 색의 표지를 만들 비용이 없었다. 하지만 그럼에도 그는 프란츠 마저렐의 목판화를 사용해서 표지 도안을 만들었는데, 그 한가운데엔 죽어가는 어느 병사의 어두운 그림자 뒤로 태양이 빛을 발하며 지고 있었다. 그리하여 그와 아버지는 이틀 밤 동안을 꼬박 출판사로 사용하는 지하실 바닥에 앉아 수채화 물감을 가지고 태양을 새빨갛게 칠했다. 1천5백 부에 달하는 초판본을 전부 다 칠했다.—또한 『오일렌슈피겔』을 위해 취스트는 특별히 고급 면지를 선택했는데, 노란색 나뭇결무늬가 은은하게 비치는 옥수수 종이였다. 하지만 그 종이는 기상학 중앙 연구소에서 일기예보를 하면서 날씨가 흐릴 가능성에 대해 검토만 하고 있어도 벌써 주름이 지며 울었다. 종이는 습기나 단 한 방울의 물도 견뎌내지 못했고, 새 책들은 서적 판매상들에게 도착할 때쯤이면 모두 낡은 골판지처럼 보였다. 서적 판매상들은 당연히 항의를 했다. 취스트는 그들에게 설명서를 보내 책들을 다리미로 다리라고 조언했다. 그것도 고객이 관심을 보이기 직전에 다리라고 했다.—그 다음 번에는 알베르트 취스트는 옥수수가 들어 있지 않은 종이를 사용해서 『라차릴로 폰 토르메스가 직접 들려주는 자신의 고통과 즐거움에 관한 인생 이야기. 속편 전편 포함』을 출간했다. 이 『라차릴로』는 최초의 악한 소설로서, 사라진 16세기의 고전이었고, 스페인어를 할 줄 모르는 아버지가 그 시대의 카스티야 언어로부터 번역을 했다. (아마도 그래서 그는 이 책을 우르스 우젠벤츠라는 가명으로 냈을 것이다. 이후에도 그는 이 이름을 몇 번 더 사용했다. 예를 들어 한번은 코린트의 멜라코의 시 번역에 사용을 했다. 아버지는 고대 희랍어를 할 수 있었다. 아름다운 여인들이 허벅지를 천천히 벌리는 장면을 담고 있는 그 시들은 그가 직접 쓴 것들이었다.)—그 후 작업은 계속되었다. 『라차릴로』보다 훨씬 더 오래되고 그만큼 거친 이야기인 『쿵켈 복음서』와 도데[49]의 『쾌활한 타르타랭』 『타르타랭의 스위스 알프스 여행』『교활한 쥐새끼들』을 제작했는데, 전체 판본용 적색, 청색의 인쇄용 판들이 미끄러져 떨어진 일도 있었다. 그리고 마지막으로 아버지가 학교 가는 길에 전철 안에서 쓴 『빈치와 검은 손』이라는 제목의 청소년을 위한 소설을 출판했다. 『빈치』의 경우 표지에 우르스 우젠벤츠가 아닌 그의 이름이 적혀 있었다. 아마도 이 책이 자신의 어린 시절인 소년 카를의 영웅적 이야기를 담고 있기 때문인 듯했다. 그의 영웅적 행위는 주로 지역 경찰인 뤼티를 자제시키는 일과 관련이 있었다. (아버지는 찰흙으로 여러 개의 뤼티 형상을 빚은 후 빨간 얼굴, 검은 콧수염, 녹색 경찰모 등으로 칠을 해서 집 안 이곳저곳에 놓아두고, 마치 정원 장식용 난쟁이 인형처럼 우편함 옆과 개 보호 울타리 앞에도 세워두었다. 찰흙을 불에 굽지 않았기 때문에 그 형상들은 얼마 지나지 않아 부서졌고, 클라라는 그것들을 치워버렸다.)— 독일군이 스탈린그라드에서 항복한 날 우연히도 파익스 씨와 암프와 알베르트 취스트가 집에 있었다. 밖은 엄청나게 추웠다—클라라조차도 정원에 있지 않았다. 그들은 모두 온방 안에 꼭 붙어 앉아 있었다. 그들은 서로의 목을 껴안고 웃고 기뻐했다. 그 멋진 소식이 마치 명령이기라도 한 듯 화가들이 한 사람씩 나타났다. (아마도 그들끼리 약속을 했던 것 같았다.) 그들 역시 부부 침대가 놓여 있고 그 외의 공간은 얼마 되지 않는 방 안으로 밀고 들어왔다. 그리하여 그들은 침대 위에 누워 남자든 여자든 상관하지 않고 가까이에 있는 사람에게 키스하고 서로의 어깨를 두드렸다. 몇몇은 창틀 위에 앉거나 클라라의 여성용 책상 위에 앉기도 했다. 모두의 얼굴이 환하게 빛났다. 이제 그들은 지난번에 자신들이 겁에 질려 코르통 클로 뒤 루아 병을 모두 비워버렸던 것을 후회했다. 그들은 리터들이 병에 담긴 페치산 와인으로 만족해야 했다. 하지만 이날이 너무나 멋진 날이었기 때문에 그들의 위는 식초라도 소화할 수 있었을 것이다. 처음으로, 처음으로! 독일군이 심각한 패배를 당했던 것이다! 그들은 스탈린을 위해 건배한 후 몰로토프와 보로실로프와 말렌코프, 그리고 영웅적인 붉은 군대의 병사 한 사람 한 사람을 위해 건배했다. 이것은 나치의 종말의 시작이었다! 게다가 이제 그들은 위험을 벗어날 수 있는 기회까지 얻었던 것이다. 그들은 닥치는 대로 노래를 불러댔다. 「스텐카 라진」과 「베로니카, 렌츠가 왔다」, 그리고 마지막으로는 「인터내셔널가」를 불렀다. 모두들 목청껏 노래를 불렀다. 화가의 머리카락은 그 어느 때보다 더 빨간색으로 빛났다. 초현실주의자의 경우엔 오히려 코가 빨갰다. 화가의 남편은 예전보다 더 검은빛이 났다. 건축가, 철사 조형예술가, 아버지, 모두 목청껏 노래를 불렀다. (뛰어난 목소리를 타고났고 청년 관현악단의 실내 합창단에서 베이스 솔로 파트를 맡고 있는 뤼디거는 기쁨의 함성 소리에 이끌려 아래층으로 내려와서 처음에는 말없이 문 아래쪽에 서 있었다. 하지만 곧 다른 사람들의 열기에 휩쓸린 그가 펑장히 큰 목소리로 노래를 부르기 시작했기 때문에, 그의 앞에 서 있던 클라라는 놀라 몸을 움츠렸다.) 클라라는 고운 소프라노 음성을 갖고 있었다. 취스트는 소리를 질러댔다. 파익스 씨는 조용히 혼자 미소 지으며 눈을 감은 채 콧노래를 불렀다. 암프마저도 작고 갈라진 목소리로 인간의 권리를 쟁취하게 될 인터내셔널의 노래를 불렀다.

1944년 3월 11일 시의원 선거가 있었다. 7명의 주정부위원도 뽑아야 했는데, 기존의 위원들만 출마했기 때문에 승인 여부를 가리는 선거를 치러야 했다. 그들은 네 명의 사회민주주의자들과 세 명의 시민정당 위원들로 이루어져 있었는데, 그들의 재선은 형식적인 절차에 지나지 않았다. 일곱 명의 위원직에 일곱 명이 출마했기 때문이었다. 하지만 130개의 의석이 배분될 시의원 선거에는 기존의 정당들 외에 4주 전까지만 해도 아무도 들어본 적이 없었던 '노동 리스트'라는 단체가 등장했다. 그 단체를 지지하게 된 사람들조차도 그전까지는 알지 못했던 이름이었다. 실제로 이 단체는 당이 아니라 남자들의 동맹이었다. 여자들은 이후에도 한참 동안 더 정치로부터 배제되어 있었다. 그런데 그 남자들 중 몇몇은 1940년 이후 계속 금지되어온 공산당의 당원들이라는 것을 누구나 쉽게 알아볼 수 있었다. 하지만 마지막 순간에 선거 등록을 한 '노동 리스트'의 선거 참여가 허용되었다. 더 이상 누구도 나치의 패배를 의심하지 않았던 이 시기에 정치적 기후가 변했던 것이다. 다만 과거 공산당의 핵심 당원이 었던 사람 서너 명은 빠져야 했다. 관청에서 그들의 출마를 허가한 것이라면, 이제는 당의 활동을 계속 금지시켜야 할 명분도 불분명해질 것이었다. 건축가는 입후보 명단의 1번을 받아 당선에 대한 희망을 가질 수 있었다. 4번을 받은 키르히너 제자에게는 당선이 좀더 어렵게 보였다.—명단을 다 채우기 위해 건축가는 아버지에게도 출마하라고 강력하게 권했다. 정치가가 되고 싶은 마음이 정말 없었던 아버지는 출마할 의향이 별로 없었지만 건축가가 입후보 명단의 19번을 주겠다고 약속하자 동의했다. 그의 뒤에는 벨티라는 이름을 가진 식자공 한 명만 더 있었다. 그 식자공은 겨우 며칠 전에야 선거권을 얻었고 아직도 변성기를 겪지 않은 상태였다. 또한 건축가는 아버지가 시민회관에서 열린 '노동 리스트'의 유세에서 연설도 하도록 했다. 그는 모든 교육 문제의 전문가였다. 홀은 터져 나갈 듯이 가득 차 있었다. 도합 2천여 명의 남자와 여자들이 모여 있었고, 아버지가 연단으로 향하는 계단을 오를 때 그의 눈에는 모든 이의 주먹들이 높이 쳐들린 모습이 보였다. 얼굴들은 열기에 달아올라 있었고 떠들썩하게 외치며 소리 지르고 있었다. 하지만 연단 위에 올라서자 즉시 그의 안경에 김이 서렸고 조명등이 그의 눈을 부시게 하는 바람에, 그는 두 손을 허우적거리며 강연대의 모서리를 붙잡고 나서야 안도했다. 그는 안경을 벗어 손수건으로 깨끗이 닦은 후 무엇인가를 말하기 위해 "동지들!" 하고 외쳤다. 우레와 같은 박수가 쏟아졌다. 그는 계속해서 두 눈을 깜박이며 아무것도 보이지 않는 상태에서 홀 안을 향해 다시 한 번 "동지들!" 하고 외쳤다. 박수 소리가 더욱 커졌다. 그는 다시 안경을 썼다. 하지만 그래도 원고의 글자를 하나도 읽을 수가 없었다. 빛 때문에 너무 눈이 부셨다. 그래서 그는 원고는 그냥 내버려둔 채, 이야기를 할수록 목소리에 점점 더 확신을 담아가며 자신의 청중이 숨어 있는 검은 점을 향해 연설을 했다. 그는 학교의 개혁을, 전체 학교의 개혁을 촉구했다. 모든 것이 달라져야 했다, 개선되어야 했다, 학급은 작아져야 했다, 지금보다 훨씬 더 작아져야 했다, 교사들의 수는 더 많아져야 하고 교사 교육의 질도 개선되어야 했다, 교육관청의 교육에 대한 이해가 높아져야 했다. 새로운, 완전히 새로운 교육 기자재가 도입되어야 했다, 아이들은 민주주의 사회의 일원이 되는 교육을 받아야 했고 교사의 동등한 파트너가 되어야 했다, 기존의 모든 학교 건물들은 철거되고 공기와 태양이 충분히 드는 새로운 건물로 대체되어야 했다. 아버지가 외쳤다. "동지들, 수많은 교사들이 자신의 학생들보다도 더 어리석습니다!" 자신이 전날 저녁에 썼던 원고를 완전히 벗어난 말이었다. 행사 직전에 그의 원고를 읽어본 건축가는 원고에서 모든 형용사를 떼어내어 사무적인 어조를 절반 정도 지워버리고는 "이보다 훨씬 더 바보같이 하게!"라고 말했었다. 청중은 열광했다. 아버지는 절을 해도 되는지 알 수가 없어서, 주먹을 들어 올렸다.

―선거는 좌파의 승리가 되었다. 사회민주주의자들은 다른 시민정당들이 얻은 표의 수를 다 합한 것과 비슷한 정도의 표를 얻어 최대 정당이 되었다. 특히 '노동 리스트'는 곧바로 18석을 획득했다. (내부적으로는 3석, 아니면 기껏해야 4석 정도를 예측했었고, 건축가조차 그것이 너무 낙관적인 생각이라고 했다.) 몇 표 더 얻었더라면 아버지까지도 당선이 될 뻔했다.―그는 여화가, 초현실주의자, 식자공과 함께 티치노의 단골 좌석에 앉아 결과를 기다렸다. 초반의 개표 결과를 들은 후 술을 마셔갈수록 정말로 의원이 될 가능성이 점점 더 커지자 식자공의 목소리는 더 갈라져 나왔다. 아버지도 동지인 벨티 못지않게 많은 술을 마셨지만, 말수는 점점 더 줄어갔다.―마침내 자정 무렵이 되자 건축가가 전화로 최종 결과를 알렸다. 전화를 받은 것은 루이지였다. 도둑 소굴이 그의 가게였기 때문이다. 모든 손님들이 주시하고 있는 가운데 그의 두 눈이 점점 더 커졌다. "예." 그는 이탈리아어로 말했다. "알겠습니다." 그는 수화기를 귀에서 떼어 들여다본 후 다시 귀에 갖다 대고 소리쳤다. "예! 예! 예!" 그의 얼굴은 이제 붉게 달아올랐고 땀을 흘리고 있었다. "**민중이 승리했군요.**" 그가 속삭이듯 말하고는 수화기를 내려놓았다. 그는 주먹을 쥐었다. "맙소사!" 그는 테이블 위에 놓여 있던, 여화가에게 가져다줄 맥주 한 잔을 단숨에 비웠다. 단골 좌석까지 왔을 땐 그는 이미 모든 숫자를 까먹고 말았다. 어쨌든 많은 표를, 굉장히 많은 표를 얻었다고 했다. 대승리였

다! 모든 후보가 선출되었다고 했다! 전부 몽땅 다! '노동 리스트'의 명단에 들어 있다면 지금 이 홀에 있는 사람 누구든지 다 당선이 되었을 것이라고 했다. 역사적인 날이었다! ─식자공은 정치에 입문하게 된 것을 기념하여 모두에게 한 잔씩 돌렸고, 그 바람에 도제의 한 달 월급을 모두 써버렸다. 아버지는 추가로 브랜디 더블을 한 잔 더 주문했다. 얼마 후 공식적으로는 두 시간 전에 영업이 끝나서 밖에서 볼 때는 완전히 불이 꺼진 상태인 술집의 뒷문을 두드리는 소리가 들렸는데, 이때까지도 가게 안엔 여전히 빈자리가 남아 있지 않았다. 건축가와 키르히너 제자가 슬그머니 들어왔다. 모든 손님들이 박수를 치고 환호하며 주먹을 뻗었다. 키르히너 제자는 방금 모두 함께 특별히 멋진 장난을 성공시키기라도 했다는 듯이 의미심장한 미소를 지었고, 건축가는 두 손을 높이 들어 올렸다. 그들은 이미 사람들로 꽉 찬 단골 좌석으로 밀고 들어오더니 두 사람이 동시에 상대방의 말을 잘라가면서 설명을 했다. 결과가 확정되자 여러 명의 시민정당 의원들, 그리고 심지어는 가톨릭 보수정당 출신의 주정부위원인 에비까지도 눈물을 흘렸다는 것이었다.─식자공 또한 자신이 결국 선출되지 않았다는 것을 알게 되자 눈물을 흘려 모두를 놀라게 했다. 아버지는 자신 역시 선출되지 않았음이 분명해지자 표정이 다시 밝아지기 시작했고, 브랜디 더블을 두 잔 더 주문했다. 한 잔은 자신의 것이었고, 다른 한 잔은 실패한 동지를 위한 것이었다.─사회민주주의당 출신의 주정부위원 후보 4명은 단번에 재신임을 받은 데 반해, 3명의 시민정당 출신들은 꼭 필요한 과반수를 획득하지 못해 두번째 선거를 치러야 했다. 그 선거는 조용한 선거가 될 수도 있었을 것이다. 3석을 위해 3명의 후보가 출마했고 과반수만 획득하면 되는 것이었으니까. 하지만 이제 막 시의원으로 선출된 건축가 역시 출마하여 많은 사람들을 당황케 했다. (아버지는 두번째 선거부터 참여하는 것도 가능하다는 사실을 전혀 모르고 있었다.) 실제로 그가 단 몇백 표만 더 얻었더라면 에비 씨는 끝장이 날 뻔 했다. 그를 대신하여 공산주의자가 재정 감독이 되었을 것이다!—그 후 '노동 리스트'는 주 정부위원회에까지도 대표자를 갖게 되었다. (에비는 더 이상 울지 않았다. 그는 펄펄 뛰었다.) 왜냐하면 사회민주주의자들이 '노동 리스트'의 성공에 완전히 당황하여 정식으로 당내 법정을 열어, 공산주 단체를 구성하고 세계혁명 혹은 '노동 리스트' 준비 작업에 관여한 데 대해 56명의 당원에게 책임을 물었기 때문이었다. 그들 중 13명이 정말로 당에서 축출되었다. 그들 중 가장 저명한 이는 바로 직전에 최고 득표로 재선출된 교육부 및 공공교통부 장관이었다. 그는 단 1초도 망설이지 않고 '노동 리스트'로 옮겨감으로써 사회민주주의자들의 의혹이 사실임을 입증시켰다. 그 결과 나의 아버지는 갑자기 모든 학교의 개혁을 실현하는 문제와 관련하여 현직에 있는 동맹자를 갖게 되었다.—물론 '리스트'는 리스트로 머물러 있지 않고 몇 주 후에 정당으로 탈바꿈했다. 이

'노동당'에는 과거의 모든 공산주의자들과 함께 새로운 공산주의자들도 많이 가입했다. 건축가는 당 총재가 되었다. 아버지는 창당 집회가 열렸을 때 당에 가입했다. 이날 시민회관은 또다시 사람들로 가득 들어찼다. 그는 몇 주 후 '노동당'이 전국적인 규모의 창당을 할 때에도 물론 참여했다. 그는 동지들 모두와 함께 베른으로 갔다. 돌아올 때는 동지들과 함께 바구니 모양의 병에 든 키안티산 와인을 마시고, 다른 사람들과 마찬가지로 갑자기 풍성하게 제공된 살라미 소시지와 빵을 먹었다. (여자들이 자신들이 가지고 있던 바구니를 풀었다.) 분위기가 너무 좋아서 사람들은 모두 함께 2등칸 역 구내식당에서 작별의 술을 한 잔씩 들었다. 커다란 테이블 주위에 가득 둘러앉은 남자와 여자들은 행복한 얼굴로 서로를 향해 미소 지었다. 그가 보름달 아래로 포석이 깔린 길을 따라 대문을 향해 걸어가면서 아이 방의 검은색 창문을 올려다보았을 때 그날이 자신의 아이인 펭귄의 생일이라는 것이 떠올랐다. 아이는 여섯 살이 되었다. (이날은 뤼디거의 생일이기도 했다. 그는 서른여섯 살이 되었다.) 아버지는 자신의 경찰 뤼티의 모형 하나를 아이 방문 앞에 세워두고 그 손에 자신이 온방 안에 놓여 있는 꽃병에서 슬쩍한 난초 가지 하나를 쥐여주었다. 클라라가 난초를 좋아했기 때문에. 사실 구석에 놓인 작은 탁자 위에는 언제나 난초가 놓여 있곤 했다. 그는 그녀가 자신이 꽃을 훔쳤다는 것을 전혀 알아채지 못할 것을 확신했다.— 뤼티의 또 다른 손에는 파리지앵 담배 1백 개들이 상자의 뚜껑에서 오려낸 후 "진심으로 생일을 축하해"라고 적은 카드를 꽂아 넣었다. 사실 그의 아들은 아직 글을 읽을 줄 몰랐다.

아버지가 학교 수업에서 러시아 동화책을 나눠준 것은 이 모든 일들과는 직접적인 연관이 없는 일이었다. 그 책에는 키릴어로 쓰인 짧은 글과 함께 그림 이야기들이 담겨 있었다. 물론 그가 그 이야기를 알게 된 것은 공산주의자인 친구들을 통해서였다. 키르히너 제자는 열정적인 수집가였기 때문에 1917년 이후 소련에서 출간된 그림책은 거의 다 갖고 있었다. 아버지가 이 색채 동화를 자신의 학생들에게 나누어 준 이유는 그 글이 해독 불가능한 것이기 때문이었다. (그 자신도 이야기의 정확한 내용은 알지 못했다.) 학생들은 그림을 보고 나름의 이야기를 만들어내야 했다. 그것도 프랑스어로 만들어야 했다.―바로 그날 저녁 학교 서기가 흥분한 목소리로 아버지에게 전화를 해왔다. 당장 내일 아침 7시 정각에 교장실에 들러야 한다고 했다. 교장선생님이 화가 나서 펄펄 뛰고 있다는 것이었다.―학교 건물은 피렌체의 피티 궁전을 모방해서 지은 것으로서 넓은 계단이 딸린 장엄한 르네상스 건물이었는데, 아버지는 7시 직전에 그 계단을 올라갔다. 학교는 텅 비어 있었다. 그는 쿵쿵거리며 긴 복도를 지나 교장실 문을 두드렸다. 키가 작고 늙수그레한 학교 서기가 문을 열어줬고, 그는 안으로 들어갔다. 어두침침하고 커다란 방이었다. 맞은편 끝에는 교장이 책상 모서리에 엉덩이를 절반 정도 비스듬하게 걸치고 한쪽 다리를 빳빳하게 뻗은 채 앉아 있었다. 키가 작아 발이 바닥에 닿으려면 몹시 애를 써야만 하기 때문이었다. 그는 수송부대 대대장 제복을 입고 검은색 장화를 신고 있었다. 두툼한 금색 계급장이 달린 대대장 군모는 책상 위에 놓여 있었다. 그는 오른손에 잔뜩 잉크 칠이 된 자를 들고 그것으로 자신의 왼손을 두드렸다. 몇 주 전까지만 해도 아돌프 히틀러의 것처럼 잘려 있던 콧수염은 그사이 양쪽 끝이 비스듬한 모양으로 바뀌어 있었다. 유리알 같은 그의 두 눈이 눈구멍으로부터 튀어나왔다. "공산주의 선전물이라니!" 그는 이렇게 외치며 책을 높이 들어 올렸다. "나의 학교에서!" 아버지는 그를 향해 걸어가 책을 받아 들었다. 서기가 재빨리 그의 곁을 따라왔다. 그 책은 키르히너 제자의 수집품 중의 하나였다. 그 안에 담긴 이야기는 당근, 그러니까 엄청나게 커다란 당근에 관한 것이었다. 어느 농부가 있었는데 그가 온 힘을 다해 이 채소를 잡아당겼지만 땅으로부터 뽑을 수가 없었다. 그리하여 그는 아내에게 도움을 요청했고, 그녀는 즉시 당근을 당기고 있는 농부를 잡고 함께 당겼다. 당근은 꿈쩍도 하지 않았다. 작은 소녀가 지나가다가 당근을 당기고 있는 농부를 당기고 있는 농부의 아내를 잡아당겼다. 그다음에 파란색 바지를 입은 젊은이, 우유배달부, 개가 왔다. 결국 작은 새 한 마리가 농부를 끌고 있는 농부의 아내를 끌고 있는 작은 소녀를 끌고 있는 파란색 바지 입은 젊은이를 끌고 있는 우유배달부를 끌고 있는 개의 꼬리를 끌었을 때에야 당근은 포기하고 너무나 급작스럽게 땅에서 솟아 나왔고, 그 바람에 돕고 있던 사람들이 모두 쓰러져 서로서로 겹쳐졌다. 개 위에 우유배달부 위에 파란색 바지 입은 젊은이 위에 작은 소녀 위에 농부의 아내 위에 농부가 쓰러졌다. 오직 새만이 즐겁게 지저귀며 그 모든 사람들 위로 푸드덕 날았다. 사람들은 두 다리를 허공으로 뻗은 채 웃고 있었다. 오늘 저녁에 먹을 커다란 당근을 얻었고 또 모두가 함께 도왔기 때문이었다. 교장은 고함을 질러댔다. "민주주의적인 우리 학교에서는 그 어떤 정치적 선전도 금지되어 있다는 것을 몰랐습니까?" 아버지는 자신은 정치적 선전, 더구나 공산주의 선전을 할 생각은 눈곱만큼도 없었으며, 다만 학생들이 이야기를 지어내도록 상상력을 자극하려고 했을 뿐이라고 말했다. "그런데 그것을 마르크스-레닌주의 서적을 갖고 한단 말이죠!" 교장은 이렇게 외치며 책상 모서리로부터 미끄러져 내려왔다. 아마도 의도하지 않은 행동이었을 것이다. 왜냐하면 이제 그는 아버지를 올려다보기 위해 두 발로 바닥 위에 선 채 턱을 들어 올려야만 했기 때문이다. (아버지 역시 거인은 아니었다.) 그는 책상에서 여러 개의 도장이 찍힌 종이를 집어 들더니 아까 책을 가지고 그랬던 것처럼 그 종이를 아버지의 얼굴 앞에서 마구 흔들어댔다. 그가 말했다. "여기 칸톤 세무서의 통지서가 있습니다." 그는 거의 속삭이듯 말하며 아버지 옆으로 바짝 다가섰다. "당신은 학교에 취직한 이후, 그러니까 8년 동안 칸톤 세무부서에 단 한 번도 소득 신고를 하지 않았고 단 한 푼의 세금도 내지 않았습니다." 그의 두 눈은 더 커지고 더 투명해졌다. 그는 아버지의 목 가까이에 입을 갖다 대며 다시 고함을 질렀다. "나는 당신의 징계를 위한 조사를 시작할 겁니다." 그가 부르짖었다. "나는 당신이 다시는 이 나라의 어떤 곳에서도 선생이 되어 당신의 그 빨간색 독약을 주사하지 못하도록 조처할 겁니다. 퇴실!"―그날 저녁 아버지와 클라라는 돈 때문에 다툼을 벌였다. 그것은 공동의 돈에 관한 다툼이었는데, 그들은 어떤 일을 하든 누구를 위해 쓰든 공동으로 재정을 관리하고 있기 때문이었다. 클라라는 사랑하는 마음에서 반드시 그렇게 하기를 원했고, 아버지는 아예 다른 방식을 생각할 수조차 없었다. 그들 공동의 재정에는 매달 560프랑인 아버지의 봉급과 클라라의 유산이 들어 있었는데, 도합 10~20만 프랑 정도의 액수로 클라라는 그 액수를 끝자리 수까지 정확히 알고 있었다. 따라서 그녀는 아버지가 매달 자신의 수입을 초과해서 얼마나 더 지출하는지도 알고 있었다. 그가 음반과 책을 하루에 두세 부 이상 구입하지 않은 적은 드물었다. 『신 프랑스 평론』 잡지와 같은 프랑스 가철본은 슈로트 씨에게 맡겨 가죽 장정본으로 묶도록 했다. 그리하여 프랑스어 책들이 꽂혀 있는 서가의 벽면을 보면 마치 그가 같은 책을 수백 권 소장하고 있는 듯이 보였다.―물론 아버지는 교장과 있었던 일에 대해서는 아무 말도 하지 않았다. 클라라 스스로 그 이야기를 꺼냈다. (그녀는 적절한 순간이 언제인지를 알아채는 뛰어난 감각을 지니고 있었다. 그리고 그날 아침 그녀는 은행에 다녀왔었다.) 그녀는 아이가 잠들 때까지 기다렸다. 아이가 자신의 부모가 싸운다는 느낌을 갖게 되어서는 절대 안 되기 때문이었다. 그사이 아버지는 이미 온방에 들어가 바지를 막 벗으려던 참이었다. "카를" 하고 그녀는 속삭이듯 말하며 아무 소리도 내지 않고 문을 닫았다. "당신은 이번 달에도 당신이 번 돈의 두 배를 지출했어요." 아버지는 바지를 벗었다. "책들이야!" 그녀는 여전히 속삭였지만, 목소리가 약간 높아졌다. "그 책들은 언제 읽죠?" 아버지는 잠옷 바지를 입었다. "당신의 음반들은 어떻고! 당신은 당신이 들을 수 있는 것 이상의 음반을 사들이잖아!" 아버지는 셔츠를 벗었다. 그는 양 입술을 꽉 다물고 있었고, 관자놀이의 핏줄은 부풀어 있었다. "당신은 내게 여행용품들을 선물하곤 하죠." 클라라의 목소리가 너무 크게 나왔고, 그녀는 말하던 도중에 두 손으로 입을 눌렀다. "난 여행용품을 받아도 기쁘지 않아요." 그녀는 이제 질식한 듯한 목소리를 냈다. "그 가격이 2백 프랑인 데다가 난 전혀 여행을 하지 않으니까요." 아까부터 화가 나서 얼굴이 붉어진 채인 아버지는 잠옷 윗도리를 입고 단추를 잠갔다. 첫번째, 두번째, 마지막 단추를 잠근 후 그는 고개를 들었다. 클라라는 "말 좀 해봐요, 카를" 하고 애원하며 소리 질렀다. 그러자 그가 고함을 질렀다. "돈! 당신은 언제나 돈 얘기지! 내가 언제 돈 신경 쓰는 거 봤어?" 그는 문을 벌컥 열어젖혔다. 그 앞에는 아이가 웅크리고 앉아 귀를 두 손으로 막아 문에 바짝 갖다 대고 있었다. 예상치 못한 상태에서 문이 열리자 아이는 온방 안으로 굴러 들어와 아버지의 발 앞에 멈췄다. 아버지는 아이를 넘어 복도로 달려 나갔다. 현관에 이르자 그는 고함을 질렀다. "도대체가 민주주의 국가에서 학교 집행부와 세무부서가 협력한다는 것 자체가 처벌감이야." 그는 문을 쾅 닫고 나갔다. "세무부서?" 어머니는 날카롭게 외치며 아이를 들어 올렸다. "세무부서라니 무슨 얘기지?"—아버지는 대문과 정원 입구를 박차고 나갔다. 그 문은 그 후 몇 년 동안 비스듬히 경첩에 매달려 있었다. 밖은 어두웠다. 달도 별도 뜨지 않았다. 꼭 사람 키 높이의 안개가 논밭 위로 펼쳐져 있어서 아버지는 흙덩이, 뿌리, 돌에 걸려 비틀거렸다. 아래를 내려다보면 두 발은 고사하고 자신의 잠옷 윗도리조차 보이지 않았다. 오직 그의 머리통만이 마치 베어내기라도 한 것처럼 땅 위에 깔린 무해(霧海) 위를 둥둥 떠다녔다. 그는 그렇게 한동안을 씩씩거리며 이리저리 쏘다녔다. 멀리 떨어진 숲 속에서 나이팅게일의 울음소리가 들려왔다. 역시 먼 곳으로부터 개 짖는 소리가 들렸다. 한번은 그가 넘어지는 바람에 그의 머리까지도 안개 속에 잠겼다. 그가 다시 겨우 몸을 일으킬 때까지 그의 눈앞에 우윳빛 세계가 펼쳐졌다. 그는 몹시 추웠다. 잠옷만 입고 있었기 때문이었다. 그는 집으로 다시 돌아갔다. 클라라는 아이 방에서 아이 곁에 앉아 진정시키려고 애쓰는 중이었다. 문이 반쯤 열려 있었다. "아빠는 왜 화를 내요?" 아버지는 온방으로 들어가 이불 밑으로 기어들어갔다. 그리하여 30분쯤 후에 클라라 역시 침대로 왔을 때엔 그는 거의 막 잠이 들려는 참이었다. 그래도 그는 그녀가 한 손을 자신의 어깨 위에 올리는 것을 느꼈고 그녀가 중얼거리는 소리를 들었다. "돈이라는 게 그렇잖아요. 내가 문제를 만든 게 아니에요." 그녀의 목소리는 숨소리처럼 나지막했다. 그는 알아들을 수 없는 말을 내뱉으며 다른 쪽으로 몸을 돌렸다. 클라라도 잠들기 위해 애를 썼다. 그는 그 소리 역시 듣고 있었다.—징계 절차는 한 달 후에 마무리되었다. 교장의 신임을 받고 있는 두 사람, 물리 교사와 지리 교사, 그리고 교육부서 담당자로 구성된 위원회에서는 아버지가 공공질서를 위협하는 존재이며, 세금 체납은 의도적인 사기 행위였다는 결론을 내렸다. 즉시 교직에서 해임해야 한다는 것이었다. 하지만 전차와 교육부를 담당하고 있는, 그래서 나의 아버지 문제도 담당하고 있는 주정부위원이 그 파괴적인 보고서를 읽자마자 아버지를 호출했다. (이제 그들은 같은 당 소속이었다.) 그도 역시 엉덩이를 책상 위에 걸치고 앉아 있었다. 하지만 그는 교장보다는 키가 컸다. 그는 해임 건의 서류를 그에게 내밀었다. "동지," 그가 말하며 한숨을 내쉬었다. "당신이 오늘 저녁 6시까지 체납 세금과 연체 이자, 그리고 벌금을 지불하지 않을 경우엔 나도 더 이상 당신을 도울 길이 없게 될 겁니다." 아버지는 들고 온 서류 가방을 열었다. 볼품없이 기이한 형태의 가죽 가방 안에는 온갖 수업 자료 외에도 싹-빌라트 프랑스어사전과 간식용 빵이 들어 있었다. (아버지는 야콥 빵집의 설탕 시럽을 바른 달팽이빵을 특히 좋아했다.) 아버지는 말했다. "학교 개혁 말입니다. 이제는 우리가 학교 개혁을 이뤄내야만 할 때입니다. 위원님의 선거 공약입니다. 여기 있습니다. 다 완성됐습니다." 그는 서류가 잔뜩 끼워진 라이츠 상표의 서류철을 끄집어냈다. 주정부위원은 그사이 자신의 의자에 앉아 책상판 위에 놓인 전철 모형을 이리저리 움직여댔다. "학교 개혁이라고?" 그는 그렇게 말하며 서류철을 응시했다. "도대체 누가 학교 개혁에 대한 얘기를 합니까?" 아버지는 당황하여 서류철과 주정부위원의 손에 들린 전철 모형을 번갈아 바라보다가 "접니다!" 하고 외치고는 뒤꿈치에 힘을 주어 몸을 돌린 후 사무실에서 나갔다. 그는 이 사무실의 문 역시 쾅 닫고 나갔을 것이다. 어쨌든 집에 도착한 그는 1초의 망설임도 없이 전화기로 가서 집으로 오는 길에 떠오른 유일하게 부유한 인물인 틸디 쉼멜에게 전화를 했다. 하지만 그녀가 아닌 그녀의 남편이 전화를 받았다. 에트빈 쉼멜이었다. "내 음반들을 당신에게 팔겠습니다." 아버지가 말했다. "5천 내지 6천 장입니다. 카루소,[50] 그리고 두 명의 부쉬,[51] 슬레자크,[52] 라흐마니노프[53]가 다 있습니다. 토스카니니[54] 지휘곡 전부, 루이 암스트롱도 있고, 「내가 닭이었으면」도 있습니다." — "얼마입니까?" 에트빈 쉼멜이 물었다. 아버지는 자신의 세금 체납액을 마지막 단위까지 정확하게 말했다. "나는 오늘 그 돈이 필요합니다."—"알겠습니다"라고 말하고 에트빈 쉼멜은 수화기를 내려놓았다. 아버지는 자신의 의자에 깊숙이 앉았다. 그는 손을 가슴에 얹은 채 숨을 들이마셨다가 내쉬었다. 그는 땀을 흘리며 추위를 느꼈다. 그렇게 답답한 가슴으로 앉아 있는데 벨소리가 울렸고 에트빈 쉼멜의 운전기사가 대문 아래 서 있었다. (정원 입구 뒤쪽에는 롤스로이스가 세워져 있었다.) 아버지는 지폐를 받아 주머니마다 집어넣은 후 자전거를 타고 시내로 달려갔다. 그는 세무서의 공무원이 막 문을 잠그려는 찰나에 그곳에 도착했다. "운이 좋으시군요"라고 그가 말했다.—"정말 그렇죠?" 아버지가 말했다. 그는 체납액을 지불하고 무표정한 공무원으로부터 영수증을 받았다. "그럼 안녕히 계시오." 집으로 돌아오는 길에 그는 클라라를 위해 장미꽃을 샀다. 정확히 장미 80송이를 샀는데 클라라와 자신의 나이를 합한 만큼의 수였다. 그는 수중에 돈이 한 푼도 없었기 때문에 청구서를 발급받아 왔다.

아버지의 아버지가 죽었을 때 그의 아들, 그러니까 나의 아버지는 옛 풍습과 전래의 규범에 따라 자신의 아버지의 장례를 치르기 위해 고향 마을에 있는 그의 관을 가지고 와야만 했다. 여전히 전쟁 중이었지만, 이제 전쟁은 아주 먼 곳에서 벌어지고 있었다. 열차는 더 이상 군대 전용으로만 운행하지 않았기 때문에 아버지는 최초의 방문 때와는 달리 급행열차를 타고 갔다. 그러고는 완행열차로 갈아탔는데, 그것은 각 칸마다 문이 따로 달려 있는 낡은 화물차였다. 마지막으로 우편노선 버스로 옮겨 탔다. 사우러 사의 노란색 버스는 그를 싣고 가파르게 점점 좁아지는 계곡의 가장 깊은 곳까지 데려다줬다. 그곳엔 작은 마을이 있었는데 계곡의 측벽이 절벽처럼 높이 솟아 마을을 둘러싸고 있었고, 그 마을의 이름은 '세상의 끝'이었다. 그곳엔 기사가 버스를 돌리기에 딱 적당한 만큼의 공간이 있었다. 그러나 그 몇 채의 집들은 세상의 끝이 아니었다. 왜냐하면 아버지는 이제 지그재그로 난 길을 따라 산의 동쪽 측면을 걸어 올라갔기 때문이다. 그다음엔 곧 버섯 향기가 나는 숲을 통과했다. 그곳엔 이끼가 뒤덮인 아주 오래된 소나무 둥치들이 있었다. 한번은 아주 가까이에서 노루 한 마리가 은신처에서 뛰쳐나와 소리를 내지르며 달려갔다. 딱따구리는 나무줄기를 쪼아댔고 들비둘기들은 구구거렸고 뻐꾸기 한 마리가 울어댔다. 아버지는 그 울음소리가 몇 번인지 세어봤는데 열세 번이었다. 길조였다. 개울이 나타났다. 그 위로는 겨우 나무줄기 두 개 정도를 나란히 붙여 만든 좁다란 다리들이 연속적으로 놓여 있었다. 개울물은 요란한 소리와 함께 오른쪽으로 흐르다가 다시 왼쪽으로 방향을 바꾸어가며 깊숙하게 흘러갔다. 길이 너무나 가팔라서 아버지는 자주 멈춰 선 채로 호흡을 가다듬고 이마의 땀을 닦아냈다. 심지어 담배에 불을 붙였다가 한 모금을 빨아들인 후 곧바로 개울물에 던져버리기도 했다. 마침내 그는 자신이 30년 전의 성년식 행군 중에 번개를 맞아 거의 죽을 뻔하다가 좁은 골짜기를 벗어나면서 길과 개울을 만났던 바로 그 지점에서 숲을 벗어났다. 수목한계선에 이르렀던 것이다. 그의 위쪽으로 눈이 쌓이지 않은 비탈길이 펼쳐졌고 높은 곳에는 절벽의 꼭대기가 보였다. 이제 길은 넓어졌고 경사도 거의 없었다. 숲에 사는 작은 나비들이 어지러이 날아다녔고, 방울새들은 과감하게 곡선을 그리며 날았다. 하늘은 푸르렀고 태양은 높이 떠올라 있었다. 가볍게 바람이 일었다. 아버지는 이제 눈에 익숙한 길로 접어들었고, 제법 넓은 그 길을 따라 곧 거대한 손의 손가락 모양을 한 하얀색 석회암에 다다랐다. 그 앞에는 과거와 마찬가지로 마을이 펼쳐져 있었다. 가파른 널빤지 지붕을 얹은 검은색 목조의 정육면체 가옥들과 둥근 석판이 달린 나무 기둥 위에 지어진 축사들의 모습이 보였다. 길은 부드러운 곡선을 그리며 산비탈로 이어졌는데 그곳의 잔디는 아직도 거의 검은색에 가까운 회색이었다. 첫번째 집인 대장간에는 창문이 없었다. 아주 작은 커튼이 달린 몇 개의 채광창이 전부였다. 문 앞에는 단 하나의 관이 놓여 있었다. 아버지는 그 관을 어루만지고 집 쪽을 올려다보았다. 하지만 어떤 움직임도 없었다. 아무도 보이지 않았다. 그래서 그는 계속 걸어갔다. 마을 길은 여전히 둥근 포석으로 만들어진 얼어붙은 파도 같은 모양이었지만, 노새 오줌 구덩이와 쐐기풀은 없어졌다. 그럼에도 아버지는 청량제라도 되는 듯이 공기를 들이마셨다. 그가 마을 광장에 도착하여 원형 계단의 맨 위 가장자리에 들어섰을 때 검은 예배당의 종소리가 울리기 시작했다. 환영의 의미일까? 그러자 모든 집의 문이 열리고 남자와 여자들이 밝게 웃으며 쏟아져 나와 예전과 마찬가지로 관들이 잔뜩 쌓여 있는 여관 쪽으로 향했다. 어떤 여자들은 춤을 추었고, 그들의 남편들은 환호성을 지르며 모자를 공중으로 던졌다. 그들은 모두 아주 능숙하게 급경사의 둥근 돌길 위를 달려 내려가 순식간에 아래쪽의 여관 앞에 도달했다. 그러고는 유쾌하게 서로를 밀쳐가며 그 안으로 사라졌다. 그것은 아버지가 과거에 직접 경험해보았을 때와 비슷한 분위기였다. 한 발 한 발 조심스럽게 떼어가며 마침내 아버지 역시 여관 입구에 도착했을 때는 이미 사람들은 모두 사라지고 그는 또다시 혼자였다. 몇몇의 병참병들만이 그들의 말을 솔질하고 있었다. (그들과 함께 두세 마리의 노새도 있었는데, 그 노새들은 주둥이를 자꾸만 말의 주둥이에 갖다 댔다.) 문 위에는 붉은색—붉은색이라니!—의 양철 간판에 '잘멘 맥줏집'이라고 적혀 있었다. 아버지는 관들 사이의 틈을 지나 여관 식당 안으로 들어갔다. 남자와 여자 들은 모두 어디로 가버렸는지 식당 안은 텅 빈 채 대위 계급의 장교 한 명만 남아 있었다. 그는 윗도리를 열어젖힌 채 식탁에 앉아 수프를 먹고 있었다. 그것은 검은색 밀가루 수프로 아버지도 알고 있는 음식이었는데, 곧바로 그 냄새가 풍겨져왔다. 마침 그 장교 역시 보통 사람들이 먹는 방법대로 반 잔의 레드와인을 접시에 붓고 있었다. 아버지가 인사를 건네자 답례로 그는 아버지를 한번 쳐다보았다. 아버지는 멀리 있는 테이블에 앉았다. 그 위로는 과거에 멋진 관 경연 대회에서 상으로 받은 트로피가 가득 들어 있는 유리 진열장과 저축협회의 함이 걸려 있었다. 다시 마을 사람들의 소리가 들려왔다. 그의 선조들이었다. 그들은 옆의 홀에서 떠들고 있었다. 여러 사람의 목소리가 들렸다. 이 선조들은 항상 잔치를 벌이고 있는 것일까, 평일 대낮에까지도?— 아버지는 담배를 피워 문 채 장교가 빵으로 접시를 훑고 있는 것을 보았다. 밖에서는 여전히 교회의 종소리가 울렸다. 그 소리가 어찌나 우렁찬지 마치 신부와 종지기가 함께 종의 줄에 매달려 있는 것만 같았다. 이곳 식당 안은 또 하나의 붉은색 잘멘 간판이 바 테이블 위에 매달려 내부로부터 빛을 발하고 있는 것을 제외하고는 아주 오래전과 전혀 달라진 바가 없었다. 분명 그사이에 여관을 비롯하여 온 마을에 전기가 들어오게 된 모양이었다. 천장에는 하얀색 유리로 만든 둥근 램프가 달려 있었고 그 사이에는 파리 끈끈이가 몇 개 걸려 있었다.— 마침내 홀 쪽으로 난 문이 열리며 한순간 사람들의 재잘거리는 소리와 웃음소리가 크게 들리더니 삼촌이 들어섰다. 그는 나이가 들어 있었다. 당연한 일이었다. 그의 머리는 하얘졌고 등이 굽어 있었다. 하지만 그가 삼촌인 것은 의심할 나위 없이 분명했다. 눈과 입의 모양이 그대로였다. 그는 테이블로 왔다.

"무얼 드릴까요?"

"저 카를입니다." 아버지가 말했다. "카를의 아들입니다. 아버지가 어제 돌아가셨어요."

"네가 벌써 오다니." 삼촌이 말했다. "뭘 마실래?"

"맥주 한잔 주세요."

삼촌은 바테이블로 가더니 맥주를 따른 후 다시 테이블로 돌아왔다.

"관을 가지러 온 게로구나."

아버지는 고개를 끄덕였다. 삼촌은 맥주를 그의 앞에 밀어 놓았다. 그러자 정말 아버지는 자신이 굉장히 목이 말랐다는 사실을 갑자기 깨달았다. 그는 단숨에 잔을 비웠다.

삼촌이 말했다. "우린 이제 잘멘을 판다. 더 이상 직접 맥주를 제조하지 않아."

그는 무거운 걸음걸이로 식당을 가로질러 입구로 가더니 문을 열고는 밖으로 사라졌다. 그는 문을 열어두었다. 밖에서는 햇빛이 환하게 비치고 있었고, 종소리가 요란하게 울렸다. 그러자 아버지는 자리에서 일어서서 삼촌의 뒤를 따랐다. 홀에서는 아코디언 소리가 들려왔다. 아마도 마을 사람들은 춤을 추고 있는 모양이었다. 삼촌은 높이 쌓인 나무 더미 앞에 서서 관 하나를 가리켜 보였다. "저거다." 아버지의 아버지의 관은 세월이 흐르는 동안 맨 아랫줄로 내려와 있었고 이끼와 곰팡이가 잔뜩 낀 채였다. 그 관 아래엔 그 관이 묻히게 될 땅이 있었고, 관 위로는 그보다 나중에 만들어진 관들이 잔뜩 쌓여 있었다. 삼촌은 조심스럽게 서두르지 않고 관 쪽으로 한걸음 다가가더니 고개를 끄덕이고는 병참병들을 향해 뭐라고 외쳤다. "또다시 할 일이 생겼네." 그 비슷한 내용의 말이었다. 곧장 두 사내가 만면에 미소를 띤 채 오더니 벌써 수없이 해본 일이라는 듯이 아버지의 아버지의 관 위에 쌓인 무더기를 들어 올려 붙들고 있었다. 그사이에 삼촌은 잽싸게 제일 아래 놓여 있던 관을 밖으로 빼내었다. 그러자 그 군인들은 1초도 어긋나지 않게 짐 더미를 내려놓았다. 관들은 덜컹이며 바닥에 놓였고 전체 나무 무더기가 흔들거렸다. 이제 루네 문자를 새겨 넣고 검은색의 목재와 석재로 만든 관이 맨 아래에 놓였다. "엘리아노르의 관이야." 삼촌은 아버지의 시선을 느끼고는 그렇게 말했다. "미국으로 떠났지." 그는 턱으로 그 옆에 있는 무더기를 가리켰다. "저기 저것은 네 것이다." 아버지는 밖으로 빼내어진 관을 세운 후 관에 등을 갖다 대고 섰다. 두 손을 뒤로 돌려 잡은 후 짐을 들어 올리려고 했다.

그때 삼촌이 "20라펜이다"라고 말했다.

아버지는 다시 관을 내려놓은 후 삼촌을 쳐다보았다.

"맥주 값 말이다"라고 그가 말했다.

아버지는 지갑에서 20라펜을 꺼내어 그에게 주었다. 아버지가 말했다. "그런데 말예요, 옛날에 내 시녀 역할을 했던 사람이 있었죠. 그 주근깨 소녀는 어떻게 지내나요?"

"그 앤 여전히 주근깨가 나 있지." 삼촌이 말했다.

"그것뿐인가요?"

하지만 삼촌은 이미 여관 쪽으로 돌아가버렸다. 입구 아래에서 그는 다시 한 번 몸을 돌리더니 외쳤다. "전쟁이 끝났다."

"전쟁이 끝났어요?"

"전쟁은 지나갔어, 그리고 내 형제는 죽었구나." 그는 집 안으로 사라졌다. 아버지는 두 발을 넓게 벌려 몸무게의 중심을 잡으면서 관을 등에 얹은 후 걷기 시작했다. 몸을 앞으로 심하게 굽힌 바람에 눈앞엔 겨우 둥근 포석만이 보였다. 전쟁이 끝났다. 그래서 종을 쳤던 것이다! 그래서 마을 사람들이 홀에서 환호했던 것이다! 그래서 병참병들의 기분이 그렇게 좋았던 것이다!— 관은 무거웠다. 광장의 위쪽 가장자리에 도착했을 때 아버지는 땀으로 범벅이 되어 있었다. 중앙거리를 따라 묵묵히 걸음을 내딛는 그의 눈에는 기껏해야 집의 문턱들만 보일 뿐이었다. 그리고 관들이 보였다. 마을 앞 대장간에서 그는 고개를 들고 위쪽을 관찰하며 검은색 유리 뒤로 푸른색 꽃이 빛나고 있는 2층의 채광창까지도 유심히 살폈다. 하지만 관이 그의 등에서 미끄러져 내리려고 해서 그는 재빨리 다시 몸을 앞으로 숙였다. 집으로부터는 아무 소리도 들리지 않았다. 그래서 그는 짐승처럼 두 눈을 바닥에 고정시킨 채 계속해서 길을 갔다. 그렇게 돌아오는 길에 그는 네 손가락 바위를 지났고 그다음엔 곧 예배당을 지나게 되었다. 그것은 그가 과거에 한번도 본 적이 없는 예배당이었는데 이번에도 그는 겨우 아랫부분만을 보았다. 그 안에는 뼈가 앙상한 난쟁이 성인이 서 있는 듯했다. 그는 그것도 겨우 가슴 부분까지만 보았는데 그것을 보자 검은 예배당 안에서 있었던 자신의 축제가 기억났다. "도우소서, 주여." 그는 그를 향해 말했다. 그것은 기도였다. 어쩌면 그 기도가 정말로 도움이 될지도 모르는 일이었다.— 숲 사이로 난 길은 굉장히 가팔라서 그는 의도했든 의도하지 않았든 간에 큰 걸음으로 뛰듯이 산을 내려왔다. 그는 환호성을 질렀고, 신음을 내질렀다. 관이 그의 등을 쳤다. 한번은 이미 뛰어오른 상태에서 길이 갑자기 굽어지는 것을 너무 늦게 알아채는 바람에 경사진 바윗돌 위로 떨어졌고, 미끄러지면서 장미 넝쿨을 붙잡고 매달려야 하기도 했다. 좁은 골짜기 아래로 덜컹이며 떨어져 내리려고 하던 관도 어찌어찌해서 겨우 건져냈다.— '세상의 끝'에는 버스가 대기하고 있었다. 그는 관을 차 후미의 짐칸 안 우유 그릇 옆에 세우고는 맨앞 좌석에 앉았다. 그가 유일한 승객이었다. 운전기사는 성냥을 씹으면서 아주 능숙한 솜씨로 여유 있게 험한 바윗길과 거칠게 흐르는 강물 위의 다리 난간들 사이를 운전했다. 단 한 번, 굉장히 좁은 커브길 앞에서 그는 우편 나팔을 울렸다. 그가 우편 나팔을 자주 울리지 않는 이유는 아마도 그 소리가 너무 끔찍하기 때문인 듯했다.— 완행열차 역시 떠날 준비를 하고 있었다. 하지만 아버지가 차에 오르려고 하자 빨간 모자를 쓴 젊은 역장이 그의 앞을 막아서며 "이민용 가방이나 관과 같은 운송 화물을 지참한 승객은 화물칸을 사용해야 합니다"라고 말했다. 그리하여 아버지는 선 채로 자신의 운송 화물을 두 손으로 붙잡고 급행열차로 갈아타야 할 역까지 갔다. 이번에는 곧장 화물칸으로 갔다. 역무원이 관을 싣는 것을 도와줬다. 그다음에 관을 내리는 일은 혼자 해야 했다. 역에서 집까지는 걸어서 갔다. 약 한 시간 정도 걸리는 길이었다. 금요일 저녁이라 전차 정류장에는 사람들이 몰렸다. 아버지는 차장과 말다툼을 벌이고 싶은 마음이 없었던 것이다. 아버지가 집에 도착하여, 여전히 자신의 발 바로 앞만을 쳐다보며 정원 입구로 들어와 포석이 깔린 길을 지나 안쪽의 정원 울타리를 통과할 때 태양은 지평선 위에 비스듬하게 걸려 있었다. 그는 관을 무 밭 위에 팽개쳐버리고는 짐을 얹고 있지 않은 상태인데도 여전히 몸을 심하게 구부린 채 관 뚜껑 위로 쓰러졌다. 너무 세게 부딪치는 바람에 나무가 쪼개졌고 그는 울음을 터뜨렸다. 그의 심장은 요동쳤고 머릿속에서는 윙윙대는 소리가 났다. 하지만 얼마 후 그는 머릿속이 윙윙대는 가운데 위로부터 들려오는 커다란 음성 같은 것을 듣고는 고개를 들고 두 눈을 급히 깜박였다. 2층 테라스에 뤼디거가 두 마리의 불도그 사이에 서 있었다. 개들 역시 주인처럼 앞발을 난간 위에 얹고 있었다. 뤼디거는 아버지가 드디어 왔다고 말하면서, 자신은 이제 더 이상 공산주의자와 한 지붕 아래서 살고 싶지 않다고 소리쳤다. 진작 이 말을 하지 않은 것은 오직 클라라에 대한 존중 때문이었노라고 했다. 하지만 갈색 파시즘에 대한 전쟁에서 승리한 지금, 이제는 빨간 파시즘과의 전투가 시작되었다는 것이었다. 그는 6월 1일까지 집을 비워달라고 했다. "변경은 없습니다!" 이제는 아스토르와 카리노도 함께 짖었다. 아버지는 자신의 뒤쪽에서 나는 발소리를 듣고 머리를 돌리려고 애썼다. 클라라였다. 파란색 정원용 앞치마를 두르고 손에 접지용 가위를 든 클라라는 관 위 그의 옆자리에 앉았다. 뚜껑의 나무가 또다시 삐걱거렸다. 그녀는 한 팔을 그의 어깨에 둘렀다. "아!" 그녀가 한숨을 쉬었다. 그는 한 손을 그녀의 허벅지에 올려놓았다. 그들은 그렇게 앉아 멍하니 앞을 바라보고 있었다. 그사이 두 남자가 음반들을 정원 입구 뒤쪽에 세워둔 화물차의 발판 위에 높이 쌓아올렸다. 두 사람은 가슴에 빨간색 M자 위에 관이 떠 있는 기계공장의 회사 로고가 박혀 있는 푸른색 작업복을 입고 있었다. 그들은 점점 길어지는 그림자를 늘어뜨리며 이쪽저쪽을 반복해서 오고갔다. 한번은 한 사람이 열 개 내지 스무 개의 음반을 떨어뜨리고는 혼잣말로 투덜거리면서 깨진 조각들을 발로 길가 도랑 속으로 밀어버렸다. 그들이 지는 해의 마지막 빛을 받으면서 마르코니 사의 호두나무 그라모폰까지 적재함에 힘겹게 올려놓고 옆문을 올려 닫았을 때에야 아버지는 그들이 누구이며, 무엇을 했는지를 알아차렸다. 그는 그들에게 가서 수고비를 건넸다.

(이날 밤 아버지는 최초로 자기 아버지의 백서를 읽었다. 사실 풍습과 관례에 따르면 백서를 처음으로 읽는 것은 장남에게 허용된 일이었다. 장남이 읽고 난 후에야 다른 사람들이 고인의 삶에 대해 알아도 되었다. 펠릭스는 그보다 규율을 더 잘 지키는 사람이었지만 그가 먼저 읽었다고 해서 탓하지는 않았을 것이다.— 그는 자신의 책상에 앉아 한 장 한 장 넘겨가며 읽었다. 그의 아버지의 열두번째 생일인 1885년 11월 2일부터 죽음 전날까지 날마다 쓴 일기였다. 창밖에서는 바람이 불었고 벚나무 가지가 유리창에 부딪혔다. 구름이 빠른 속도로 달 위를 지나갔다. 달은 반달이었다.— 한번은 아버지의 고개가 책 위로 떨어졌다. 잠이 들었던 것이다. 그는 자리에서 일어나 부엌으로 가서 커피를 한 잔 마셨다. 그러고는 단 한 줄도 건너뛰지 않고 계속해서 책을 읽었다. 그가 마지막 페이지를 읽고 있을 때 날이 밝아왔고, 일찍 깨어난 새들이 지저귀는 소리가 들렸다. 그는 마지막 단어까지 읽고, 마침표까지도 읽었다. 그의 아버지는 단정한 쥐털린 서체를 사용했는데, 그 글씨체는 첫 페이지부터 마지막 페이지까지 변함없이 한결같았다.)

 아버지와 클라라와 아이는 이제 도시의 변두리에 살았다. 작은 정원이 딸린 작은 집들이 많이 있는 교외 지역이었다. 그들의 집은 거의 호화 저택이라고 할 만큼 컸지만, 월세는 한 달에 4백 프랑으로 아주 쌌다. 그 이유는 그 집이 유리창 덧문과 벽이 비스듬하게 기울고 담의 회반죽은 벗겨진 폐가였기 때문이고, 그 집의 주인이 힐데가르트 다음으로 클라라와 제일 친한 학교 친구였기 때문이었다. 그녀는 1908년에 독감으로 사망한 자신의 아빠가 보았던 모습 그대로, 그리고 엄마가 그 모습을 유지해두었던 대로 집의 모든 것이 유지되도록 돌볼 사람을 찾고 있었다. (그녀는 의사였는데 결혼을 하지 못했고 미스라는 명칭으로 불리기를 원했다. 미스 닥터.) 그녀는 이 집에서 어린 시절을 보냈었고 여전히 1층의 방 하나를 차지하고 있었다. 그녀는 놉스라는 이름의 자기 개를 데리고 가끔씩 이 방에 묵었다. 이제는 시내에 살고 있으면서도 그녀는 매일 저녁 전쟁 전에 출고된 푸조 자동차를 타고 시외로 나와서는 쐐기풀이 아빠가 원했을 모습대로 외부 계단의 틈새로 무성하게 자라고 있는지를 살폈고, 대문 위의 차양이 예전처럼 녹슨 양철의 체로 되어 있는지를 확인했다. 회반죽은 회색이다 못해 거의 검은색에 가까웠고 곰팡이까지 슬어 있었다. (미스 닥터 역시 조금은 자신의 집과 비슷한 모양이었다.) 처음으로 그 집을 둘러보았을 때 아버지는 맘에 들어 했고 클라라는 굴욕감을 느꼈다. 그가 발코니의 난간에 몸을 기대자 그곳 벽의 일부가 부서져 정원으로 떨어져 내렸다. (그 조각들은 그 후 몇 년을 더 무성한 잔디 속에 놓여 있었다.) 제대로 닫히는 창문은 없었다. 겨울에는 클라라가 틈새와 쪼개진 곳을 길쭉한 펠트 조각으로 막았음에도 불구하고 방 안으로 눈이 내렸다. 바닥은 색이 흐릿해져가는 목재 마루였는데, 삐걱거리는 소리가 심해서 누구나 다른 사람이 어디 있는지를 항상 알 수 있었다. 화장실에 가서 물을 내린 사람은 기울어진 변기 물통 안의 볼탑을 다시 세우기 위해 거의 언제나 변기 위로 올라가야만 했다. 그렇게 하지 않으면 계속해서 물소리가 났다. 난방은 중앙난방이긴 했지만, 1900년대 초쯤 제작된 후 완전히 폐기된 시제품으로 엄청난 양의 석탄을 집어삼키고도 한 층을 미지근하게 덥히는 것조차도 제대로 해내지 못했다. 난방 담당은 아버지였다. (나중에는 성장한 아이, 그러니까 내가 그 임무를 물려받았다.) 새벽 5시나 5시 반쯤 그는 지하실로 내려가 난로의 뚜껑을 연 후, 삽을 들고 두 계단을 올라가 트렁크와 상자들을 지나 자전거들이 기대 놓여 있는 격자 칸막이 옆을 지나갔다. 군인이 창을 쥐듯 그는 삽을 계속 손에 쥔 채로 제자리에서 몸을 돌린 후 삽을 앞으로 향하고 깜깜한 통로 안으로 들어갔다. 꽤 긴 통로의 끝에 석탄이 숨겨져 있었다. 그는 몸을 굽히고 갔다. 그 통로는 어깨 높이도 안 되는 데다가 굉장히 좁아서 그 안에서는 몸을 돌릴 수가 없었다. 그는 삽을 앞쪽으로 내밀다가 저항이 느껴지면 석탄 아래로 삽을 밀어 넣었다. 삽이 가득 찼다고 느껴질 때까지 그는 삽을 이쪽저쪽으로 움직이며 석탄을 긁어 팠다. 그러고는 뒷걸음질하며 자전거들이 있는 곳까지 더듬으며 돌아와서는 몸을 세우고 다시 제자리에서 몸을 돌린 후 이제는 반듯한 걸음걸이로 가득 찬 삽이 기울어지지 않도록 한쪽 옆구리로 지탱한 채 상자들과 트렁크를 지나 계단 두 개를 내려서서 난로에 도착했다. 그는 난로 입구 속으로 석탄을 부어 넣었다. (도중에 석탄 몇 개를 떨어뜨렸을 경우 그는 삽을 벽에 세워두고는 석탄들을 주위 모았다. 가끔은 그냥 발로 차서 구석으로 밀어 넣어버리기도 했다.) 난로가 충분히 채워질 때까지 그는 열두어 번은 이 길을 오갔다. — 대부분의 경우 아버지는 밤에는 난방을 하지 않았다. (결코 추위를 타지 않는 클라라가 그렇게 할 것을 주장했다. 또한 그녀는 이 게걸스러운 불 짐승을 밤새 먹일 경우 그 비용이 얼마가 되는지를 계산해서 보여주었다.) 아침이면 그는 가스겸을 가지고 석탄에 불을 붙였다. 가스겸이란 원래는 약 1미터 정도의 길이에 앞부분이 잠겨 있고 여러 개의 작은 구멍이 나 있는 금속 원통이었다. 고무관을 통해 그 원통 속으로 가스가 공급되었다. 이전 난방 담당자는 아마도 미스 닥터의 아빠였을 확률이 높은데, 그의 손에서 원통은 두 조각이 나서 이제는 짧은 토막만 남아 있었고 그곳으로부터 가스가 화염방사기에서처럼 강력하게 뿜어져 나왔다. 가스에 불을 붙일 때면 아버지는 자신이 지금 집을 폭파시키려는 것인지 불더미 속에 집어넣으려는 것인지 알 수가 없었다. 둘 중에 하나인 것은 분명했다. 다행히도 그는 방화 벽이 있는 인물이어서(어릴 때 그는 FC 올드 보이스의 매표소를 잿더미로 만들어버렸던 적이 있었다. 사실 그가 태우려고 했던 건 그 건물 주위의 바싹 마른 풀밭일 뿐이었다) 그 겸에 불붙이는 기술을 개발했는데, 훗날 자식인 내가 전수받을 엄두조차 내기 어려운 기술이었다. 그는 원통의 입구가 자신의 성기에 지나치게 가까이 닿지 않도록 해서 자신의 다리 사이에 끼운 후, 오른손으로 성냥을 긋고 왼손으로는 성냥갑을 주머니 속에 집어넣고는 불타는 성냥개비를 아직 가스가 나오지 않는 원통 입구에 갖다 댔다. 그러고는 거의 곡예사처럼 몸을 비틀어 이제는 아무것도 들지 않은 왼손으로 자신이 등을 기대고 있던 벽에 달린 가스 밸브를 잡아 열었다. 그러면 그의 허벅지 사이에서 탁탁 소리를 내며 불꽃이 피어오르기 시작하여 그 공간 전체를 가로질러 맞은편의 벽까지 닿았다. 처음으로 시도했을 때 그는 정말로 너무 놀라서 두 다리를 안전하게 하느라고 밖으로 벌렸고, 갑자기 놓여난 검은 바닥으로 떨어져서는 마치 제정신을 잃은 용처럼 불길을 뿜어대며 온 지하실 안을 휘젓고 다녔다. 그는 가스를 잠그고는 빨래 건조대에 걸려 있던 클라라의 세탁물에 붙은 불을 껐다. 하지만 그런 일은 단 한 번뿐이었다. 그는 그 집에서 편안함을 느꼈다. 클라라는 그 집을 끔찍하게 여겼고 폐허라고 불렀다. "이건 허물어져 가는 집이에요, 누추한 곳." 그 집에는 뤼디거의 바우하우스 수족관보다 그의 책을 둘 공간이 더 많았다. 예전부터 있었던 책꽂이와 새로 사들인 몇 개의 책꽂이가 모든 방의 벽마다 세워져 있었다. 얼마 후에는 계단과 두 개의 화장실 그리고 다락방까지 가득 찼다. 아버지는 어떤 책을 찾을 때면 지식과 광기 사이에서 번득이는 특유의 눈빛을 하곤 했다.— 물론 이제는 그라모폰은 더 이상 없었다. 음반도 전혀 없었다. 몇 달 후 그는 라디오를 구입했다.

"선금은 한 푼도 안 냈어. 믿기 어려울 거야." 라디오의 뒷면에는 구멍이 난 작은 금속상자가 부착되어 있어서, 30분간 방송을 듣기 위해서는 마치 예전에 가스계량기를 사용할 때처럼 20라펜짜리 동전을 집어넣어야 했다. (한 달에 한 번씩 판매자가 들러서 동전함을 비웠다. 그는 동전들을 세고 액수를 기록한 후 아버지에게 영수증을 주었다. 60만 시간을 듣고 나면 라디오는 고객 소유가 되는 것이었다.)— 나의 아버지는 자주 상기된 얼굴로 라디오 앞에 앉아 축구 경기를 듣곤 했다, 아니 그는 축구 경기를 관람하는 것이었다. 그런데 한스 하우스만(베로뮌스터 소속)이나 스큅스(조텐스 소속)가 공을 찬 순간에 라디오가 중단되곤 했다. 휘기 츠바이가 막 재키 파톤이 패스한 공을 받은 참인데 사방이 고요해져버렸다. 아버지는 온 주머니를 다 뒤집어보고 가구들 밑으로 기어 들어갔다. 하지만 그가 마침내 20라펜짜리 동전을 찾아내어 다시 라디오를 켰을 때쯤이면 휘기 츠바이는 이미 공을 놓쳐버린 지 오래거나 경기가 끝난 후였다.— 마침내 그라모폰 역시 다시 집 안에 놓이게 되었다. 그것은 브라운 사에서 제작한 저 하얀색의 획기적 모델이었다. 아버지는 다시 시작된 수집을 위한 첫번째 음반을 구입했다. 그동안 LP가 발명되었다. (첫번째 수집품의 작품은 빌헬름 박하우스가 연주한 베토벤의 피아노 교향곡 5번이었다.) 결국엔 아버지는 다시 1천 장 이상의 LP를 소유하게 되었다.— 클라라는 더 이상 음반에 대해 언급하지 않았고, 음악 소리가 울릴 때면 못 들은 체했다. 하지만 새집 주변에도 비록 예전보다 작기는 하지만 정원이 있었다. 몇 그루의 팬지와 상추를 심기에는 충분한 공간이었고, 정원을 거의 가득 채우고 있는 호두나무는 뤼디 거의 정원에 있던 것보다 더 우람했다.

  이 호두나무 아래 남자들이 자리를 잡고 앉았다. 그들은 서로 달랐지만 그러면서도 모두가 비슷했다. 그들은 한 사람씩 차례대로 왔다. 때로는 몇 명이 함께 오기도 했다. 그들은 정원 의자에 앉아 호두를 까고 클라라의 삼촌이 생산한 피몬트산 와인을 마셨다. 이제는 그 와인도 다시 국경을 넘어올 수 있게 된 것이었다. 그들은 모두 젊었고, 모두 독일 출신이었으며 모두 절반쯤 쓰다가 만 소설 원고나 몇 편의 시를 가죽 가방 안에 넣어 갖고 있었다. 한 사람은 출판업자였다. 그는 출판사도, 돈도, 책도 없었지만 벌써부터 정원에서 이야기되는 작품들을 위한 계약서를 작성했다. 그 역시 마르고 수척했으며, 부산한 동작으로 담배를 피워댔고, 얼굴은 창백하고 머리카락은 헝클어져 있었다. 바지는 다림질이 안 된 상태였고 신발엔 구멍이 나 있었다. 그를 비롯하여 모두들 진지한 눈빛을 한 채 많이 웃어댔다. 그들은 전쟁을 이겨내고 살아남았고(그들 중에는 단 한 명의 여성도 없었다), 이제는 모든 것이 달라져야 했다.— 두세 시간이 지나면 그들은 서로서로 구분이 되기 시작했다. 어떤 이는 라인란트 지방의 사투리를 썼고, 다른 모든 사람들보다 더 둥근 얼굴을 가지고 있었으며, 회의적인 동시에 신앙적이었다. 어떤 이는 베를린 출신으로 "내는"이라고 말했으며 자신이 참여했던 폴란드 침공을 생각할 때면 근원적인 분노에 휩싸이곤 했다. 어떤 이는 뱌스마 브리안스크에 있었고, 기관지의 4분의 3을 잃었다. (포탄이 폭발한 때문이었다.) 나머지 4분의 1의 기관지를 가지고 그는 다른 사람들 모두를 합한 것보다도 더 많이 말하고 노래하고 담배를 피웠다. 어떤 이는 전쟁에 대해 단 한마디도 하지 않았다. 절대 하지 않았다. 그에게는 오직 미래만이 있을 뿐이었다. 어떤 이는 작고 과묵했다. 어떤 이는 다리에 총상을 입었고 역시 말을 많이 하지 않았. —그들은 클라라가 요리한 스파게티를 먹었다. 그리고 카프카스 산맥이나 수용소에서의 생활 끝에 위가 망가진 채 귀향했던 사람들조차도 아버지의 화주를 마셨다.—이제 아버지는 이 작가들과 자주 함께 어울렸다. (아주 흔한 이름을 가졌거나 아주 희귀한 이름을 가진) 그들은 그에게는 새로운 독일을 의미했다. 나치들만 존재했을 리는 없는 것이다. 그들이 그 증거였다. 이제 도래한 시대에 대한 희망이 존재했다. 그는 쾰른, 베를린, 프랑크푸르트로 긴 편지를 썼고 새 친구들에게 파운드 단위로 커피를 보냈다. (전쟁 기간 내내 그는 커피를 구할 수 있는 곳을 직접 알고 있었다. 적어도 합법적으로는 더 이상 단 한 알의 커피콩도 수입되지 않은 지 이미 오래였던 때에도 그는 중앙우체국 근처의 약국으로 가서 자신에게 물건을 파는 사람이 주인인 것을 확인하고는 엄지손가락을 코

옆에 대며 중얼거렸다. "2개들이 맥아분말 세 상자 5실링에 주세요." 그러고는 잘 포장된 커피 한 통과 함께 맥아분말 두 개들이 세 상자를 받았다.)— 무슨 이유에서인지는 모르겠지만 독일로 커피를 보내는 것은 엄격하게 금지되어 있었다. 만일 적발될 경우에는 엄청난 벌금을 물어야 했다. 그래서 아버지는 제본용 칼로 내부를 파낸 큰 책 속을 자신의 선물로 채워 넣었다. 그것은 『고향의 산들』 『우리 지방의 기차역들 2권』 또는 『1939년 국가 전시회』 같은 책들로, 책의 표지와 제본 부분, 그리고 제일 앞부분의 몇 장만 온전하게 남아 있었다. 발송인은 언제나 필겨가 7번지에 사는 우르스 우젠벤츠였다. 하지만 이 불법의 구호물자에서는 커피 향이 너무나 강하게 풍겼기 때문에 이 소포가 잘 보존된 채 목적지에 도달하는 경우는 매우 드물었다. 때로는 속이 텅 빈 책이 포장지와 함께 도착하기도 했지만, 아예 아무것도 도착하지 않는 경우도 많았다.— 아버지는 화가들의 소식을 더 이상 듣지 못했다. 그렇다고 해서 그 그룹이 존재하지 않는 것은 아니었다. 아니 그 반대였다. 그룹에는 그 어느 때보다도 많은 회원이 있었다. 종전 후 일단의 젊은 화가들이 회원이 되었다. 어느덧 그룹의 역사도 12년이 되었다. 그러나 아버지의 친구들이 그들과 함께 티치노의 단골 좌석에 함께 앉는 일은 점점 드물어졌다. 이제 단골 좌석의 좌장은 두말할 것 없이 의회 진출에 실패했던 벨티였고, 아버지는 더 이상 그들의 서기가 아니었다. (그를 좋아하고 그의 업무 수행 방식을 좋아하는 사람들조차도 재정은 다른 사람이 맡는 것이 더 낫겠다는 의견이었다.) 초현실주의자는 이제 주로 엘자스의 여뀌풀이 무성하게 자라고 있는 집에서 살았고, 어쩌다가 먼 도시를 방문할 때면 '바스크 베레모'를 쓴 숲의 정령 같은 모습이었다. 그는 그 어느 때보다도 더 많은 그림을 그렸고 그 질도 뛰어났지만, 그는 그 그림들이 산사태만큼의 압력을 갖게 될 때쯤에나 세상에 내보일 작정이었다. 그가 보기엔 아직 그 정도가 되지 않았다는 것이었다.—여화가는 가벼운 도시 풍경과 초상화를 그렸고 거리에서도 담배를 피웠으며 모든 사람들 앞에서 자신의 남편에 대한 사랑을 표현했다. 그녀의 남편은 주변을 다 둘러봐도 여전히 유일한 흑인이었고 성당 앞 골목에서 철물 공방을 운영하고 있었다. 그는 불꽃이 사방으로 튀는 가운데 마술사 같은 모습으로 서서 이글거리는 철을 망치로 내리쳤다. 저녁이면 그의 아내가 와서 그의 일이 끝날 때까지 경탄하며 지켜보다가 함께 팔짱을 끼고 그곳을 떠났다.— 포도 재배지에 살았던 천재는 수양버들 아래 묻혀 있었다.— 철사 조형예술가는 이제 철사, 석고 그리고 노란색 외에도 가끔은 약간의 빨간색과 한 방울의 군청색을 허용했다. 그는 굉장히 회의적이어서 석고가 마르기도 전에 자신의 작품을 부숴버렸다.—건축가는 동독 건국이 선포된 직후 베를린으로 건너갔고, 그곳의 전문대학에 커다란 사무실을 얻고 모든 도시들에 대한 설계를 통해 새로운 공동생활의 모델을 만들어냈다. 그는 스탈린 상을 수상했고 빌헬름 픽[55]과 악수를 하기까지 했지만, 그가 설계한 작품들은 하나도 건설되지 않았다.—키르히너 제자는 빛나는 아름다움으로 가득 찬 전투적인 그림을 그렸다. 그는 모스크바에 가더니 완전히 반해서 돌아와서는 스위스와 소련의 우호 증진을 위한 협회를 창설했다. 그가 회장이 되었다. 물론 그는 여전히 노동당의 당원이었고 시의원이었으며, 모든 인간들이 법 앞에서 평등해야 한다는 주장을 담은 의사 발표를 하기도 했다. 화가들은 갑작스럽게 모임을 열고 창립회원이기도 했던 그를 그룹에서 제명하기로 다수결로 결정했다. 그것이 티치노에서의 마지막 모임이었고, 그 이후에는 카지노에서 모임이 열렸다. 그들로서는 그의 정치적 입장을 더 이상 참아내기 어렵다는 것이었다. 아마도 그가 지칠 줄 모르고 공격해대는 이들이 바로 그들의 최고의 고객이라는 사실 또한 이유였을 것이고, 그가 그들보다 더 뛰어난 화가라는 사실 또한 이유가 되었을 것이다. (초현실주의자는 이 쿠데타 계획에 대해 몰랐기 때문에 엘자스에 있었다. 건축가는 베를린에 있었다. 마찬가지로 기습을 당한 철사 조형예술가는 제명에 반대표를 던진 후, 길길이 뛰며 우는 여화가를 데리고 모임을 떠났다.)—아버지는 물론 더 이상 그 모임에 참여하지 않고 있었다. 며칠 후 그는 우연하게 이 일에 대해 듣게 되었고, 속 좁은 인간들이 벌인 이 반란에 역겨움을 느꼈다. 하지만 그럼에도 불구하고 그는 더 이상 키르히너 제자와 만나지 않았다. (한 번은 역사박물관 앞에서 그와 마주쳤다. 그들은 이런저런 이야기를 나눈 후 곧 헤어졌다.) 그 후 치통이 생겼을 때에도 키르히너 제자의 부인이 치과 의사로서 동물원 근처에서 개업을 하고 있음에도 불구하고 그는 더 이상 그녀에게 가지 않고, 그 대신 이웃여자 뮈르타가 소개해준 닥터 마이어를 선택했다. 그의 진료 의자에 앉아 그는 상업은행의 사무실 안을 건너다보았다.— 그는 탈당한 적은 없었다. 그저 『전진』 잡지를 점점 더 무성의하게 읽게 되고, 당비 내는 것을 잊어 먹게 되었을 뿐이었다. 이제 투표 때에도 당의 결정을 매번 따르지는 않게 되었고, 가끔씩만 따랐다. 그러니까 그는 당원이기를 그만둔 셈이었다. 스스로 그 사실을 분명하게 의식하지 못하고 있을 뿐이었다.

뮈르타는 아르눌프라는 공장 경영인의 아내였다. 그는 스위스 중부 어딘가에서 토스터, 다리미, 커피 분쇄기 등의 전자제품을 생산했다. 그녀는 남편, 킥킥대기 좋아하는 나이의 두 딸, 이탈리아어로 투덜대는 하녀와 함께 비탈을 한참 올라가 숲이 시작되는 곳에 살고 있었다. 그래도 가까운 곳이었다. 아버지와 클라라는 그들을 처음 방문하던 날 (그것이 클라라의 마지막 방문이었다) 가파른 길을 걸어올라 갔는데, 10분도 되기 전에 그 집에 도착했다. 그 집은 아주 번듯한 저택으로 입구의 오른쪽과 왼쪽에는 로마식 기둥이 서 있었으며, 앞뜰에는 진달래가 피어 있고 그 뒤에는 커다란 튤립나무가 서 있었다. 그러나 그 길을 가려면 전나무와 떡갈

나무가 무성한 공원 비슷한 정원터 옆을 지나야 했는데, 시커먼 도베르만 두 마리가 그곳의 격자 울타리를 따라 달리며 마구 짖어대고 이를 드러내며 위협했다. 나의 아버지는 육식을 하는 개라면 절대 다시 보고 싶은 생각이 없었기 때문에 다음 날 클라라 없이 두번째로 그 집을 방문하게 되었을 때는 30분이 더 걸리는 길로 돌아서 갔다. 개혁파 교회가 있는 곳까지 직진했다가 산을 올라간 다음, 그곳으로부터 숲 가장자리와 깃발이 가득한 주말 농장 사이의 길을 따라 돌아온 후 도베르만이 있는 길의 다른 쪽을 따라갔다.— 아버지와 클라라가 뮈르타와 아르눌프를 방문했던 것은 그들이 가정 음악회에 초대를 받았기 때문이었다. 손으로 뜬 종이로 제작된 카드 위에는 필기체 모양의 글자가 인쇄되어 있었다. 마지막엔 "회신을 기다리겠습니다"라고 적혀 있었다. 어떻게 해서 아버지와 클라라가 손님으로 선택되었는지는 뮈르타만 알고 있었다. 아버지가 그녀에게 그 이유를 묻자 그녀는 미소를 지으며 아름다운 부인을 두셨다고 말했다.— 다른 손님들은 아르눌프와 비슷한 공장 경영인과 그 아내들이거나 이웃들이었다. 결혼을 통해 몽몰린 성(姓)을 갖게 된 부인도 있었다. 그녀의 남편인 에드몬트 드 몽몰린은 시거 수입업을 하고 있었고, 아바나 아니면 이스탄불로 출장 중이었다.— 이날 저녁의 주인공은 피아니스트였다. 아버지와 클라라는 손님들과 함께 한잔의 화이트와인을 마시며 음악회를 기다리고 있었고, 마담 드 몽몰린도 거기 합류했는데, 그들은 모두 그 피아니스트가 당연히 안주인의 애인일 것이라고 짐작했다. 곧 안주인이 손뼉을 한번 쳤다. 그녀는 손님 한 사람 한 사람을 향해 미소를 지어 보이며 살롱의 문을 가리켰다. 모두들 제국시대 양식의 의자나 그랜드피아노를 중심으로 반원형으로 놓여 있는 분홍색 쿠션 달린 부엌용 보조의자에 앉았다. (마담 드 몽몰린은 전혀 늙지도 않았고 예우를 받을 만한 인물도 아니었는데 금박의 다리가 달린 안락의자에 앉도록 허용되었다.)— 피아니스트는 정원을 향해 난 문으로 들어왔다. 그가 절을 하자 그의 머리가 커튼처럼 그의 얼굴 앞으로 쏟아져 내렸다. 그는 베토벤의 「디아벨리 변주곡」을 연주했다. 디아벨리 주제 연주가 제일 나았다. 첫 소절이 지나자 그는 땀으로 범벅이 되었다. 뮈르타는 미동도 하지 않은 채 현란하게 움직이는 그의 손가락들을 바라보았고, 아르눌프는 매번 이렇게 뛰어난 예술가들을 끌어올 줄 아는 자신의 부인을 환한 눈빛으로 바라보았다. (아버지와 클라라가 아직 초대받지 않았던 지난번 연주회의 연주자는 테너 가수였는데, 이미 앙세르메의 지휘하에 노래한 경험이 있는 사람이었고, 그 전에는 또 다른 피아니스트였는데 역사적으로 정확히 고증된 연주의 개척자였다. 아르눌프는 그를 위해서 하이든 시대에 제작된 피아노를 빌렸었다.)— 빈약한 박수 소리가 울리는 가운데 피아니스트는 절을 하고는 곧바로 앙코르곡을 연주했다. 라흐마니노프의 곡이거나 차이콥스키의 곡인 것 같기도 했는데, 아무튼 러시아풍의 웅장한 작품으로 그가 자기 열

손가락의 모든 힘을 쏟아 연주할 수 있는 곡이었다. 그동안 안주인은 그 이전의 연주회에서와는 다르게 접시 위에 첫번째로 20프랑 지폐를 얹은 후 사람들에게 그 접시를 돌려서 손님들을 당혹케 했다. 특히 그들 중 부유한 이들은 불쾌감이 너무 큰 나머지 자기들도 지폐 한 장씩을 접시에 놓은 후 곧 인사도 없이 가버렸다. 마담 드 몽몰린은 아예 뮈르타를 못 본 체하고 아르눌프에게만 손을 내밀었다. 기습을 당한 그는 손등에 입을 맞추는 인사 비슷한 것을 했다. 손님들은 마치 도망이라도 가듯이 말없이 문밖으로 몰려 나갔다. 몇 분 후엔 뮈르타, 아르눌프, 피아니스트, 아버지, 클라라와 이웃사람 한 명만 남게 되었다. 그 이웃은 유일하게 정장을 차려입지 않은 사람으로 스코틀랜드풍의 체크무늬 셔츠를 입고 가죽장화를 신고 있었다. 뮈르타는 이런저런 농담을 던져대면서 이 소동을 우아하게 슬쩍 넘어갔다. 아르눌프는 왜 손님들이 이렇게 급하게 떠나버렸는지 그 이유를 모르고 있었다. 피아니스트는 피아노 옆에 선 채 앙코르곡을 치던 속도로 여러 잔의 와인을 들이켰다.— 그곳에 남은 여섯 명은 다시 여기저기 자리를 잡고 앉았다. 이제 의자는 충분히 있었다. 잔과 병은 자기 앞의 바닥이나 피아노 위에 놓았다. 뮈르타는 아버지 옆에 앉았다. (아르눌프는 피아니스트를 맡았고, 클라라는 장화를 신은 이웃사람 옆에 앉았다.) 뮈르타와 아버지는 셀린[56]에 대해 이야기하며 그가 악독한 나치였다고 말했다. 하지만 그의 책 『밤 끝으로의 여행』은 정말 훌륭하다고 했다! 그리고 폴 레오토[57]와 그의 고양이 80마리에 대해 얘기했고, 설문조사에 의하면 요하나 슈피리[58]가 독일 소녀들이 가장 좋아하는 작가라는 이야기를 했다. 독일이라니! 반면에 소년들은 카를 마이[59]를 굉장히 좋아한다고 했다. 하지만 대화의 중심 주제는 괴테가 폰 슈타인 부인과 잠을 잤는지 그렇지 않은지의 문제였다. 뮈르타는 잤을 거라고 했다. 그 이유는 바이마르 최상류층의 부인이라고 할지라도 관능은 있는 법이고 괴테 같은 남자를 거부하기는 어렵기 때문이라는 것이었다. 무엇보다도 자신의 남편이 나무막대기 같은 남자라면 더욱 그렇다고 했다. 아버지는 폰 슈타인 부인뿐 아니라, 무엇보다도 괴테 자신이 너무 꽉 막혀 있어서 불타오르는 언어의 유희를 넘어서기에는 어려웠을 것이라고 믿고 있었다. 아버지와 어머니 그리고 폰 슈타인 부인까지도 충분히 멀리 있는 로마에 가서야 비로소 그는 아름다운 파우스티나를 방으로 불러들일 수 있었다는 것이었다. 사실 그녀가 그를 불러들였을 확률이 더 높지만. "어쨌든 그때 그는 마흔 살쯤 되는 나이였지요."―"그럼 마리안네 폰 빌렘머는요?" 뮈르타가 물었다.―아버지는 말하며 웃었다. "그 여자는 아마 사냥용 막사에서였을 겁니다. 나무 탁자 위에서."―다른 손님들도 즐겁게 대화를 나눴다. 아르눌프는 피아니스트에게 그의 연주를 듣고 매우 기뻤다고, 사람들이 생각할 수 있는 것보다 빠르게 연주했다고 말했다. "당신이 생각할 수 있는 것보다 빠른 거죠." 뮈르타가 아버지와의 대화

도중에 이렇게 말하고는 곧장 자신이 하던 대화를 이어갔다. 독일인 부모 아래서 태어났고 신경 써서 도시 상류층의 말투를 사용하는 아르눌프는 피아니스트에게 자신의 부인이 자기보다 훨씬 똑똑한 것은 사실이라고 말했다. 하지만 자신도 옳을 때는 옳다고 하면서, 이 디아벨리 변주곡이 자신을 굉장히 기쁘게 한 것이 사실이라고 말했다.— 그사이 클라라는 화려한 셔츠를 입고 가죽장화를 신은 이웃사람이 도베르만의 주인인 것을 알게 되었고, 자신도 전에는 개를 키웠다고 말했다. 그 이웃남자는 미소 지으며 자신의 개들은 아주 사랑스럽고 충실한 개들인데, 다만 문제가 하나 있다면 그 개들이 여기 이 집의 개를 좋아하지 않는 것이라고 말했다. 이 집의 개는 닥스훈트 종으로 훌륭한 족보를 가진 개인데, 한번은 자신의 개들이 화단 사이를 이리저리 헤집으며 뒤쫓은 끝에 그 개를 거의 물어뜯어 죽일 뻔했다는 것이다.— 뮈르타가 큰 소리로 웃었고, 아버지는 의미심장한 미소를 지으며 새 담배에 불을 붙였다. 클라라는 두 사람 쪽을 건너다봤지만, 왜 웃었는지는 알 수 없었다.— 그녀와 아버지, 그리고 이웃남자는 자정이 한참 지난 후에 그 집을 나섰다. 아버지는 상당히 취한 상태였는데, 그가 대문 아래서 다시 한 번 몸을 돌려보니 살롱 안에는 아르눌프와 뮈르타가 서 있었고, 피아니스트는 그들 사이에서 비틀거리고 있었다. 세 사람 모두 손을 흔들었다.

다음 날 아침 이른 오후에 뮈르타는 전화를 걸어왔고, 수화기를 든 아버지에게 그와 그의 매력적인 부인과 풍성한 교제를 나눌 수 있어서 어제는 멋진 저녁이 되었노라고 말했다. 또한 오랜만에 다시 한 번 괴테에 대한 이야기를 진심으로 할 수 있었던 것이 그녀에게는 정말 좋았다고 했다. 일상생활 속에서는 그런 면이 좀 부족했었다는 것이었다. 그녀는 아버지에게 차 한잔하러 잠깐 자신의 집으로 올라올 생각은 없느냐고 물었다. "지금 곧, 한 시간 쯤 후에 어떠세요?"—아버지는 "네, 당연히 좋지요"라고 말하고는 즉시 출발했다. 길을 돌아서 가야 했기 때문이었다. 이번엔 닥스훈트가 정원을 이리저리 돌아다니고 있다가 아버지가 벨을 울리자 달려오며 조금 짖어댔다. 하지만 아버지조차도 이 개는 무서워하지 않았다.—아르눌프는 회사에 있었고, 여자애들은 학교에 있었다. 하지만 하녀는 집에 있었고 차와 과자를 내왔다. (역도선수 같은 근육을 가진 하녀였는데 이름은 델리아였다.) 살롱은 이제 더 이상 음악회용 홀의 모습이 아니었다. 뮈르타와 아버지는 제국시대 양식의 의자에 마주 앉았다. 그들은 즉시 어제와 같은 열기를 가지고 대화를 나눴는데, 이번 대화의 첫번째 주제는 아버지가 현재 번역 중인 줄리앙 그린[60]의 『바루나』였다. 그다음엔 이 주제 저 주제로 건너뛰면서 이야기를 나눴다. 성공적인 예술가들(피카소, 서머싯 몸)의 도피처인 코타주르 이야기, 아르놀트 츠바이크의 경우 팔레스타인에서의 삶이 그리 녹록치만은 않았다는 이야기, 안네 프랑크와 그녀의 일기장 이야기, 10여 개의 독일 출판사들이 그것을 출판하지 않으려고 했었는데(아버지는 그녀의 아버지 프랑크 씨를 알았다) 마침내 람베르트 슈나이더 씨가 출판을 성사시킬 수 있었다는 이야기, 막스 브로트[61]가 자신의 친구인 프란츠[62]가 자기보다 훨씬 더 글을 잘 쓴다는 사실에 대해 질투하지 않고 그것을 인정한 것은 정말 훌륭한 일이라는 이야기, 그리고 슈테판 게오르게[63]에 대한 이야기를 나눴다. 아버지는 슈테판 게오르게를 굉장히 싫어했고 뮈르타는 그가 인상적인 작가라고 했다. 물론 그녀도 그를 아첨쟁이라고 생각하기는 했다. 그녀가 만들어낸 단어가 재미있어서 두 사람은 무척 많이 웃었다. 아버지는 릴케도 좋아하지 않았기 때문에 그의 백작부인들과 가끔씩 스쳐 지나가곤 하는 하얀 코끼리를 비웃었다. 뮈르타는 그래도 릴케가 얼마나 좋은 시인인지를 아버지에게 증명하기 위해 도취 상태에서 고개를 경건하고 냉정하게 물에 적시는 거룩한 백조들에 관한 시를 인용했다. 그 시를 쓴 사람이 횔덜린이라는 사실을 그녀는 그래도 적절한 순간에 깨달았다. 이제 두 사람은 더 심하게 웃어댔다.―해가 질 무렵 아버지는 우회로를 역방향으로 걸어서 갔다. 도베르만 거리를 지나고 숲 가장자리와 주말 농장을 지난 후 비탈을 내려가 교회 쪽으로부터 거꾸로 돌아왔다. 그는 감동으로 얼굴이 상기되어 있었고 집에 도착하자마자 곧 다음번에 뮈르타에게 가져다줄 책을 한 더미 준비해두었다.―당연히 두번째 만남도 있었고, 세번째와 네번째 만

남도 있었다. 이제 그들은 음악에 대해서도 이야기를 나눴다. 슈베르트가 여자들에게 얼마나 못되게 굴었는지, 상류사회에서는 왜 모차르트를 배척했던 것인지에 대해 이야기했다. 그의 노름빛 때문이라기보다는 아마도 뻔뻔하게 혁명을 선동하는 피가로가 많은 머리를 한 빈의 귀족들 마음에 들 수는 없었기 때문일 것이라고 했다. 황제의 마음에는 더욱 안 들었을 것이다. (뮈르타는 뭔가 훨씬 더 심각한 일이 있었던 것이 분명하다는 견해를 내세웠다. 모차르트가 여황제의 치마 속에 손을 집어넣었거나 그녀의 엉덩이를 찰싹하고 때렸거나 뭔가 그와 비슷한 일을 했을 거라고 했다.)—다섯번째인가 여섯번째 만남에는 델리아도 집에 없었다. 뮈르타는 이전보다 말수가 적었고, 아버지도 곧 말수가 적어졌다. 두 사람은 이번에는 소파 위에 나란히 앉아 서로의 눈을 바라보며 차를 한 모금 마시고 또다시 한 모금 마셨다. 정원에서는 새들이 지저귀는 소리가 들렸다. 마침내 뮈르타와 아버지의 손이 닿았다. 우연이었던 것 같기도 하고 그녀가 그 손을 잡았던 것 같기도 하다. 그러곤 두 사람은 서로를 향해 무너져 내리며 키스했다. 아버지는 안경을 벗었다. 담배는 뮈르타의 머리를 붙든 손에 들고 있었다. 그의 또 다른 손은 그녀의 등을 쓰다듬고 있었다. 그들은 서로의 입술을 헤집고 깨물어댔다. 뮈르타의 치마는 위쪽으로 밀려 올라갔다, 아니 위쪽으로 힘껏 젖혀졌다. 아버지는 이미 바지를 벗은 채였다. 그들은 소파 위에서 뒹굴며 헐떡거리고 신음하고 환호했다. 그들이 다시 정신을 차렸을 땐 뮈르타는 아버지 위에 올라가 있었고, 두 사람은 더 이상 소파 위가 아닌 양탄자 위에 누워 있었다. 뮈르타의 속옷은 깃발처럼 그녀의 오른쪽 발에 걸려 있었다. 담배는 양탄자 위에서 혼자 타오르고 있었다. 창가에는 닥스훈트인 바쉬가 쪼그리고 앉아 헐떡거리고 있었다.— 아버지는 곧 그 집을 떠났다. 뮈르타가 그에게 뜨거운 키스를 퍼부었다. 그는 우회로를 걸어서 집으로 왔다. 그는 그날 밤 잠을 이루지 못했고 이리저리 몸을 뒤척이고 불을 켰다 껐다 했다. 새집, 그러니까 낡은 저택에서 그와 클라라는 각방을 쓰고 있었다. 그는 이 책 저 책을 뒤적거리다가, 사과를 하나 먹고 물을 마셨지만 그러고 나서도 잠들 수가 없었다.— 다음 날 그는 다시 뮈르타의 집에 갔다. 점심 식사 직후에 예고도 하지 않고 찾아갔는데, 뮈르타가 오전에는 늦게까지 잠을 잔다는 것을 알기 때문이었다. 이번에는 킥킥대는 10대 딸들과 델리아가 집에 있었다. 소녀들은 자신들의 방과 정원 사이를 왔다 갔다 하느라 가끔씩 살롱 안을 가로질러 뛰어다녔다. 델리아는 복도에서 분주하게 일을 하고 있었다. (그러나 아르눌프는 사무실에 있었다.) 아버지는 뮈르타에게 어제는 정말 멋지고 황홀했노라고 말했다. 어제의 일이 자신을 다른 사람으로 만들었다고, 아니 그보다는 어제의 일이 자신 안에 살고 있던 다른 사람이 세상으로 나올 수 있도록 도와줬다고 하는 게 낫겠다고 말했다. 하지만 이 사랑은 불가능하다고 말했다. 자신은 할 수가 없노라고 했다. "난 클라라를 사랑합니다. 이건 안 되는 일입니다." 뮈르타는 정면을 응시하다가 그의 눈을 한번 쳐다보고는 다시 정면을 응시했다. 뒤편에서는 소녀들이 소란을 피우며 지나갔다. 그녀는 알겠다고, 자신도 아르눌프를 사랑한다고 속삭이듯 말했다. 그러면서 혹시 그녀의 어제 모습 때문에 그가 실망한 것은 아니냐고 물었다. 어쩌면 자신은 그가 너무 저돌적이어서 조금 놀랐던 것인지도 모른다고 했다. 자신은 그 정도까지는 전혀 기대하지 않았었다고 말했다.

"그건 아니오!" 아버지가 외쳤다. "하지만 클라라 때문이오!"

"그러면 에트빈 쉼멜은요?" 뮈르타가 속삭이며 한 손가락을 그의 입술 위에 갖다 댔다. "그 사람은 문제가 되지 않던가요?"

"에트빈 쉼멜? 에트빈 쉼멜이 이 일과 무슨 상관이 있다는 거지?"

"당신이 그걸 몰라서 묻는 거예요?" 뮈르타는 더욱 사랑스럽게 속삭였다. "클라라는 그 사람 손끝에서 놀아났어요. 그건 모두가 아는 사실이잖아요. 당신도 알고 있는 일이구요."

"내가 뭘 안다고??"

"그러니까 그 사람이 갑자기 틸디라는 여자와 결혼하면서 동시에 기계공장 전부를 소유하게 되었다는 것, 그리고 한 달이 채 못 되어 클라라가 맨 처음 만난 남자와 결혼을 했다는 것 말예요. 모두들 그렇게 말했어요. 사람들이 어떤 얘기를 하는지 당신도 알잖아요."

아버지는 벌떡 일어나 밖으로 뛰쳐나와서는 도베르만들의 옆을 지나 가파른 길을 달려 내려갔다. 도베르만들은 그의 옆에서 사납게 날뛰며 금방이라도 울타리를 뛰어넘어 올 것처럼 굴었지만, 그는 그 개들의 존재조차 알아채지 못했다. ─ 클라라는 정원에 있었다. 파란색 앞치마를 두르고 손에는 물뿌리개를 든 채 정원 일을 돕는 사람과 이야기하고 있었다. 그는 가죽 같은 느낌을 주는 사람으로 아버지는 그의 이름이 케른 씨인지 바그너 씨인지조차도 전혀 모르고 있었다. 아무튼 그는 은퇴한 세관원으로 어떤 일을 하든지 뛰면서 처리했다. 그의 목소리는 매우 커서 그가 하는 말이 아버지에게도 들렸다. 지금 그는 클라라와 쐐기풀 액을 이용하여 달팽이를 죽이거나 쫓아내자는 이야기를 나누고 있었는데, 그 와중에도 마치 불붙은 석탄 위를 걷고 있기라도 한 듯 뽑아낸 잡초들을 손수레에 싣고는 그것을 끌고 달려갔다. 그는 계속 이야기를 하면서 사라졌고 이제는 관목 울타리 뒤편에서 크게 소리를 질러 말을 하더니 하던 말을 다 끝맺기도 전에 빈 수레를 끌고 다시 나타났다. "쐐기풀이야 얼마든지 있지요." ─ 클라라는 아버지를 보고 손을 흔들었다. 아버지도 마주 손을 흔들고 집 안으로 들어갔다. ─ 몇 주 동안 그는 뮈르타를 보지 않았다. 하지만 그는 그녀가 두 다리를 공중으로 번쩍 들어 올리던 모습, 그녀가 웃던 모습, 그녀의 두 눈을 떠올렸다. 어떤 여자가 멀리서 모퉁이를 돌아가거나 가게 문 안으로 사라지는 모습을 볼 때마다 그의 가슴은 멎곤 했다.—그리고 정말로 그녀를 만났다. 그녀는 미장원에서 밝은 금빛으로 물들인 머리를 탑처럼 높이 말아 올리고 나와서는 그의 목을 껴안았다. 그러고는 곧바로 처음 내뱉은 말은 아주 멋진 예술가를 알게 되었다는 것이었다. "누군지 알아요? 봉고 연주자예요." 그녀는 지금 그에게로 가는 길인데, 그가 그녀에게 봉고 연주를 보여주기로 했다는 것이었다. "나 좀 데려다줄래요?" 아버지는 그녀와 함께 걸었다. 그들은 다른 문화권이 갖고 있는 풍부한 리듬의 전통에 대해 이야기를 나눴다. 잿빛 임대 가옥 앞에서 뮈르타가 걸음을 멈추더니 아버지의 뺨에 입을 맞추고 이렇게 소리쳤다. "한 시간이 채 안 걸릴 거예요. 데리러 와줘요." 그녀는 집 안으로 사라졌다. 아버지는 교회 광장 앞쪽에 있는 서점에 가서 알프스의 풍경을 담은 달력과 여행 안내서를 뒤적였다. 한 시간 후 그는 다시 그 집 앞에 서 있었다. 10분이 지나지 않아 뮈르타가 나왔다. 이제 머리를 풀어 헤친 그녀는 그와 팔짱을 꼈다. 그녀는 그렇게 승리의 빛을 발하며 그와 나란히 걸었다.

1954년 4월 3일 저녁 늦게 그는 자신의 백서에 이렇게 적었다. (그날은 그의 51번째 생일이었고, 그와 클라라는 렙가쎄에 있는 술집 레드 옥스에서 파티를 했다.) "고통. 아주 오래전부터, 내가 더 이상 아이가 아니었던 때부터 고통을 느껴왔다. 그래서 고통 없이 산다는 것이 어떤 것인지를 잊어버렸다. 매일 아침 나는 머릿속에서 망치질을 하는 듯한 느낌으로 잠에서 깬다. 매일 아침! 머리통이 깨져버릴 것만 같아 두렵다. 새벽 4시, 5시, 그보다 늦은 적은 거의 없다.—나의 심장은 옥죄어오고 두근거린다. 맥박이 아주 거칠게 뛴다. 깊은 경악의 순간에 더 이상 뛸 수 없을 때가 많다. 찌르는 듯한 통증. 가슴 주위에 고리가 둘려 있는 듯하다. 심장은 마지막인 듯이 박동을 한다. 죽음의 확신, 이 분명한 예감! (땀이 쏟아진다. 하지만 땀 흘리는 것은 고통스럽지 않다. 어리석음과 마찬가지다. 나의 커다란 두뇌가 내게 무슨 소용인가.) 심장이 터질 것만 같다. 심장의 근육들은 이 한 번의 박동만을 견뎌낼 것 같다. 동맥이 금세 파열될 것만 같다. 뇌를 향해 올라가는 신호는 거의 매번 최종 경고를 보내고 있다. 그럼에도 불구하고 나는 그 후에도 몇 분을 더 산다. 끊어지거나 터져버린 혈관은 아직 없다. 관자놀이가 욱신거리고 망막 위로 별들이 춤추는데도 불구하고 뇌의 작동이 갑자기 멈추거나 하지도 않는다.—나는 턱이 아파올 정도로 힘을 주어 이를 악문다. 턱은 딱딱해진 근육 덩어리이다. 종종 찌르는 듯한 통증이 왼쪽 뺨을 지나 귀까지 이어진다. (아직 오른쪽 뺨 위로 통증이 지나간 적은 없다.)—신경통이다. 3차신경이 신호를 보내오면 이 고통은 사람을 미치게 만든다.—모든 신경이 계속해서 진동한다. 아마도 외피만을 제외한 모든 것이 진동할 것이다. 제일 바깥의 피부는 진동하지 않는다. 계속해서 진동하지는 않는다. 하지만 입술은 진동한다! 몸 안에 또 얼마나 많은 기관들이 있는지, 비장, 쓸개, 간과 신장이 함께 진동한다. 눈꺼풀이 푸르르 떤다.—손에 개미를 들고 있는 듯한 가려움, 그것들은 갑작스럽게 깨어났다가 아무 이유 없이 다시 잠이 든다. (고통 속에서는 유머도 없다.)—머리 주위에도 고리가 둘려 있는 것 같다. 가슴 주위에 두른 것보다는 작은 것이다. 시야에 들어오는 범위의 가장자리에는 그늘이 있다. 안개, 검은 연기이다. 납으로 만든 모자를 쓴 것만 같다. 말들에게 씌우는 가죽 눈가리개를 쓴 것도 같다. 나는 말인가?—(고통 속에서는 위트조차도 고통스럽다.)—눈물이 난다. 고통은 눈물을 밖으로 밀어낸다. 누구도 내가 우는 모습을 본 적이 없다. 단 한 번도 없다. 그것은 분명하다. 클라라가 본 적도 없고, 곱슬머리 곰돌이는 더군다나 본 적이 없다. 그 앤 아이다. 열여섯 살이다. (지난 번 성탄절에 모두가 행복해했을 때, 내가 행복감을 느꼈을 때 갑자기 나의 두개골에서 눈물이 쏟아졌다. 나는 두 손을 눈 위에 갖다 대고 입으로는 웃었다.)—허리가 아프다. (고통은 소리 없는 비명이다.) 근육의 비명은 목까지 타고 올라온다.—다리 사이에 바늘이 있다. 마치 내가 못 위에 앉아 있거나 못 위를 걷는 것만 같다. 닥터 그리엔은 그곳엔 기관이 없다고 말하지만, 못바늘은 내 안에 있다. 뾰족하다. 고통스럽다. "조직만 있고, 아무것도 없어요." 그 아무것도 아닌 것이 사람을 미쳐 날뛰게 할 수도 있다. 내가 그 증거이다.—그렇다.—신장. 나의 피부는 온통 누렇게 되어, 아침이면 거울 속에서 여든 살 먹은 중국인을 보게 될 정도이다. (아침에 거울 앞에 서면 나는 유머를 잃는다.) 닥터 그리엔은 트로이펠을 끊거나, 아니면 신장이 끝장이 나거나 둘 중의 하나라고 했다. 달리 말해 내가 끝장이 난다는 것이다. (진통제인 트로이펠은 페나세틴을 함유하고 있다. 페나세틴은 [아마도 모르핀을 제외하고는] 세상에서 유일하게 편두통을 없애준다. 그것은 속도는 느리지만 신장을 파괴한다.)—의사들이란! 브라우니는 내가 서른한 살이었던가 아니면 예수 그리스도의 나이인 서른세 살이었을 때, 내가 석 달을 더 살게 될 거라고 말했었다. 심장이 좋지 않은 데다가 내가 흡연을 계속할 경우 그렇게 될 거라고 했다. 나는 여전히 살아 있고, 담배도 여전히 피우고 있다. 담배가 없다면 나는 죽을 것이다. 그렇기 때문에 나는 내 신장 역시 한동안은 지탱을 할 것이라고 예상한다. 빌어먹을. 가끔씩 문장을 멋지게 마무리했을 때의 흥분과 열기에 휩싸일 때, 또는 사랑을 나눌 때 저 미칠 듯한 황홀한 순간이면 고통이 사라진다. (나는 사랑을 너무 적게 한다. 하지만 한번 하게 되면 얼마나 강렬한지. 시간도 상관없다. 그 상대는 또 어떤가.) 고통이 다시 나를 괴롭힐 때면 그때서야 고통이 사라졌었다는 사실을 깨닫는다. 고통을 느끼지 못했었던 것이다! 느끼지 못하는 고통은 고통이 아니다. 내가 그 멋진 순간들을 깨닫게 되면 그 순간들은 사라져버린다. 그것을 생각함과 동시에 고통이 돌아오기 때문이다.—고통은 잠을 자는가? 고통보다 피로가 더 커져서 내가 잠이 든 날 밤이면 나는 고통에 대한 꿈을 꾸지 않는다. 경악과 당황에 대해서는 꿈을 꾼다. 하지만 고통에 대해서는 전혀 꿈을 꾸지 않는다. 꿈속에서는 영혼이 아프지, 육체가 아프지는 않다.—약은 침대 옆 탁자의 서랍 안에 들어 있다. 서랍은 잠겨 있지 않다. 그 안이 너무나 꽉 차 있어서 내가 당길 경우 유리컵들과 관들이 쏟아져 나올 것만 같다. 알약, 물약, 시럽, 나는 아무것도 버리지 않는다. 여기에 1933년 이후의 약들이 들어 있다. 4천 년 된 산의 암석층, 혹은 늙은 떡갈나무의 나이테 같다. 맨 위에는 내가 필요로 하는 약, 그러니까 바로 그 트로이펠과 루미나, 페르비틴이 있다.—오래된 약상자들과 약병들이 권총을 덮고 있다. 권총은 맨 아래에 놓여 있다. 고통을 쏘아서 산산조각 내고 싶은 유혹이 크다. 단 한 방으로 고통을 끝장내기. 고통의 뒤편에서 무언가 밝은 것, 환한 것이 빛나고 있다.—나는 더 이상 움직이지 말아야 할까, 가만히 아무런 움직임 없이 있어야 할까, 아니면 적을 향해, 자신의 무기로 나를 박살내어 구원하려는 나의 살인자를 향해 울부짖으며 달려들어야 할까?—저녁에 생일 파티를 하다. 클라라와 함께 레드 옥스에서. 필 하이만스가 그곳의 지배인이다. 하지만 그녀는 그곳에 없었다. 몇 년 전부터 그녀는 더 이상 노래를 부르지 않는다. 나는 그녀의 소식을 물었다. 그녀는 두 달 전에 뇌졸중을 일으켜 반신불수가 되었다. 하지만 상태는 호전되고 있다.—바닷가재 세일 때문에 클라라와의 작은 말다툼. 내가 바닷가재를 주문했었는데, 거기 적혀 있던 가격이 1백 그램당 가격이고 전체 바닷가재의 가격이 아니었던 것이다. 가격은 8프랑이 아닌 340프랑이었다."

이 시기의 언제쯤인가 아버지가 문 앞에 서서 우편배달부를 기다리고 있는데, 멀리서 자동차 한 대가 그 길로 접어들더니 점점 가까이 다가왔다. 담녹색의 오픈카였다. 자동차는 아버지 앞에서 멋지게 멈춰 섰고, 갈색 가죽 좌석으로부터 역시 갈색으로 그을린 사내가 차와 비슷한 녹색 양복을 입고 뛰어내렸다. 그는 전쟁 직후에 호두나무 아래 앉아 있었던 이름 없는 사내들 중의 한 사람이었다. 이제 그는 이름을 가지고 있었다. 요제프 카스파 비취라고 했다. 당시 출판사를 소유하지 않은 출판업자였던 그는 이제 출판사를 소유하고 있었다. 그와 아버지는 서로 얼싸안았다. 읍[64] 비취가 시원시원한 걸음걸이로 낯익은 호두나무를 향해 걸어가는 동안 아버지는 숨을 헐떡이며 그의 뒤를 따라가면서 자신이 너그럽고 좋은 사람의 역할을 할 수 있었던 시대는 지나갔음을 깨달았다. 비취는 깔끔한 바지 주름을 내보이며 가장 편안한 소파에 다리를 꼬고 앉아 자신의 전반적인 계획, 그리고 아버지와 함께하고 싶은 특별한 계획에 대해 설명했다. 책의 제목, 원고 제출 기한, 총 원고료 등 그는 모든 것을 생각해두었다. 그 총액은 한때 호두나무 아래서 꿈꾸었던 것보다 명백히 적은 액수였지만, 아버지는 듣자마자 감동하여 즉시 모든 계획에 찬성했고 망설임 없이 계약서에 서명했다. 또한 숨도 쉴 틈 없이 10여 개의 새로운 계획을 내놨다. 읍 비취는 듣자마자 그 계획들이 유익하고 중요한 것들이라고 받아들였고, 이에 대해서도 일단 구두로 계약 조건을 결정했다. 비취가 맥주 한 잔을 마시고 있는 동안 아버지는 욕실로 가서 추가로 트로이펠을 삼켰다.— 이 시기에 아버지는 너무나 많은 일들을 벌였다. 거의 **날마다** 뭔가 새로운 것을 시작한다고 할 수 있을 정도였다. 책, 출판사 시리즈, 기사 시리즈, 서평, 발문…… 거의 매일 그는 고통이 밀려와 그날의 작업을 더 이상 할 수 없을 때까지 일했다. (게다가 여전히 학교 일까지 했다. 몇 년 동안 그는 단축된 수업 진행을 하다가 50년대 말에 노동 불능 판정을 받고 학교 근무에서 벗어났다.)— 얼마 지나지 않아 저녁이 되면 매일매일의 전투에서 고통이 승리를 거두곤 했지만, 그럼에도 불구하고 그는 하루 열 시간에서 열네 시간씩 일했다. 식사는 거의 하지 않았다. 어차피 그는 소금이 전혀 들어가지 않은 식이요법을 해야 했고(신장 때문이었다) 하루에 30그램 이상의 단백질을 섭취해서는 안 되었다. 그러니까 빵 두 개에 들어 있는 정도만큼의 영양소만 섭취해야 했다. 클라라는 요리할 때 우편물을 다는 미세한 저울을 사용했다.— 이 모든 상황에도 불구하고 그는 자신이 디드로 다음으로 가장 열렬하게 좋아하는 작가 스탕달이 쓴 것들을 거의 다 번역했다. 스탕달의 본명은 마리 앙리 베일이었다. 아버지는 그의 작품들 ("소수의 행복한 사람들에게 바친다")에 차례로 덤벼들었다. 『적과 흑』『파르므의 수도원』『연애론』『아르망스』『라미엘』『앙리 브륄라르의 생애』『뤼시앙 뢰방』 물론 그 사이사이 그는 다른 작가들의 다른 책들도 번역했다.— 곧 그가 번역한 책들은 서가 하나를 가득 채웠다. 그는 그 책들을 모두 클라라에게 선물했고,

그녀는 그것을 읽지 않았다.—예를 들자면 『쾌걸 벵자벵』과 『벨-플랑트와 코르넬리위스』(틸리에), 『마농 레스코』(아베 프레보), 『마담 보바리』와 『감정교육』(플로베르), 『사촌 베트』 『해학단편들』 『상어가죽』과 『곱세크』(발자크), 『마드모아젤 피피』 『비곗덩어리』 또는 『오를라』(모파상), 『나나』(졸라), 『홍당무』(르나르), 『뚱뚱이와 홀쭉이』(모로아), 『위험한 관계』(쇼데를로 드 라클로), 『대유언집』(비용) 같은 작품들이었고, 거기다 발라드도 번역했다. 『초록 망아지』와 『모르는 사람의 서랍』(에메), 『양질의 버터』(뒤투르), 『평민귀족』 『상상병 환자』 『웃음거리 재녀들』과 『수전노』(몰리에르), 『캉디드』와 『랭제뉘』(볼테르), 『카르멘』(메리메), 『살해당한 시인』(아폴리네르) 또는 『가르강튀아와 팡타그뤼엘』(라블레). 그 밖에 다른 것들도 몇 가지 더 번역했다. 예컨대 마크 트웨인의 『아서 왕궁의 커네티컷 양키』도 번역했는데, 사실 그는 학교에서 영어를 배운 적이 없고 영국에 가본 적도 없었다. 미국은 말할 것도 없었다. ("난 극장에서 영어를 배웠단다"라고 그는 말했다.)—수녀와 수도승 들도 다시 한 번 세상의 인정을 받게 되었다. 그가 읍 비취를 위해 프랑스의 옛 해학과 노벨레 60편을 번역했기 때문이다. 그 속에서 그의 옛 영웅들은 다시 한 번 왕성하게 먹어대고, 술을 퍼마시고 서로를 만나 사귀었다.—유일하게 디드로의 작품은 번역하지 않았다. 소품 몇 편을 번역했고, 괴테가 독일어로 번역한 『라모의 조카』의 발문을 썼을 뿐, 거의 아무것도 안 한 셈이다. 그는 두세 페이지마다 약을 한 알씩 삼켰다. 책 한 권당 1백 개에서 3백 개의 약을 삼키는 셈이었다. 그는 날마다 자신의 문장을 완성했고, 결국엔 고통이 날마다 그를 의자에서 밀쳐냈다.— 종전 직후 여행이 어떻게든 가능해지자마자 그는 독일로 갔다. 제일 먼저 슈투트가르트로 갔다. 성탄절을 조금 앞둔 때였는데, 기차는 전 구간을 보행 속도로 갔고, 사람들로 꽉 차서 승객들은 (그들은 8개 내지 10개의 객실에 나눠 탔고, 아이들은 그물 선반 위에 올려졌다) 두 줄로 복도에 서 있어야 했다. 창가에 서서 가죽 모자를 꽉 움켜쥐고 있던 아버지 뒤에는 한 사내가 서 있었는데, 그의 수하물은 성탄절 트리였다. 그 가지들이 아버지의 오금을 찔러대는 바람에 그는 여행 내내 무릎을 구부리고 있어야 했고 슈투트가르트 역에서는 부상을 입은 사람처럼 걷게 되었다. 그의 모습이 유별나 보이지는 않았다. 두 사람 중에 한 사람은 불구였던 것이다.— 다른 사람들 또한 격심한 고통으로 몸부림쳤다. 그 점에 있어서도 그에게는 동지들이 많은 셈이었다.— 슈투트가르트에 간 것은 다양한 계획을 가진 젊은 출판업자 게르트 하테 때문이었다. 그의 서류 가방 안에는 '세계문학의 야누스 도서관' 계획이 들어 있었는데, 그것은 독일, 오스트리아, 스위스의 세 출판사에서, 그러니까 바로 독일의 게르트 하테, 그다음엔 오스트리아 빈의 빌리 페어카우프, 마지막으로 스위스 토이펜의 아르투어 니글리를 통해 공동으로 출간되어야 할 도서 시리즈였다. (그리고 그 계획은 실제로 실현도 됐다.)— 하톄와 아버지는 그 자리에서 의기투합했고, 다른 사람들은 전혀 모르는 책들(아버지)과 그림들(하톄)에 대해 이야기를 나눴다. 한번은 그들이 쾨닉스가의 카페에 간 일이 있었다. 단층의 그 간이 오두막형 건물 안에서 그들은 생크림을 얹은 케이크를 먹었는데 그 케이크는 아버지 입맛에는 전혀 맞지 않았다. 먹을 수가 없었다. 그들이 앉아 있는 창가의 바깥쪽에서는 아이들뿐만 아니라 여자 남자 할 것 없이 몰려들어 그들의 접시를 바라보고 있었다.— 게르트 하톄는 영화배우 같은 외모에 패션감각도 아주 뛰어났다. 그래서 그들은 옷감을 생산하는 공장에도 갔다. 좀더 정확하게 말하자면 그곳은 한 가지 옷감만을 생산하는 공장이었는데, 그 옷감은 거친 재질에 갈색과 회색이 섞인 모직이었다. 오직 이 한 가지 옷감만을 생산하기 때문에 수위, 여비서, 도제, 그리고 공장장까지 모두가 이 한 가지 옷감으로 만든 옷을 입고 있었다. 희미한 색깔이었다. 사실은 색깔이라고도 할 수 없었다. 그런데도 그 색깔은 아버지를 흥분시켰다. 머나먼 태고로부터 온 듯 굉장히 친근하게 여겨졌다. 그래서 그는 몇 미터의 옷감을 구입했다. 게르트 하톄도 그 옷감을 샀다. 그리하여 몇 달 후 그사이 아버지의 집에 자주 들르는 손님이 된 게르트가 클라라와 함께 계획에도 없이 갑작스럽게 이탈리아로 여행을 떠나게 되었을 때, 두 사람은 똑같은 천으로 만든 옷을 입고 있었다. 색과 색이 함께 어우러졌다. 아버지는 집 앞에 서서 손을 흔들었는데,

그들이 거리의 끄트머리에 다다랐을 즈음에는 벌써 두 사람을 구분할 수가 없게 되었다. 보르크바르트 사에서 제작한 게르트의 새 자동차의 미등이 깜박거리더니 그들이 사라졌다. 그들은 2주 동안 돌아오지 않았다. 네팔 남부에 위치한 게르트의 별장 내부를 꾸미고 온 그들은 행복한 표정으로 집에 돌아왔다. 클라라는 붉은 꽃무늬가 잔뜩 그려진 속이 거의 다 비치는 드레스를 입고 있었고, 게르트는 하얀색 바지와 파란색 웃옷을 입고 있었다. 선장용 모자만 안 썼을 뿐이었다. (물론 빌리 페어카우프 역시 곧 아버지와 클라라의 친구가 되었는데, 그는 유대인인 동시에 가장 고상한 왕실 매너의 계승자였다. 그는 지나치게 매력적으로 행동해서 클라라가 그를 사기꾼이라고 생각했을 정도였다. 하지만 그것은 잘못된 판단이었다. 훗날 그는 그림을 그리기 시작했고 출판업자일 때보다 훨씬 더 큰 성공을 거두었다.— 아르투어 니글리는 투르가우어에 살았다.) 그다음에 알게 된 로젠슈타인 씨는 사기꾼이었다. 그는 MG 사의 오픈카를 타고 집 앞에 나타났는데, 운전자용 장갑을 끼고 있었다. (손바닥 부분은 가죽이고, 손등은 고급 실로 짠 망사였다.) 그는 지금까지 단 한 권의 책만을 출간한 출판사의 창업자였다. (『말하는 법』은 도시에서 거의 베스트셀러에 가까웠다.) 나의 아버지는 그를 믿었지만 클라라는 믿지 않았다. 그의 말대로라면 그는 자신의 남은 인생을 나의 아버지의 창작에 바치고 싶다고 했다. 하지만 그 일을 하기 위해서는 1만 내지 2만 프랑의 선불이 필요하다고 했다. 그는 매우 젊었고 고아였다. 아버지가 성공한 출판사가 얻을 이익과 비교해보니 그 액수는 아주 적은 것이었다. 아버지는 클라라 몰래 그 돈을 그에게 주었다. 클라라가 재정의 구멍을 발견하고 로젠슈타인 씨가 몇 주 전에 흔적도 없이 사라져버렸다는 것을 알게 되었을 때, 그녀는 눈물 없이 훌쩍이며 작은 주먹으로 아버지를 마구 때렸다. 아버지는 고함을 질렀다. "그 로젠슈타인이 사기꾼인 걸 나더러 도대체 어쩌란 말야?" 그는 나가면서 문을 쾅 닫아버리고는 정원에서 이리저리 발을 굴렀다.—그러고는 쓰러진 버찌나무의 밑둥치에 앉아 힘겹게 숨을 쉬었다. 그의 심장은 미친 듯이 뛰다가 멈추었고 다시 빠르게 뛰기 시작했다. 그는 집 안으로 들어가 한 줌의 약을 먹었지만 아무런 효과도 없었다.—몇 년 후 그는 뜻밖에 약국에서 (그가 한때 커피를 구입했었던 바로 그 약국이었다) 로젠슈타인 씨 바로 옆에 서게 됐다. 그는 처방전이 꼭 필요한 약을 처방전 없이 사려고 하고 있었다. 두 사람은 서로를 알아보지 못한 것처럼 행동했다.—아버지는 옵 비취와 열두 번을 싸우고 헤어졌고 열한 번은 다시 화해를 했다. 열두번째 다툼 후 다행히도 그는 미스 빙클러와 딕샤트 씨를 알게 됐다. 이 커플은 진짜 부부는 아니었고 뮌헨에서 출판사를 운영하는 사람들이었다. 미스 빙클러는 연약한 여인으로 **전부** 고전작품으로 이루어진 출판 계획을 맡았고, 딕샤트 씨는 그녀를 위해 실무를 담당하는 남자였다. 그는 숫자에 밝았고 이윤을 내는 방법을 알았으며, 기회와 위기를 미리 가늠했다. 그는 팔이 하나밖에 없었고, 폭음까지 했다.—미스 빙클러와 딕샤트 씨는 아버지의 마지막 진정한 사랑이 되었다. 그것은 멋지게 만들어진 책들을 통해 각인된 정열이었다. 인디아페이퍼, 납식자, 금박칠, 갈피끈, 실매기 제본법이 사용되었다. 모든 책들은 천 장정을 하거나 가죽 장정을 했다.—아버지는 딕샤트 씨와도 첫 번째 계약에 대해 협상을 했는데, 정액 지불 대신 판매대금의 지분을 약속받았다. 2퍼센트를 주겠다고 했다! 수익권을 갖게 된 것이다! 계산을 잘하지 못했던 아버지가 가장 좋아하게 된 일 중의 하나는 번역자의 시간당 수당을 미리 계산해보는 것이었다. 그가 특히 기분이 좋은 날에는 30라펜의 결과가 나왔고, 보통은 25라펜이었다.—미스 빙클러는 교정 직원을 한 명 데리고 있었다. 미스 빙클러에게는 살롱이고 딕샤트에게는 동굴인 그 회사는 매우 작았다. 그 직원의 이름은 탄너였다. 탄너 씨가 니더바이에른 지방의 사투리를 너무나 심하게 썼기 때문에 아버지는 그의 말을 알아듣지 못했다. 제대로 알아들은 적이 거의 없었다. 그럼에도 불구하고 그들은 논쟁을 벌이며 이리저리 거닐곤 했다. 탄너 씨는 엄청난 열의를 가지고 자신의 의견을 펼쳤고, 나의 아버지는 자신이 제대로 반응하는 것인지 그렇지 않은지도 알지 못한 채 벌컥 화를 내곤 했다.—아무튼 그는 새로운 번역본의 교정쇄를 받아 교정을 볼 때면 새로 찍은 쉼표 하나에도 예민해져서 탄너 씨가 표준 독일어를 읽을 줄 안다는 가정하에 그에게 몇 장에 걸쳐서 편지를 썼다. (탄너 씨는 표준 독일어뿐만 아니라 프랑스어, 이탈리아어, 스페인어와 영어를 할 줄 알았다. 하지만 그가 횔덜린, 볼테르, 페트라르카, 가르시아 로르카 혹은 셰익스피어의 글을 인용하느라 이 언어들을 사용하면, 그 작가들이 죄다 필스호펜 출신인 것처럼 들렸다.)— 호두나무 아래 앉았었던 다른 사내들 중 몇 사람 역시 더 이상 무명이 아니었다. 이제 그들의 이름은 논넨만, 슈누레, 뵐이었다. 아버지는 그들과 함께 한때 자신의 학교였지만 이제 점점 옛 직장이 되어가는 학교의 강당에서 낭독의 밤을 개최했다. 곧 더 많은 사람들이 합류했다. 시작은 그의 친구들이 했지만, 곧 볼프강 힐데스하이머나 한스 벤더 또는 귄터 그라스도 오게 되었고, 나중엔 아주 젊은 나이의 한스 마그누스 엔첸스베르거까지 왔다. 그는 마치 도깨비처럼 칠판 앞에서 펄쩍펄쩍 뛰어가며 학생들을 제외하면 자신보다 나이가 두 배는 되는 청중들을 향해 자신이 시를 어떻게 쓰는지 설명했다.

아버지가 죽기 전날 저녁 이제 아주 길어진 낭독자 목록의 50번째 혹은 80번째 순서로 어느 여시인이 낭독을 했다. 그녀는 나라의 원로 같은 존재가 되어 있었고 공개적인 자리에 나선 적이 없었다. 한번도 없었다. 그녀는 하나의 전설이 되었다. 그 정도로 유명했고 자신의 모습을 드러내지 않았다. 그녀는 산골 어딘가에서 살고 있었다. 아무튼 접근이 어려운 곳이었다. 심지어는 그녀의 사진조차도 없었다. 그녀가 사진사들을 거부했고, 만일 사진사가 동네 길에서 잠복하고 있을 경우엔 헛간 뒤로 잽싸게 숨어버렸기 때문이었다.— 아버지 역시 그녀에게 낭독회에 참석해달라고 부탁할 엄두를 내지 못했었다. 아니 그런 가능성에 대해서조차 아예 생각해보지 않았었다. 그런데도 그냥 한번 부탁을 해보게 되었다. 출판사를 통해 그녀에게 편지를 썼던 것이다. 그녀는 곧바로 답장을 해왔다. 드디어 누군가가 자신을 초대해줘서 기쁘다고 했다. 아버지의 편지는 그녀가 아주 오랜만에 처음으로 받은 편지라고 했다.— 아버지는 당연히 자신이 그녀를 청중에게 소개하려고 했다. 이제까지 모든 낭독자들의 소개를 맡아왔듯이 말이다. (그는 앞쪽의 강단에 서서 마치 빛 때문에 눈이 부시다는 듯이 눈을 깜박거렸다. 실제로 빛 때문에 눈이 부셨다. 두 다리를 참등 두 줄기처럼 비틀고 서 있었다. 그는 나지막한 목소리로 마치 전혀 준비를 안 한 것처럼 적당한 단어를 찾아가며 말을 했다. 하지만 그는 자신의 짧은 인사말도 굉장히 잘 준비해두곤 했다.)— 그런데 이날 저녁 그는 몸 상태가 너무 좋지 않아 말 그대로 마지막 힘을 짜내어 학교 교장에게 전화를 걸어 그 일을 대신 맡아달라고 부탁했다. 시인에게 자신이 오지 못하는 것을 대신 사과해달라고 했다. (그는 그녀의 숭배자였다.) 전화 통화 후 그는 아이, 그러니까 이미 오래전에 성인이 된 아들인 내가 계단을 내려오는 소리를 듣고 문을 열고는 몸이 안 좋다고, 굉장히 안 좋다고 말했다. "오늘 집에 있을 수 있겠니?"—내가 말했다. "하지만 아버지, 아시잖아요. 서커스 표를 예매했단 말예요." 그는 고개를 끄덕였고, 나와 나의 어머니는 집을 나섰다. (클라라는 서커스를 좋아했다. 크니에 서커스단의 갈라쇼에 가는 대신 그 시인의 낭독회에 갈 수도 있다는 것에 대해 우리는 전혀 생각도 해보지 않았다. 아무튼 나는 그런 생각을 하지 않았다.)—아버지는 팔걸이의자에 앉아 바하의 칸타타「나는 흡족하도다」를 들었다. 이날 세번째로 듣는 것이었다. 혼자 있는 지금 이 순간, 그는 울었다. 방 안은 점점 더 어두워졌다. 그는 램프 불을 켜지 않았다. 일어나서 스위치를 돌릴 힘이 없었다. 모든 것이 고통이었다. 근육 하나하나, 신경 하나하나가 아파왔고, 심장이 아팠다. 그는 과거에 자신이 우박과 번개 속에서 아버지의 마을로 갔던 일을 떠올렸다. 검은 예배당 안에서의 노래 대결, 여관을 향해 올라가던 등불 행렬, 관이 쌓여 있던 입구에서의 혼잡함과 그때의 춤을 떠올렸다. 그리고 헛간에서의 밤을 떠올렸다. 그는 웃음소리 비슷한 소리를 냈다. 그는 시계를 바라보았다. 그라모폰은 잠잠해졌다. 그는 시내로 가서 시인과 인사를 나누고 싶다는 갑작스러운 충동을 느꼈다. 그는 자리에서 일어나 몇 걸음을 걸었다. 어지러웠다. 하지만 심호흡을 하고 나자 눈앞의 별들이 사라졌다. 그는 문틀을 잡고 섰다. 그의 머릿속은 쿵쾅거렸고, 심장은 벌떡거렸다. 그는 집을 나섰다. 울타리나 집 벽을 짚고 의지해가며 비틀비틀 전차 정류장까지 가서 전차를 타고 시내로 갔고, 곧 파라디스 식당 앞에 다다랐다. 하인리히 뵐이 21명의 청중 앞에서 낭독을 했던 최초의 모임 이후 그는 행사가 끝나면 그날의 작가와 극소수 정예 팬들과 함께 이곳으로 오곤 했다. 그는 교장도 그와 마찬가지로 행동했을 것이라고 생각했고, 정말로 그 친숙한 그룹이 커다란 테이블에 앉아 있는 것을 발견했다. 테이블 위에는 예전에 초현실주의자가 그림을 그려 넣었던 소형 사육제 등이 걸려 있었다. (그 역시 키르히너 제자 소동 이후 티치노에는 절대 가지 않았다. 그 대신 이제는 시내에 있는 파라디스를 찾았다.) 테이블 머리에는 한 여성이 아버지 쪽을 향해 앉아 있었다. 귀부인과 마녀가 섞인 듯한 그녀가 바로 그 시인이었다. 그녀가 새로운 손님을 알아본 듯 자리에서 벌떡 일어서자, 다른 사람들이 모두 돌아보았다. 그들은 마치 유령이라도 보는 듯한 눈으로 그를 뚫어지게 바라보았다. 어쩌면 그는 유령인지도 몰랐다. 무더운 여름밤인데도 불구하고 니트 카디건을 입고 있는 그는 정말 유령처럼 보였다. 교장은 자리에서 일어나 급히 그에게로 다가왔다. "괜찮습니까?" 교장은 외치며 그의 한쪽 팔꿈치를 붙잡았다. 교장은 그를 여시인에게 소개했고, 아버지는 조금 전까지만 해도 몸이 좋지 않았지만 그녀를 만나보고 싶다는 유혹을 이길 수가 없었다고, 그래서 이곳에 오게 되었다고 웅얼거리듯 말했다.—그녀는 미소 지었다. 낭독회는 성공적이었다. 장엄한 승리라고 표현할 수 있을 법했다. 강당이 꽉 들어차서 베른이나 브릭에서 찾아온 사람들은 들어올 수가 없을 정도였다. 그 여시인은 낭독을 했던 적이 한 번도 단 한 번도 없었던 것이다! 호기심에 찬 사람들은 바닥, 무대 위, 창턱 등 이곳저곳에 앉아 있었다.―지금 여시인은 전혀 피곤해하지 않고, 굉장히 기분이 좋아진 상태였다. 그녀 옆에 자리를 잡고 앉은 아버지도 생기를 되찾았다. 그는 와인 한 잔을 주문하여 몇 모금을 마셨다. 자정 무렵이 되어 모두들 일어서야 했다. 법에 따른 폐점 시간이었던 것이다. 이제 거의 원기를 회복한 아버지는 자신이 시인을 호텔까지 바래다주겠다고 고집을 부렸다. (그는 처음으로 춤 슈베르트 호텔을 선택했다. 그곳에서는 이미 모차르트, 나폴레옹, 버르토크가 묵었었고 따라서 그만큼 비쌌다.) 그들은 강을 따라 걸으며 시에 대해 이야기를 나눴다. 내용인즉슨 좋은 시를 짓기란 어려운 일이고, 설혹 성공을 한다고 해도 어떻게, 왜 그렇게 되었는지를 알 길이 없다는 것이었다. 그들은 호텔 입구에 한동안 서 있었다. 강물은 검은빛을 발하며 흘러가고 있었다. 그들은 침묵했다. 마침내 시인이 입을 열었다. "우리는 벌써 한번 만난 적이 있죠." 아버지는 묻는 듯한 눈길로 그녀를 바라보았다. "당신의 열두번째 생일 파티에서였어요. 당신과 춤을 추고 싶었었는데. 하지만 그러진 않았죠."

"당신이 대장장이의 딸이었군요," 아버지가 말했다. "몰랐어요!"

"이제 알았잖아요."

그녀는 놀라울 정도로 유연한 몸짓으로 그에게 키스 비슷한 것을 하고는 호텔 안으로 들어갔다. 아버지는 천천히 닫히는 문을 바라보다가 몸을 돌린 후 강을 따라 전차 정류장이 있는 곳으로 갔다. 물론 마지막 전차는 이미 오래전에 떠난 뒤여서, 그는 택시를 잡아탔다. 집 안으로 들어오자 그의 머릿속의 모든 신경들이 날뛰기 시작했고, 그는 자신이 지금까지 고통을 느끼지 않았었다는 것을 깨달았다. 클라라와 아이는 잠자리에 들어 자고 있었다. 어쨌든 그들의 방으로부터는 아무런 소리도 들려오지 않았다. 그도 조용히 움직였다. 그는 백서를 펼치고 문장을 절반 정도 써나갔다. 하지만 너무나 지쳐서 이날의 기록을 다음 날 아침으로 미뤘다. 그는 여러 개의 약을 삼키고, 리브리엄까지 한 알 더 먹었다. 하지만 설핏 잠이 들었다가 한밤중에 깨어났다. 6월이었음에도 불구하고 밖은 아직도 어두웠다. 1965년 6월 18일이었다. 그는 담배에 불을 붙이고 화장실로 가서 물을 틀고는 바닥으로 쓰러져 사망했다. 아니 거의 사망 상태였다. 그의 아들인 내가 몇 초 후 그의 앞에 섰을 때, 그는 아주 잠시 더 생존해 있었을 뿐이다.

두 시간이 채 지나지 않아 나는 나의 시트로앵 2CV 자동차를 타고 길을 떠났다. 나는 아버지의 마을을 찾아갔다. 관을 가져와야 했기 때문이다. 난 그곳에 한번도 가본 적이 없었다. 하지만 나의 할박 지도에서 그곳을 금세 찾았다. 어려울 것 없었다. 그리고 그렇게까지 먼 곳도 아니었다. 멋진 여름 아침이었다. 나는 차의 덮개를 열고 왼쪽 팔꿈치를 창틀에 얹은 채 구릉 지역을 향해 달렸다. 처음에는 호수를 따라가다가 점점 산간 지역으로 접어들었다. 오고가는 차량이 거의 없었다. 가끔씩 트랙터나 자전거 운전자들을 따라잡았을 뿐이다. 한동안은 포플러가 늘어선 일직선의 길이 이어졌다. 엔진은 2CV 만이 낼 수 있을 법한 덜그럭거리는 소리를 냈다. 마치 양철 깡통이 거리를 굴러 내려오는 듯한 소리였다. 그 이유는 알 수 없었지만 나는 거의 노래를 부를 뻔했다. 하늘이 너무나 푸르게, 너무나 환하게 아치를 그리고 있어서였을까?— 나는 어느 계곡 안의 길로 들어섰다. 계곡이 좁아지면서 길도 점점 더 좁아졌다. 나는 커브길에서 우편노선버스와 차머리를 마주하게 되었는데, 다행히도 그 버스의 기사는 경적을 사용했었다. 그것은 곡선형 방풍 유리가 달린 반짝이는 새 사우러였는데, 내가 후진하여 옆으로 가자 운전기사는 친절하게 손을 흔들었다.— 그 후 길은 가팔라졌고 꼬불꼬불하게 산을 타고 올라갔다. 아래쪽으로 개울물이 물보라를 일으키며 흘러갔다. 서양 잣나무, 소나무, 이끼 낀 바위가 스쳐 지나갔다. 나는 급한 커브길에서는 매번 기어를 1단으로 낮춰야 했고 반듯한 길에서도 2단 이상으로 올리지 않았다. 한번은 마멋이 찍찍대는 소리를 냈고, 그다음엔 노루 한 마리가 숲으로 뛰어들었다.— 그러고는 길이 평평해지면서 요란하게 흐르는 산속 개울가를 따라 달렸고, 마지막으로 바위 형상을 지녔다. 하늘로 솟아오른 네 개의 석회암 탑이었다. 완만한 커브길을 돌고 나자 헛간들과 검은색 목조 가옥들이 양옆에 나타났다. 그곳이 바로 마을 광장의 제일 윗부분이었고, 그 아래는 급경사의 내리막으로 된 원형경기장 형태였기 때문에 나는 또다시 기어를 1단으로 해두었다. 나는 여관을 향해 내려갔다. 이미 그 앞에는 두세 대의 자동차가 서 있었다. 차에서 내리면서 나는 조금 위쪽에 서 있는 검은 예배당을 보았다. 그 예배당은 전혀 검은색이 아니었고, 흰색 페인트칠이 되어 있었다. 수탉 모양 풍향계는 햇빛 속에서 금빛으로 빛나고 있었다.— 여관 역시 깨끗한 흰색으로 빛났고(아마도 여관 주인과 목사가 보수공사를 하면서 안료를 공동으로 구입한 듯 했다), 제라늄이 가득 심긴 녹색 상자들이 창문마다 달려 있었다. 유리문 입구 위에는 노란색의 조명 간판('카르디날 맥주')이 걸려 있었다. 이제 내가 다가가자 입구가 자동으로 열렸다. 넓은 공간 안에 여러 개의 테이블이 놓여 있었다. 그 위엔 하얀색 테이블보가 깔려 있고, 마치 추기경의 모자처럼 접은 냅킨이 세워져 있었다. 아무도 없었다. 바테이블 뒤에도 없었다. 그 위에는 바깥에 있는 것과 마찬가지로 노란색의 카르디날 조명 간판이 매달려 있었다. 나는 맞은편 벽에 나 있는 문을 열었다. 홀이 보였는데 그 안이 너무나 어두워서 테이블과 의자들의 모습을 겨우 흐릿하게 알아볼 수 있을 정도였다. 일종의 저장 공간이라고 하는 게 나을 것 같았다. 그곳은 엄청나게 넓었고 먼지 냄새가 났다.─나는 바테이블로 돌아가 외쳤다. "여기 누구 계십니까?"─거의 즉시 젊고 건장한 사내가 내 앞에 섰다. 그는 두 손에 안고 있던 접시 더미를 바테이블 위에 올려놓았다. "무엇을 드릴까요?" 그가 물었다.─"주인 계신가요?" 내가 말했다.─"제가 주인인데요."─"저는 카를의 아들입니다," 내가 말했다. "관을 가져가려고요."─"누구의 아들이라고요?" 여관 주인은 나를 응시했다. "무슨 관을 말씀하시는 거죠?"─"내 아버지의 관 말입니다. 다른 모든 관들과 함께 여기 있을 텐데요."─여관 주인은 머리를 긁적이더니 웃기 시작했다. 그가 말했다. "기억이 납니다. 집 앞에 있던 관들 말이군요. 우리가 어릴 땐 그 안에서 죽음 놀이를 했었죠." 그는 맥주를 한잔 따랐다. "아버지가 아직 주인이셨을 때 개축을 했는데, 그때 우린 그 잡동사니들을 전부 땔감으로 써버렸답니다" 그는 내 앞으로 맥주를 밀었다. 나는 벌컥 한 모금을 들이마셨다.─"하지만 관들 말입니다! 이곳의 모든 집 앞에는 몇 개의 관이 놓여 있곤 하지 않습니까."─여관 주인이 말했다. "그렇지 않은 지 벌써 오래됐습니다. 우린 해마다 몇천 명의 관광객을 맞습니다. 생각 좀 해 보세요. 당신이 일본인이에요. 당신은 굉장히 비싼 여행을 하면서 즐거운 시간을 보내고 싶은데 여기저기서 관에 걸려 넘어진다면 어떻겠습니까."─"이해가 됩니다." 나는 그렇게 말하고 잔을 비웠다.─"대장간 앞에는 여전히 관이 하나 놓여 있습니다. 거긴 사유지니까 마을에서 어떻게 할 수가 없죠. 거기 말고는 모든 관들이 치워졌습니다." — 나는 고개를 끄덕이고 침묵하며 실내를 둘러보았다. 벽에는 시골의 풍경을 담은 사진들이 걸려 있었다. 최근의 것을 제외하고는 대부분 통속적인 것들은 아니었다. "우린 서로 친척 관계군요." 내가 말했다. "당신의 할아버지가 나의 아버지의 아버지의 형제였으니까요." — "그렇군요." 여관 주인이 그렇게 말하더니 바테이블 위로 손을 내밀어 악수를 했다. 그가 웃었다. 나는 돌아서서 입구를 향해 갔다. 문이 열렸을 때 그가 외쳤다. "2프랑 80입니다." — "네?" 내가 멈춰 섰다. — "맥주 값 말입니다." 그가 말했다. 나는 그 값을 지불하고 팁을 후하게 주었다. 그러고는 2CV의 엔진을 동작시켜 광장의 가파른 절벽길을 1단 기어로 올라갔는데 최대한의 속력을 내도 시속 20킬로미터를 넘지 못했다. 마을길에 들어서자 비로소 엔진이 탄력을 받았다. 대장간 앞을 지날 때 나는 기어를 3단으로 올렸다. 주변에서 유일하게 그 집 앞에만 놓여 있는 관을 보고 그 집이 대장간임을 알 수 있었다. 나무가 오래되어 색이 바라 거의 검은색이 되어 있었다. — 두세 시간 후 나는 다시 집에 돌아왔다. 옛 세관 자리에 있는 식당에서 멈춰서 그 집의 밤나무 정원에서 소시지를 끼운 빵을 먹고 맥주 한 잔을 더 마시고 왔는데도 그랬다. 그 식당엔 하루 일과를 마친 기계공장의 노동자 몇 명이 앉아 있었고, 구석에는 한 쌍의 연인이 앉아 서로의 손을 잡은 채 테이블 너머로 서로에게 환한 미소를 보내고 있었다. — 관을 구하지 못한 채 집에 돌아온 나는 바닥에 놓인 나의 어머니 클라라의 쪽지를 발견했다. 죽은 이와 함께 밤을 보내고 싶지 않기 때문에 힐데가르트의 집에 가 있겠다고 적혀 있었다.— 하지만 죽은 아버지 역시 더 이상 집에 있지 않았다. 그사이 그늘의 온도가 30도를 훨씬 넘는 정도가 되었기 때문에 내가 직접 서둘러서 아버지를 즉시 옮겨 가도록 했던 것이다. 그럼에도 불구하고 그의 방에 들어가 이것저것 살펴보자니 몸이 오싹해졌다. 카우치 위에는 아랍풍 혹은 러시아풍의 덮개가 덮여 있었는데, 마치 아무 일도 일어나지 않은 것처럼 보였다. 침대 옆 테이블 위에는 아버지가 최근에 읽던 책이 놓여 있었다. (H. C. 아르드만의 『베르바리움』이었다.) 책상을 살펴봤다. 비글라 책상 위에는 싹-빌라트 프랑스어사전과 다른 사전들이 놓여 있었다. 벽면 가득한 책장, 테라스를 향해 난 문, 열려 있는 화장실 문.— 책상 위에는 백서가 놓여 있었다. 물론 나는 그것을 뒤적여봤다. 이제 내겐 그럴 자격이 주어졌다, 아니 그것은 의무이기조차 했다. 나는 곱고 섬세한 글씨체를 응시하다가 이런저런 단어나 문장의 일부를 읽었다. 글씨 크기가 너무 작아서 그것을 읽으려면 내 코가 종이에 닿을 지경이었다. 결국에는 마지막 기록을 읽었지만 그것을 이해하지는 못했다. "1965년 6월 17일. 멋진 밤이었다. 이제 그녀의 이름을 안다." 누구를 말하는 거지?— 그러고 나서 나는 책상 위에 놓인 종이들을 잠시 이것저것 뒤적여봤다. 답장을 하지 않은 편지들이 쌓여 있었다. 메모한 것, 출판사 팸플릿 등이었다. 그러고는 그의 도서관에서 아무 책이나 내키는 대로 하나 뽑아 들었다. 별 이유는 없었다. 우연히 『심장의 교육 시대』가 뽑혀서 나는 서가 앞에 선 채로 그 책의 마지막 페이지를 읽었다. 그 부분에 나오는 단어들의 뜻은 플로베르가 지정했지만, 그 단어를 직접 쓴 것은 나의 아버지였다. 프레데릭이 오랜 세월이 흐른 후 고향 시골 마을로 돌아와, 오래전 자신이 어렸을 때 용기를 내어 시내 사창가의 앞마당까지 들어갔다가 멀리서 한 여자의 모습을 봤을 뿐인데 그 즉시 도망치고 말았던 것을 기억하는 장면이었다. "그게 우리가 경험했던 일 중에 제일 좋았어." 그는 자신의 친구 들로리에게 말한다. 그 친구 역시 동의한다. 그래, 일생을 통틀어 그것이 가장 좋았던 일이었지.—나는 책을 다시 꼽아놓았다. 이제 내 눈엔 눈물이 맺혀 있었다. 나는 약이 든 서랍 속의 내용물을 카우치 위에 비웠다. 유리컵들과 관들, 약이 가득 든 약상자가 1백 개는 넘어 보였다. 몇 년은 복용할 수 있을 듯한 트로이펠, 삽으로 퍼서 먹기라도 하는 듯 많은 양의 리브리엄이 있었고, 그 밖에도 반창고와 상처용 연고, 그리고 내용물은 증발해버리고 상표도 더 이상 읽을 수 없는 약병들도 있었다. 권총은 없었다. 그가 버렸던 것일까? 밤에 호수에 버렸을까? 빽빽하게 우거진 숲 속에 버렸을까? 그렇다면 언제일까?— 책상 서랍 안에는 예상대로 클립, 우표, 고무줄, 지우개, 연필 등 온갖 잡동사니들이 다 들어 있었다. 맨 위의 서랍은 여전히 잠겨 있었다. 열쇠는 어디에도 없었다. 나는 망치와 끌을 가지고 와서 자물쇠를 부수어 열었다. 서랍엔 편지 봉투가 가득 들어 있었다. 봉투들이 정말로 너무 많아서 그것을 누르고 있던 압력이 사라지자 몇 개의 봉투가 튀어나와 바닥으로 떨어졌다. 봉투들은 예외 없이 우편으로 도착한 상태 그대로 밀봉되어 있었고, 그 위에 찍힌 소인은 10년 혹은 그 이상 된 것들이었다. 나는 그 봉투들을 열기 시작했는데 그것은 전부 청구서들이었다. 전부가 지불되지 않은 청구서들이었다! 아버지는 절대 헷갈리지 않아서 진짜 편지를 열지 않은 채 숨겨 둔 것은 없었다. (그 후 클라라는 그 청구서들을 지불했다. 아무튼 그중 많은 청구서를 지불했다. 대략 3만 프랑 정도의 액수였다.)— 은밀한 소설 같은 것은 없었다. 연애편지도, 포르노 잡지도 없었다. 다만 맨 아래쪽, 이미 오래 묵은 청구서들 아래에 유리 액자 속에 든 한 여인의 나체 토르소 사진이 숨겨져 있었다. 위쪽으로는 목이 시작되는 부위가 보였고 아래쪽으로는 음모와 허벅지 약간을 볼 수 있었다. 하얀색 비단으로 보이는 천이 그녀 위에 덮여 있었다. 명백히 아마추어의 사진이었고 구입한 것은 아니었다. 이 여자는 누구일까? 아버지가 내게 얘기해줬던 엘렌일까? 아주 옛날에 한때 사랑했던 알지 못할 여인일까? 아니면 젊었을 적의 나의 어머니일까?— 나 역시 죽은 이의 집에서 완전히 혼자서 자고 싶은 마음은 없었기 때문에 시내의 이사벨에게 갔다. 그녀는 쥐라산맥 지역의 레 앙트르 뒤 몽 출신이었다. 그녀가 나와 알게 된 것은 14일이 채 안 되었다. 내가 그녀 집의 초인종을 울리자 그녀는 기뻐했다. 나의 아버지가 돌아가셨다고 얘기해주자 그녀는 깜짝 놀랐다. (그녀는 약 일주일 쯤 전에 딱 한 번 그를 만난 적이 있었다. 그는 즉시 프랑스어로 수다를 떨기 시작했다. 수십 년 동안 말없는 문헌학자였던 그가 할 수 있을 거라고 생각했던 것보다 유창한 솜씨였다. 아마도 그녀가 엘렌을 떠올리게 한 것 같았다. 그녀도 그에게 호감을 느낀 것 같았다. 그리하여 그들은 나를 완전히 빼놓은 채 프랑스의 치즈 종류에 대해 오랫동안 이야기를 나눴다. 두 사람 다 놀랄 정도로 아는 게 많았다.)—다음 날 나는 원래 계획했던 것보다 늦게 집으로 돌아왔다. 나는 2CV를 이웃집 정원의 거대한 전나무 그늘 아래 세웠다. 나의 어머니는 정원 입구 앞의 보도에 선 채 저 멀리 아래쪽에서 막 모퉁이를 돌아 사라져가는 쓰레기차를 바라보고 있었다. 그녀는 파란색 작업용 앞치마를 두르고 있었는데, 얼굴빛은 납처럼 창백했지만 힘이 넘쳐흐르고 있었다. 아무튼 그녀는 바그너 씨 아니면 케른 씨의 속도로 나를 앞서서 집 안으로 다시 들어갔다. 나는 그녀의 뒤를 따라 계단을 올라 아버지의 서재로 들어갔다. 50리터짜리 쓰레기봉투가 절반쯤 채워진 채 방 한가운데에 놓여 있었다. 나의 어머니는 비글라 책상에서 또 한 뭉치의 종이를 집어 들더니 봉투 안에 집어넣었다. "너 없이 정리를 시작했다." 그녀가 말했다. "얼마나 지저분하게 해 두었는지 넌 상상도 못 할 거다."—나는 책상 쪽으로 갔다. 수많은 편지들과 출판사 팸플릿들은 치워지고 없었다. 나는 처음으로 책상의 상판 전체를 보게 되었다. 왜 그것이 검은색 고급 목재로 되어 있다고 생각했던 걸까? 그것은 보기 흉한 리놀륨으로 되어 있었다. 회갈색의 무늬가 들어가 있었고 교정용 잉크 얼룩과 그의 담뱃불 때문에 생겼을 불로 지진 구멍들이 보였다. 청구서들은 이제 봉투는 빼버린 채 세 무더기로 조심스럽게 분류되어 쌓여 있었다. 지불함, 지불할 수도 있음, 지불하지 않음. 녹색의 올리베티 타자기는 올리베티 시리즈 중의 세번째인가 네번째 모델이었다. 이것이 다른 모든 타자기들보다 더 빨리 고장이 나는데도 불구하고 그가 이 모델을 구입한 것은 아마도 이탈리아 정신 때문이었을 것이다. 자판들은 그의 검지를 오래 견뎌내지 못했다. 레밍톤스의 자판기도 콘티넨탈스의 것도 아들러의 것도 다 마찬가지였다. (그는 30년 동안 분명히 그만큼 많은 개수의 타자기가 망가질 정도로 두드려댔을 것이다. 몇 번인가는 검지도 망가졌다. 그럴 때면 그는 몇 달 동안은 중지를 사용해야 했다.) 타자기의 옆과 뒤를 둘러싸고 이런저런 물건들이 놓여 있었다. 두 개의 사진이 액자 속에 끼워져 놓여 있었는데, 하나는 젊은 클라라가 진지하고 아름다운 모습으로 역사박물관 앞에 서 있는 모습이었고, 또 하나의 사진 속에는 해군복을 입은 두 소년, 그러니까 그의 형 펠릭스와 그 자신이 들어 있었다. (펠릭스는 그보다 먼저 죽었다. 심장의 기능이 멎어서였다.) 끝이 빨갛고 뾰족한 성기를 가진 남자와 두 다리 사이에 하얀색 V자를 가진 여자의 아프리카산 나무 조각상 두 개. 검은색 청동으로 만든 뒤러풍의 토끼 문진. 연필 두 자루. 교정용 잉크병 안에는 거위깃펜이 꽂혀 있었다.— 백서는 어디에 있지? 나의 심장이 거칠게 뛰기 시작했다. "백서는 어디 있어요?" 내가 외쳤다.— "내가 벌써 말했잖아." 클라라가 비글라 책상의 아래쪽 서랍을 향해 몸을 굽힌 채 말했다. "쓰레기통에 버렸다니까. 다행스럽게도 첫 차 한 대 분은 금세 실어 갔지 뭐냐."— "백서를 버렸다구요?" 내가 외쳤다. 그것은 비명이었다. "왜요?"— 어머니는 대답을 하지 않고, 구석에서 두 개의 끈이 달린 아주 오래되어 보이는 가죽 배낭을 끄집어냈다. 굉장히 고풍스러운 배낭이었는데 어머니는 그것 역시 쓰레기봉투 속에 집어넣었다. "에휴!" 그녀는 말하며 이마의 땀을 닦아냈다.— 나는 문 밖으로 뛰쳐나가 흥분에 휩싸인 채 정원 안을 이리저리 거닐었다. 하지만 30분 혹은 한 시간쯤 지난 후 나의 어머니가 쓰레기봉투들을 하나씩 하나씩 정원 입구 쪽으로 질질 끌고 갈 때는 그녀에게로 가서 그녀를 도왔다. 종이는 무겁다. 쓰레기봉투들은 정원 울타리를 따라 나란히 놓여 있었다. 검은색의 자루들은 목 부분이 앞쪽으로 꺾여 있어서 마치 사형 당한 자들의 모습 같았다. — 장례식은 이틀 뒤에 거행되었다. 사람들이 많이 와서 장례식장의 B홀이 가득 찼다. 청년 관현악단의 제1비올라주자(그는 청년 관현악단 연주자들 중에서 유일하게 클라라와 아직까지도 연락을 주고받는 사람으로, 즉시 오겠다는 의사를 보였다)가 비올라를 위해 편곡된 바흐의 곡을 힘찬 활시위로 연주했다. 젊은 목사가 연설을 했다. 하얀 깃을 단 검은 옷을 입고 있었지만, 전형적인 목사의 어조는 절대 아니었다. 그는 아버지의 제자였기 때문에 지금 장사되는 사람이 천국에 대한 믿음을 갖지 않았던 사람이라는 사실을 잘 알고 있었다. 그 외에도 과거의 제자들이 여러 명 왔다. 진지하고 젊은 사람들이었다. 물론 옛 동료들도 몇 명 왔다. 교장 역시 짧은 연설을 했다. 클라라는 입술을 떨며 맨 앞줄에 앉아 있었다. 나는 그녀의 옆에 앉았고 이사벨도 왔다. 조금 멀리 떨어져서 조가 앉아 있는 것이 보였다. 그녀 옆에는 니나가 앉아 있었는데, 그녀는 이미 20년을 같이 산 자신의 남편을 동반했다. (힐데가르트는 올 수가 없게 되어 커다란 꽃다발을 보내왔다. 그녀의 고용주인 에트빈 쉼멜이 바로 이날 오후 급한 편지를 구술해야 했기 때문이었다.)— 초현실주의자와 여화가는 나란히 앉아 있었다. 펜스터 씨도 왔다. 알베르트 취스트, 하인리히 뵐, 클라우스 논넨만도 와 있었다. 미스 닥터는 평소 놉스를 떼놓는 법이 전혀 없었는데 이날은 혼자 왔다. 여시인도 역시 와서는 머리에 비단 천을 두른 채 제일 뒤에 앉아 있었다. (그녀 외에는 아버지의 마을에서 온 사람은 없었다.)—지방 신문 두 곳의 편집자들과 함께 라디오 쪽에서 일하는 사람들도 몇 명 왔다. 뮈르타와 아르눌프까지 검은 옷을 입고 제일 앞자리에 앉아 있었다. 사실 지난 몇 년 동안 아버지도 클라라도 그들을 본 적이 한 번도 없었는데도 말이다. 오르간이 종결 합창을 연주하고 모두들 자신의 모자와 핸드백을 찾아 집어드는 동안 작은 개 한 마리가 문에서부터 타박타박 걸어와 관 쪽을 향해 갔다. 회색빛 머리털 뭉치를 보고 나는 번뜩하는 순간 호비를 떠올렸다. 세상에, 호비가 돌아온 것이다.—그러고는 모두들 묘지 입구 맞은편에 있는 식당으로 갔다. 간단한 빵 요리와 와인이 제공되었다. 나는 어머니와 이사벨 사이에 앉아 있었다. 곧 추모객들 사이에서 자꾸만 밝은 웃음이 터져나왔고 그들은 고인에 대한 회상을 주고받기 시작했다. 그가 화를 낼 때의 모습이란! 그는 사람들에게 활기를 불어넣을 줄 알았다!—이사벨이 이날 저녁 그녀의 옛 고향으로 가야 했기 때문에 나는 그녀를 버스 타는 곳까지 데려다주었다. 그녀 역시 레 앙트르 뒤 몽에 부모님이 계셨던 것이다. 우리는 함께 기다렸다. 먼 곳에서 버스가 모습을 드러내자 나는 그녀에게 말했다. 내가 아버지의 책을 다시 한 번 쓰겠다고, 내가 그의 백서를 지금 당장 써서 그것을 첫번째로 읽겠노라고 했다. 그러고 나면 그녀가, 그다음에는 풍습과 관례대로 다른 사람들 모두가 읽게 될 것이라고 했다.—나는 이사벨에게 키스했다. 그녀는 버스에 올라탔고, 버스는 떠났다.

■ 옮긴이 주

1 김나지움Gymnasium: 독일어권 국가의 중등교육기관을 이르는 명칭으로, 초등교육을 마친 후 대학 진학을 목표로 하는 학생들을 대상으로 교육한다. 수료 후에는 대학입학자격시험을 치른 후 대학에 진학할 수 있다.
2 위페른Ypern: 벨기에 서부에 위치한 자치구로서 전략적 요충지인 까닭에 제1차 세계대전 때 세 차례에 걸친 플랑드르 전투가 벌어지는 등 격전지가 되었다. 독일군의 끊임없는 도발에도 불구하고 위페른은 전쟁이 끝날 때까지 연합군의 점령하에 있었다.
3 베르됭Verdun: 파리에서 동쪽으로 280km 떨어진 뫼즈 강 연안에 있는 도시이다. 제1차 세계대전 때 독일군이 공격해 왔다가 영국군과 프랑스군의 반격으로 50만의 대군을 잃고 패배한 '베르됭 전투'가 유명하다.
4 티치노Ticino: 스위스의 최남부에 위치한 칸톤(주)으로서 이탈리아어를 사용하는 지역이다. 영화제로 유명한 로카르노, 거대한 호수가 있는 루가노 등이 이 지역에 속한다.
5 마지아 계곡 Valle Maggia: 티치노 주에 있는 계곡. 로카르노에서 시작하여 북쪽으로 약 50km 정도 펼쳐져 있다.
6 에른스트 루트비히 키르히너(Ernst Ludwig Kirchner, 1880~1938): 독일의 대표적인 표현주의 화가이자 판화가. 표현주의 화가 그룹인 '브뤼케 파'를 이끈 인물로 에로티시즘과 심리적 긴장감이 드러나는 개성적인 양식으로 유명하다.
7 제1차 세계대전 때 프랑스 파리 동쪽의 마른 강 부근에서 벌어진 전투. 프랑스군이 프랑스 북부에 쳐들어온 독일군을 물리쳤다.

8 에두아르트 뫼리케(Eduard Friedrich Mörike, 1804~1875) : 독일의 시인이자 소설가. 주요 작품으로 소설『화가 놀텐』, 동화『슈투트가르트의 난쟁이』등이 있다.
9 앙리 필리프 페탱(Henri Philippe Pétain, 1856~1951) : 프랑스의 군인이자 정치가. 제2차 세계대전 때 나치에 협력하고 비시 정부를 수립하여, 전쟁이 끝난 후 반역죄로 종신 금고형을 받았다.
10 아나톨 프랑스(Anatole France, 1844~1924) : 1921년 노벨문학상을 수상한 프랑스의 작가.
11 장 앙투안 와토(Jean-Antoine Watteau, 1684~1721) : 프랑스의 화가. 서정적인 매력과 우아함을 풍기는 로코코 양식으로 유명하다.
12 장 오노레 프라고나르(Jean Honoré Fragonard, 1732~1806) : 프랑스의 화가. 귀족이나 시민의 향락적인 생활을 관능적으로 묘사하였으며, 주요 작품으로「목욕하는 여인들」「그네」등이 있다.
13 장 바티스트 카미유 코로(Jean Baptiste Camille Corot, 1796~1875) : 프랑스의 화가. 바르비종파(派)의 한 사람으로 인상파의 선구자로 꼽히며, 많은 풍경화를 남겼다.
14 피에르 오귀스트 르누아르(Pierre Auguste Renoir, 1841~1919) : 프랑스의 화가. 인상파 운동에 참가하였으며, 밝고 화려한 원색의 대비에 의한 발랄한 감각 표현으로 장미, 어린이, 나부(裸婦) 따위를 즐겨 그렸다.
15 마그나 쿰 라우데: 독일어권 대학에서 박사학위 논문의 평점을 매기는 라틴어 용어로서 두번째로 좋은 성적 '준최우등'을 의미함. 그 외의 평점으로 수마 쿰 라우데(최우등), 쿰 라우데(우등), 리테(합격), 논 리테(불합격)가 있다.
16 칸톤: 스위스의 자치주를 일컫는 용어로 스위스를 구성하고 있는 26개의 칸톤은 각자 고유한 헌법과 행정부, 의회를 소유하고 있다. 연방헌법과 법률이 규정하고 있는 영역 이외에는 광범위한 자치권을 갖는다.
17 아르망 히브너(Armand Hiebner, 1898~1990) : 스위스의 작곡가.
18 콘라트 베크(Conrad Beck, 1901~1989) : 스위스의 작곡가.
19 벨러 버르토크(Béla Bartók, 1881~1945) : 헝가리의 작곡가이자 피아니스트. 동유럽의 민속 음악을 녹음, 채보하여 그 소재를 바탕으로 심한 불협화음이나 타악기를 중시한 새로운 기법을 확립하였다.
20 발터 그로피우스(Walter Gropius, 1883~1969) : 독일의 건축가로서

현대적인 종합예술학교인 바우하우스의 초대 교장을 지냈다. 1933년 나치에 의해 바우하우스가 폐쇄된 후 미국으로 망명하여 현대건축의 흐름을 이끌었다.

21 안토니오 카날레토(Antonio Canaletto, 1697~1768) : 이탈리아의 화가이자 판화가. 초기에는 풍부한 광선의 변화를 보여주는 생기 넘치는 풍경화를 주로 그렸고, 영국 여행 이후 기계적 사실주의의 영향을 받아 차갑고 기계적인 작풍의 그림들을 그렸다.

22 미스 반 데어 로에(Mies van der Rohe, 1886~1969) : 독일의 건축가로 현대적인 종합예술학교인 바우하우스의 3대 교장을 지냈다. 나치에 의해 바우하우스가 폐쇄된 후 미국으로 건너가 대학 및 건축사무소에서의 활발한 활동을 통해 현대건축의 새로운 흐름을 개척했으며 특히 강철과 유리로 구성된 고층건물의 설계가 유명하다.

23 르 코르뷔지에(Le Corbusier, 1887~1965) : 스위스 출신으로서 프랑스에서 주로 활동한 20세기의 대표적 건축가이자 작가이며, 도시계획, 가구 디자인, 그림, 조각 등의 다양한 영역에서 작품 활동을 했다. 현대 디자인이론 연구의 선구자로서 대도시의 밀집된 거주지의 생활환경을 개선하는 데 노력을 기울였다.

24 에두아르 빅토르 앙투안 랄로(Édouard Victor Antoine Lalo, 1823~1892) : 프랑스의 작곡가. 교묘한 관현악법을 구사한 신선한 작품을 작곡하여 인상파에 큰 영향을 주었다.

25 유시 비엘링(Jussi Björling, 1911~1960) : 스웨덴의 테너 가수.

26 레오 슬레자크(Leo Slezak, 1873~1946) : 오스트리아의 오페라 가수.

27 스타카노프(Alexei Grigorjewitsch Stachanow, 1905~1977) : 소련의 광부였던 그는 1935년 8월 31일 작업 시간 내에 102톤의 석탄을 캐내어 유효 작업량의 13배를 달성했다고 전해진다. 이것이 과장되고 왜곡된 이야기임에도 불구하고 소련 공산당은 스타카노프 운동을 벌여 노동자들의 생산량을 증대시키고자 했다.

28 만 레이(Man Ray, 1890~1976) : 미국 출신의 사진작가, 영화감독, 화가이자 오브제 예술가. 다다이즘과 초현실주의의 대표적 작가로 알려져 있으며 다양하고 폭넓은 활동을 통해 현대사진과 실험영화의 발전에 큰 영향을 미쳤다. 그가 찍었던 당대 예술가들의 인물 사진을 통해 1920년대의 화려했던 파리 문화계를 엿볼 수 있다.

29 파블로 피카소(Pablo Picasso, 1881~1973) : 스페인 태생의 프랑스 화가, 판화가이자 조각가. 고전주의적 화풍으로부터 인상파와 추상화에 이르는 다양한 표현 양식의 영향을 받았으며, 나중에는 입체파를 대표하는 20세기 현대미술의 거장이 되었다.

30 도라 마르(Dora Maar, 1907~1997) : 프랑스의 사진작가이자 화가. 피카소와 게르니카에 대한 사진을 찍으면서 유명해졌으며, 그의 다섯번째 연인으로서 피카소가 그린 여러 초상화의 모델이 되었다. 피카소의 다른 애인들인 마리-테레즈 발터나 프랑스와즈 질로와의 갈등과 질투 때문에 고민했던 것으로 알려져 있다.

31 마리-테레즈 발터(Marie-Thérèse Walter, 1909~1977) : 프랑스의 모델로서 파블로 피카소의 연인이었으며 1930년대 초반에 그려진 초상화들은 주로 그녀를 모델로 했다. 피카소와의 사이에서 딸 마야를 낳았다. 1977년 자살했다.

32 알베르토 자코메티(Alberto Giacometti, 1901~1966) : 스위스의 조각가이자 화가. 인상파 화가 조반니 자코메티의 아들로서 제네바와 파리의 예술학교에서 수학했다. 1920년대에 당시 예술의 수도인 파리에서 거주하며 초현실주의 운동에 가담하기도 했다. 인간의 육체를 길고 가느다란 불균형한 형상으로 묘사하는 그의 독특한 작품은 스위스 1백 프랑 지폐에 인쇄되어 있다.

33 앙리 마티스(Henri Matisse, 1869~1954) : 프랑스의 표현주의 화가. 파블로 피카소와 함께 '20세기 최고의 화가'로 일컬어진다. 1904년경 피카소 등과 함께 야수파 운동에 참여했으며, 1910년 이후에 입체파의 영향을 받아 엄격하고 단순한 구성과 색채, 밝은 빛과 명쾌한 선의 평면적인 화면으로 이루어진 독자적 화풍을 개발했다.

34 에드바르트 뭉크(Edvard Munch, 1863~1944) : 노르웨이의 화가이자 판화가. 불우한 가정환경과 육체적 병약함의 영향으로 강렬한 색채와 어두운 주제의 그림들을 주로 그렸다. 표현주의의 선구자로서 현대미술의 새로운 흐름을 주도했다. 「절규」「죽음의 방」「백야」등의 작품이 유명하다.

35 에밀 놀데(Emil Nolde, 1867~1956) : 북부 독일 출신의 화가이자 조각가. '다리파'의 일원으로 초기 인상주의 운동에 잠시 참여하기도 했으며, 20세기의 뛰어난 수채화가로 손꼽힌다. 원초적 자연, 영혼과 광기와 신앙의 세계를 강렬한 색채로 표현하였다.

36 친퀘첸토Cinquecento: 예술사에서 16세기와 그 시기의 양식을 지칭하는 용어. 이 시기에 고대의 예술을 부활시킨 르네상스 화풍이 유럽 전역에서 하나의 양식으로 자리 잡았다. 대표적인 예술가로 미켈란젤로, 라파엘, 티치안 등의 조각가와 토르콰토 타소, 니콜라 마키아벨리 등의 작가를 들 수 있다.

37 피에트 몬드리안(Piet Mondrian, 1872~1944): 네덜란드의 화가. 칸딘스키와 함께 추상화의 선구자로 여겨지며, 네덜란드 구성주의 회화의 거장이다. 1910년대에 '야수파' 활동에 참여하기도 하고 '데 스틸 운동'을 일으키기도 했으나, 이후에는 수평과 수직의 순수추상을 지향했다. 질서와 균형의 미를 추구하며 삼원색과 흰색, 검은 선을 사용한 자신의 비구상적인 그림을 그는 신조형주의라고 칭했다.

38 펠릭스 발로통(Felix Vallotton, 1865~1925): 스위스 출신의 화가, 판화가이자 작가. 초기에는 쿠르베와 마네 등의 영향을 받았으며, 후기 인상파 그룹인 나비파의 멤버로 활동하기도 했다. 힘이 넘치는 구도와 조형성을 강조한 강렬한 색채의 그림들을 주로 그렸다. 1900년 프랑스 국적을 취득했다.

39 미켈란젤로 부오나로티(Michelangelo Buonarotti, 1475~1564): 이탈리아의 화가, 조각가, 건축가이자 시인. 이탈리아 전성기 르네상스와 매너리즘을 완성했고 바로크적 경향의 선구자이기도 하다. 바티칸의 시스티나 대성당의 천장화, 「최후의 심판」프레스코화, 산 피에트로 대성당의 「피에타」「다비드」 등이 대표작이다.

40 루카 시뇨렐리(Luca Signorelli, 1441?~1523): 이탈리아의 르네상스기의 화가. 피렌체파 화가들의 영향을 받았으며, 공간의 투시도법, 인체의 단축법, 명암 손질법 등을 익혀 나체 군상을 동적으로 표현하였다. 르네상스의 걸작으로 일컬어지는 산 브리치오 예배당의 「세계의 종말」「최후의 심판」프레스코화를 그렸다.

41 비스크 도마르Bisque de homard: 바닷가재를 이용하여 만든 크림수프. 껍데기째로 갈아서 만든 수프.

42 마멋(또는 마르모트)Marmot: 다람쥣과 마멋속의 포유동물. 몸은 작은 토끼만 하고 온몸이 회갈색 털로 덮여 있다. 9월부터 이듬해 4월까지 동면한다.

43 모르가르텐 전투Schlacht am Morgarten: 스위스는 수많은 전쟁을 통

해 열강들 사이에서 독립을 지켜낸 것으로 유명한데, 특히 모르가르텐 전투는 스위스인들의 용맹을 과시한 첫번째 전투로 역사에 기록되어 있다. 1315년 스위스 동맹군이 모르가르텐 계곡의 지형을 이용하여 오스트리아의 레오폴트 1세의 대군을 물리치고 독립을 지켰다.

44 Partir c'est mourir un peu.

45 La belle princesse était assise dans sa chambre et tricotait paisiblement, lorsque tout d'un coup un brigand entra.

이 문장은 프랑스어 문법 중 다양한 과거시제의 용법을 설명하기 위해 동화를 지어내어 실제로 그 시제들을 사용하면서 문법을 설명하고 있는 경우이다.

반과거: 프랑스어 시제 중 과거 속의 반복되는 상태나 배경 등을 설명할 때 쓰이는 과거시제.

단순과거: 프랑스어 시제 중 과거에 이미 완료된 일을 지시할 때 쓰이는 과거시제로서 주로 소설 등의 문어체에서 사용된다.

46 아우구스트 슈트람(August Stramm, 1874~1915): 독일의 시인이자 극작가.

47 엘제 라스커-쉴러(Else Lasker-Schüler, 1869~1945): 독일의 여류시인, 극작가.

48 오일렌슈피겔은 14세기에 실존하였던 독일의 전설적인 인물이다. 기지에 넘치는 장난꾸러기로 각 계층의 편협함을 유쾌하게 우롱하여 15세기 이후에 대중 소설 따위의 주인공으로 환영받았다. 그중 1867년 씌어진, 찰스 드 코스터Charles de Coster의 작품이 유명하다.

49 알퐁스 도데(Alphonse Daudet, 1840~1897): 프랑스의 소설가. 자연주의에 가까우나 밝고 감미로운 시정과 정묘한 풍자로 호평을 받았다.

50 엔리코 카루소(Enrico Caruso, 1873~1921): 이탈리아의 테너 가수로 몬테카를로의 오페라극장, 메트로폴리탄 오페라하우스 등에서의 성공적인 공연으로 세계적인 명성을 얻었다. 벨칸토 창법의 모범으로 인정받았으며 20세기 초의 오페라 황금시대를 구축하였다.

51 프리츠 부쉬(Fritz Busch, 1890~1951): 독일의 지휘자. 드레스덴 오페라극장의 음악 총감독을 역임하며 천재적인 지휘자로 촉망받았으나 1933년 나치의 지배를 피해 영국으로 망명했다. 이후 덴마크 방송교향악단, 영국 글라인드본 음악제, 뉴욕 메트로폴리탄 오페라단 등의 지휘자를

역임했다.

아돌프 부쉬(Adolf Busch, 1891~1952) : 독일의 바이올린 연주자이자 작곡가. 지휘자 프리츠 부쉬의 동생. 베를린 음악대학의 교수를 역임했으며 세계적으로 유명한 부쉬 사중주단을 결성하기도 했다. 나치에 반대하는 입장을 분명히 했고, 1939년 미국으로 망명했다.

52 레오 슬레자크(Leo Slezak, 1873~1946) : 불멸의 성악가 카루소와 쌍벽을 이루었던 20세기 초반의 테너 가수. 오스트리아-헝가리 이중제국에서 태어나 빈 궁정오페라극장의 일원으로 활약하였다. 오페라 가수이자 뛰어난 독일 가곡 가수로서도 이름을 떨쳤던 그는 시, 소설 등 문학에도 재능을 보였으며 말년에는 영화배우로 활동했다.

53 세르게이 라흐마니노프(Sergei Rachmaninow, 1873~1943) : 러시아의 작곡가, 피아니스트이자 지휘자. 20세기 초에 가장 탁월한 피아니스트의 한 사람이었고 「피아노 협주곡 제2번」과 「제3번」이 보여주듯이 낭만파의 마지막 작곡가이기도 했다. 모스크바극장 및 마린스키극장의 지휘자를 역임했고, 1917년 러시아 혁명 이후 미국으로 망명했다.

54 아르투로 토스카니니(Arturo Toscanini, 1867~1957) : 이탈리아 출신의 지휘자. 1898년 밀라노 스칼라극장의 수석 지휘자가 되었으며, 뉴욕 필하모니의 상임 지휘자를 맡는 등 미국에서도 화려한 연주 경력을 쌓았다. 그의 지휘에서 특징적인 점은 연주자 해석을 가능한 한 배제하고 악보를 근거로 작곡가의 의도를 엄격하게 재현하고자 한 '신즉물주의적' 시도이다.

55 빌헬름 픽(Wilhelm Pieck, 1876~1960) : 독일 브란덴부르크 출신의 정치가. 사회민주당에서 정치를 시작했고 제1차 세계대전 때는 스파르타쿠스단에 참가해 반전운동을 펼쳤으며 종전 후 공산당 당원이 되었다. 1933년 국회의사당 방화사건 이후 소련으로 망명했다가 1945년 귀국하여 소련군 점령지구 공산당 서기, 사회주의통일당 공동의장을 지냈다. 1949년 동독정부 수립 후 대통령이 되었다.

56 루이-페르디낭 셀린(Louis-Ferdinand Céline, 1894~1961) : 프랑스의 소설가. 첫 소설 『밤 끝으로의 여행』으로 20세기 프랑스 문단에서 중요한 혁신적인 인물로 주목받았다.

57 폴 레오토(Paul Léautaud, 1872~1956) : 프랑스의 작가.

58 요하나 슈피리(Johanna Spyri, 1829~1901) : 스위스의 아동문학가.

대표작 『알프스 소녀 하이디』는 세계 아동문학의 고전으로 손꼽힌다.

59 카를 마이(Karl May, 1842~1912): 독일의 소설가. 긴장감 넘치는 모험소설을 많이 발표했다.

60 줄리앙 그린(Julien Green, 1900~1998): 미국 출신의 프랑스 작가. 20세기 프랑스 기독교 문학을 대표하는 작가이다

61 막스 브로트(Max Brod, 1884~1968): 체코 태생의 이스라엘 작가. 친구 카프카의 유고를 정리하여 출판하였다. 『카프카전(傳)』 등의 저서를 남겼다.

62 프란츠 카프카(Franz Kafka, 1883~1924): 체코 태생의 독일 소설가.

63 슈테판 게오르게(Stefan George, 1868~1933): 독일의 시인. 자연주의적 예술관에 반대하고 순수한 언어 예술을 추구하는 독일 시의 원천을 개척하였다.

64 웁Jupp: 요제프Joseph를 친하게 부르는 이름.

■ **옮긴이의 말**

스위스의 호숫가에서 바라본 유럽 현대사

　스위스의 어느 깊은 산골 마을에서는 아이가 열두번째 생일을 맞으면 모든 마을 사람들이 함께 모여 기이한 성년식을 치르고 그 아이가 죽을 때까지 하루도 빠짐없이 기록해나가야 할 백서를 선사한다. 그가 죽기 전까지는 아무도 그 책을 들여다보아서는 안 되며, 그가 죽은 후에는 모두가 그 책을 읽고 그의 삶에 대해 알아야 한다. 『아버지의 책』을 펼쳐든 독자들은 자신도 모르게 이 시골 마을의 전통 속으로 한 걸음 들어서는 셈이다. 주인공 '카를'의 성년식으로부터 그가 죽음을 맞이하는 순간까지의 일생의 기록을 읽게 되기 때문이다.

　그런데 이 기록은 주인공 카를의 아들이 아버지의 백서를 읽고 난 후 재구성해낸 것이다. 그의 회상 속에서 아버지는 한평생 책을 사랑하고, 책을 수집하고 번역하고, 책 속의 인물들과 교류하며 그들의 세계 속에서 영혼의 평안을 찾았던 인물로 그려진다. 그는 독일군대가 언제 습격해 올지 모르는 위기의 순간에 군대 막사의 어둠 속에서 앙시앵 레짐 때의 프랑스인들의 사랑이야기를 적어 내려가고, 평생 자신을 따라다녔던 근원을 알 수 없는 고통 속에서 죽음을 향해 가면서도 책상에 앉아 치열하게 번역 작업을 해나간다. 그의 인생의 동반자는 프랑스 민담 속의 바람난 수녀와 수도승 들이다. 그의 인생은 책을 통한 간접적 체험으로 가득하다. 그는 책 속에서 용감한 소년이며, 책을 통해 정열적인 사랑을 체험하고, 신성모독을 감행한다.

그러나 일상 속에서의 그는 현실감각이 부족하고 자신의 관심사에만 집착하는 유아적인 모습으로 그려진다. 자신의 수입이 얼마인지 전혀 고려치 않고 물건을 사들이고, 자신의 요구가 관철되지 않을 때면 문을 쾅 닫고 밖으로 나가버리는 그는 세상과의 소통에는 별 관심이 없어 보인다. 그는 자신과의 결혼 생활 속에서 아내의 내면이 황폐해지고 무너져내릴 때까지 아무것도 알아채지 못한다. 자신의 아내가 다른 남자로부터 버림받고 사랑 없는 결혼을 선택했었다는 사실 또한 뒤늦게야 알게 된다. 충격 속에서 그가 나타내는 반응이란 자신의 육체적 고통에 대해 일기를 적는 것이다. 외형적으로는 매우 지적이고 교양 있는 시민 가정의 모습을 이루고 있지만, 서로 소통하지 못하고 내면이 황폐해져가는 부모

아래서 아들은 자주 잊혀지고 버림받으며 결국엔 자폐적인 증세마저 보인다. 부모가 만들어놓은 어둠과 고독 속에서 아들은 밤새 자신의 이마를 때리거나 머리카락을 쥐어뜯는다.

그래서일까. 아버지의 삶을 회고하는 아들의 어투와 시각은 시종 분명한 거리를 유지하고 있다. 차분하고 객관적인 어조이지만 그의 시선은 아버지의 별난 행동들을 쓴웃음 지으며 응시할 뿐 더 이상 다가가지는 않는다. 결국 아버지는 책을 통해 책 속에서 살며 실제의 사랑과 문학과 인생에서는 실패하고 말았던 인물로 관찰된다. 그 삶은 아들의 내면에도 큰 상처와 공허함을 남겼음이 함께 드러난다. 그리하여 이 이야기는 아버지의 인생을 결산하고 성토하는 한 아들의 고통스러운 고백이 된다.

동시에 그것은 이 작품의 지은이인 우르스 비트머의 고백이기도 하다. 비트머의 자전적 3부작인 『어머니의 연인*Der Geliebte der Mutter*』(2000), 『아버지의 책*Das Buch des Vaters*』(2004), 『난쟁이로서의 삶*Ein Leben als Zwerg*』(2006)은 그의 삶의 이력에서 매우 독특한 위치를 차지한다. 1938년 스위스에서 태어나 독일 현대문학에 대한 논문으로 박사학위를 취득하고 독일과 스위스에서 출판사 편집자, 대학강사 등으로 활동한 그는 1968년 소설 『알로이스*Alois*』를 출간한 이래 고전적 줄거리 구조의 패러디, 환상적이고 초현실적인 요소 등을 담은 작품들을 발표해왔다. 그는 일상의 세계에 동경과 환상의 세계를 대립시키고 이를 위트 있게 표현해 내면서 현실의 통속

성을 비판하는 소설과 희곡 작품들을 꾸준히 창작하여 뒤렌마트Friedrich Dürrematt와 프리쉬Max Frisch를 잇는 스위스의 대표작가로 명성을 얻었다. 특히 그의 대표작이라 할 사회풍자극『정상의 개들Top Dogs』(1996)은 유럽 각국에서 공연되었고 1997년 독일의 권위 있는 연극전문지『테아터 호이테Theater Heute』가 선정하는 '올해의 극작품'에 뽑히기도 했다. 1968년의 혁명적 학생운동의 영향을 받은 그의 작품들은 날카로운 사회 비판과 정치성을 담고 있을 뿐만 아니라, 스위스 역사의 과거 청산이라는 껄끄러운 주제도 피하지 않는다.

이러한 그의 작품세계를 생각해볼 때 그가 60대에 이르러 발표한 자전적 소설 3부작은 그의 다른 작품들과는 성격이나 의도가 매우 다르다. 첫째로 이 작품들은 작가인 우르스 비트머의 작품세계를 이해할 수 있는 중요한 단서를 제공하고 있다는 점에서 독특한 작품 외적인 의미를 지닌다. 실제로 3부작 중 첫번째 작품인『어머니의 연인』이 발표되었을 때, 작중의 어머니가 평생 사랑했던 인물인 에트빈의 실제 모델이 영향력 있는 스위스 사업가이자 지휘자인 파울 자허Paul Sacher라는 사실이 알려지며 스위스 문화계의 뜨거운 이슈가 되었다. 파울 자허는 20세기 현대음악을 발견하고 후원했던 중요한 지휘자로 명성을 얻었던 인물이다. 비트머의 아버지는 작품 속의 아버지와 마찬가지로 고등학교 교사인 동시에 번역가로 활동했고, 하인리히 뵐Heinrich Böll 등의 작가들과 교류했었다. 파울 자허와 비트머의 부모와의 관계가 새삼 화제가 되었고, 사람들은 작품 속의 구체적인 내용들이 실제 사실과 일치하는지에 대해 관심을 가졌다.

비트머에게 이 (유사)자전적 3부작은 문학을 통한 정신분석의 역할을 하고 있는 듯하다. 이 작품을 쓸 수 있기까지 20년을 기다렸다는 그는 "정신분석과 문학은 매우 가깝다"고 말한다. 문학과 음악과 미술을 사랑하고 향유하는 교양시민 가정 출신으로서 전형적인 지식인으로 성장하고 성공적인 작가로 자리매김한 그가 노년에 이르러 자신을 잉태하고 양육한 부모의 세계와 문학을 통한 대결을 벌인다. 이것이 그에게는 인생의 숙제가 아니었을까 하는 생각도 든다. 비트머 연구자들은 부모의 이중적인 유희로 인해 내적으로 고통당했던 그의 어린 시절이 비극적 요소와 희극적 요소가 뒤섞이고 상이한 요소들을 이어 붙이는 그의 집필 방식에 영향을 미쳤을 뿐 아니라, 그의 작품 속에 꾸준히 등장했던 기이하게 우울하거나 그로테스크한 어머니 이미지, 부모 이야기, 유년기와 전쟁에 대한 회상 등 중요한 소재 또한 제공하고 있음을 발견하게 되었다.

비트머의 자전소설 3부작이 갖는 두번째 특징은 스위스의 현대사 및 문화사와의 긴밀한 연관이다. 자전적인 회상 속에서 20세기 전반기 스위스의 역사가 배경으로 등장하면서 실제 사실들과 인물들이 소개되고 그들과 관련된 에피소드도 이야기된다. 제2차 세계대전의 발발과 전쟁 중의 불안한 삶, 스위스의 우경화와 공산당의 활동상 등 역사적인 사실들과 함께, 표현주의, 바우하우스, 현대음악계와 미술계 등 당시의 문화적인 분위기가 주인공들의 비극적인 삶과 평행선을 이루며 또 하나의 이야기를 이루고 있다. 이 3부작이 내밀한 가족사를 다루고 있는 소설임에도 불구하고 '스위스의 호숫가에서 바라본 유럽 현대사'로 받아들여지기도 하는 이유이다. 비트머는 자전적 소설을 통해 자신의 가족사뿐 아니라, 자신의 조국 스위스의 현대사 또한 차분하게 되돌아보고 있다. 독일군대에 의해 제2차 세계대전이 벌어지고 유대인이 학살되는 동안 그와 가까운 곳에서 진행되고 있었던 스위스의 사회문화적 삶의 풍경, 그리고 그 풍경 안의 작은 지점인 자기 가족사. 비트머의 회상은 개인의 삶과 세계사적 삶 사이를 번갈아 오가고, 반복되고 되새김질 되는 그의 회상은 여러 겹으로 풍성하다.

열두 살 소년에게 성년식을 베풀고 평생을 기록해야 할 백서를 선사했던 스위스 어느 시골 마을의 전통은 20세기에 들어와 끊긴 듯하다. 작품 속의 화자, 혹은 비트머는 더 이상 백서를 기록해야 할 의무가 없다. 그러나 그는 이 문학적 기록을 통해 자발적으로 백서의 전통 속에 다시 선다. 누구든지 죽고 난 후에야 백서를 통해 그 삶이 드러나는 전통에 따라, 지은이 비트머는 자신의 부모와 파울 자허가 모두 세상을 떠나고 난 후에야 이 글을 썼다. 죽음 후에 다른 사람 앞에 공개되는 백서. 사람들은 그 백서를 읽고 기뻐하기도 하고 눈물짓기도 하고, 놀라기도 하고 무언가를 배우기도 한다. 이렇게 해서 한 일가의 솔직하고도 고통스러운 자화상은 모순으로 가득한 사랑과 인생 앞에 바치는 문학적 기념비로 오래 남게 되었다.